BARBARA CARTLAND

Ein Kuß für den König

Aus dem Englischen
von Esther Facius

BASTEI
LÜBBE

BASTEI-LÜBBE-TASCHENBUCH
Band 10 611

1. Auflage 1985
2. Auflage 1986
3. Auflage 1990

Deutsche Erstveröffentlichung
Titel der Originalausgabe:
A KISS FOR THE KING

Printed in Germany
Einbandgestaltung: Roland Winkler
Satz: Fotosatz Froitzheim, Bonn
Druck: Ebner Ulm
ISBN 3-404-10611-3

Der Preis dieses Bandes versteht sich einschließlich
der gesetzlichen Mehrwertsteuer

1860

I

»Ich liebe dich, Anastasia!«

»Tut mir leid, Christopher.«

»Ich muß mit dir reden! Wo gibt es hier einen ruhigen Platz, an dem wir ungestört sind?«

»Nirgendwo auf Windsor Castle, das solltest du wissen!«

»Ich habe dir etwas Wichtiges zu sagen! Hörst du – etwas sehr Wichtiges!«

»Dann wirst du damit warten müssen!«

Ihre Königliche Hoheit Prinzessin Anastasia sah ihren Tanzpartner mißtrauisch an. Der Gesichtsausdruck des Vicomte Lyncombe verriet äußersten Unwillen, während er die Prinzessin im Roten Salon von Windsor Castle nach den Klängen eines Wiener Walzers im Kreise drehte.

Das Licht Hunderter von Kerzen erhellte den Saal, in dessen Mitte sich zahlreiche Paare dem rhythmischen Zauber dieses neuen Tanzes hingaben. Die Orden und Auszeichnungen auf den Jacketts der Gentlemen blinkten.

Die Ladys in ihren weiten Reifröcken sahen aus wie liebliche Schwäne und bewegten sich mit unbeschreiblicher Anmut und Grazie.

Dennoch war auf dem Antlitz der Königin eine Unmutsfalte zu sehen, als sie ihre Gäste beim Tanz einer feurigen Mazurka beobachtete.

»Ich muß mit dir reden, Anastasia!« wiederholte der Vicomte hartnäckig. »Was ich dir zu sagen habe, betrifft dich persönlich, und du mußt mich einfach anhören!«

»Falls du vorhast, mir wieder einen Heiratsantrag zu machen, kannst du dir das sparen«, erwiderte Prinzessin Anastasia. »Du verschwendest nur deine und meine Zeit damit, denn du weißt sehr genau, daß wir beide unmöglich heiraten können!«

»Wieso nicht?« fragte der Vicomte unwirsch. »Warum sollte das unmöglich sein?«

»Weil ich aus königlichem Geblüt bin – so wenig ich mir etwas darauf zugute halte.«

»Was spielt das schon für eine Rolle?« wandte er ein. »Schließlich ist der Titel meines Vaters einer der ältesten in ganz Großbritannien. Wir waren Earls zur Zeit von Agincourt, während dein Land ...«

Er brach ab, als sei ihm bewußt geworden, daß er dabei war, etwas Ungehöriges zu sagen.

»All right, sag es ruhig!«

»... während dein Land von den Preußen geschluckt wurde und seine Selbständigkeit verlor.«

»Na schön, Papa mag ein von Hohlenstein gewesen sein«, sagte die Prinzessin, »aber du weißt so gut wie ich, Ihre Majestät würde es niemals zulassen, daß jemand von uns einen Mann heiratet, in dessen Adern kein königliches Blut fließt.«

»Wir könnten durchbrennen«, schlug der Vicomte vor.

Er meinte es ernst, und Prinzessin Anastasia schaute ihn überrascht an.

Sie hatte Christopher Lyncombe schon gekannt, als sie noch ein Kind gewesen war, denn die Komteß von Coombe und ihre Mutter waren Freundinnen gewesen.

Er war sechs Jahre älter als sie, und wenn Anastasia mit ihrer Mutter, der Prinzessin Beatrice, Großherzogin von Hohlenstein, bei dem Earl und der Komteß von Coombe auf deren Landsitz weilte, hatte Christopher sich ihr gegenüber stets sehr gemein und häßlich benommen. Oft genug hatte er sie gequält und tyrannisiert, bis ihr die Tränen gekommen waren.

Sie war noch so klein gewesen, daß sie kaum laufen konnte, da hatte er sie schon geschlagen und an den Haaren gerissen. Und auch später hatte er sie stets seine Stärke und Überlegenheit spüren lassen.

Erst jetzt, nachdem Anastasia fast achtzehn war, hatte der

Vicomte, der in London ein ziemlich lockeres und ausschweifendes Leben führte, sich in sie verliebt.

Er selbst wunderte sich am meisten über die heftige Leidenschaft, die Anastasia neuerdings in ihm geweckt hatte. Und für Anastasia waren die neuen, gewandelten Gefühle Christopher Lyncombes etwas, an das sie in ihren kühnsten Träumen nicht gedacht hätte.

»Ist das dein Ernst?« fragte sie nun.

Bei diesen Worten blickte sie verstohlen in die Runde, um sich zu vergewissern, daß auch niemand ihre Unterhaltung mitbekommen hatte.

Zum Glück war die Weihnachtsparty auf Windsor Castle immer sehr aufwendig, und es befanden sich viele Paare auf der Tanzfläche. Jedermann gab sich voll und ganz dem Vergnügen hin, und kein Mensch interessierte sich für das, was Prinzessin Anastasia und Vicomte Lyncombe miteinander zu besprechen hatten.

»Natürlich ist das mein Ernst«, entgegnete der Vicomte ärgerlich. »Ich liebe dich, Anastasia. Ich kann ohne dich nicht mehr leben.«

»Schwer zu glauben, daß du mich tatsächlich lieben solltest«, antwortete Anastasia skeptisch. »Ich habe noch nicht vergessen, wie unfreundlich du vor zwei Jahren zu mir gewesen bist, als ich von Mücken gestochen wurde und du mich ständig ›Eure Königliche Stechmücke‹ genannt hast.«

»Da hast du auch noch nicht so ausgesehen wie jetzt!« verteidigte sich Christopher und verschlang ihr kleines herzförmiges Gesicht regelrecht mit seinen Blicken.

Dann fügte er beinahe zornig hinzu: »Du bist schön, und du weißt das natürlich selbst. Du bist so schön, daß ich dich keinem anderen Mann gönne. Ich würde sterben, wenn ich dich verlieren müßte, Anastasia!«

»Warum sprichst du so?« wollte Anastasia wissen. »Warum jetzt, in diesem Augenblick?«

Der Vicomte schwieg eine Weile nachdenklich. Es war, als überlege er jedes einzelne seiner Worte, dann sagte er:

»Mein Vater war heute morgen in einer Sitzung des Geheimen Staatsrates. Sie haben über deine Zukunft entschieden.«

»Haben über meine Zukunft entschieden?« fragte Anastasia verblüfft. »Was soll das heißen?«

»Das ist doch der Grund, weshalb ich dich bitte, mit mir zu fliehen. Wir werden uns irgendwo verstecken. An einem Ort in der Welt, den du magst und wo niemand uns hindert, einander zu heiraten und als Mann und Frau zusammenzuleben.«

»Wo sollte das sein?« erkundigte sich Anastasia neugierig.

»Wo du willst«, erwiderte der Vicomte. »Ich habe Geld genug, und wir könnten so glücklich sein, daß nichts sonst eine Rolle spielt.«

»Die Königin würde es nicht dulden. Sie würde uns ganz bestimmt einen Strich durch die Rechnung machen, da bin ich ganz sicher. Außerdem weiß ich nicht, ob mir das gefallen würde, irgendwo an einem wildfremden Ort zu leben, fern von allen Freunden und Bekannten.«

»Aber das ist genau das, was dir bevorsteht!« sagte der Vicomte. »Genau zu einem solchen Leben haben sie dich verdammt.«

Anastasia blickte zu ihm auf, die blauen Augen geweitet vor fassungslosem Entsetzen.

»Wozu – haben sie mich verdammt?« fragte sie kaum hörbar.

»Sie wollen, daß du Maximilian von Mauronien heiratest.«

»Den König?«

»Ja, den König. Du wirst eine Königin sein, vermählt mit einem Mann, der – nach allem, was ich gehört habe – gewiß nicht der richtige Gemahl für dich ist.«

»Und woher weiß du – das?« fragte Anastasia.

»Mein Vater erzählte, es sei der ausdrückliche Wunsch der Queen. Der britische Botschafter wurde bereits von

Mauronien nach London beordert, um nähere Instruktionen zu empfangen. Die Vorschläge zu einer solchen Verbindung sind dem König bereits vor einiger Zeit unterbreitet worden.«

»Vielleicht ist er mit einer Heirat gar nicht einverstanden«, sagte Anastasia mehr zu sich selbst.

»Ihm wird – genau wie dir – überhaupt nichts anderes übrigbleiben«, entgegnete der Vicomte. »Mauronien ist ein kleines Land, das es sich nicht leisten kann, Großbritannien eine Absage zu erteilen. Und obwohl der König persönlich nichts gegen einen Anschluß an Frankreich einzuwenden hätte, wären seine Untertanen unter gar keinen Umständen damit einverstanden.«

»Und warum hätte der König nichts dagegen einzuwenden?« fragte Anastasia neugierig.

»Weil Seine Majestät ganz vernarrt ist in alles Französische. Vor allem in die französischen Frauen. Wenn er einmal nicht in Paris weilt, um sich mit den Schönen des Second Empire zu vergnügen, widmet er seine Zeit der Frau des französischen Botschafters, mit der er eine skandalöse Liaison unterhält.«

Der Vicomte hatte seinen Worten einen verächtlichen Klang gegeben, doch dann fügte er etwas verlegen hinzu:

»Ich hätte dir das eigentlich nicht sagen sollen. Du mußt das verstehen, ich wollte dir doch nur die Augen öffnen. Wie anders könntest du begreifen, daß es einfach unmöglich für dich ist, diesen Mann zu heiraten.«

»Bist du ihm schon einmal begegnet?«

Der Vicomte antwortete nicht sofort. Er hatte die Königin bemerkt, die in diesem Augenblick mit einem der Vettern des Prinzgemahls an ihnen vorübertanzte.

Als das Paar außer Hörweite war, sagte der Vicomte:

»Ja, schon zweimal. Kein übler Bursche eigentlich. Jemand, mit dem man Pferde stehlen kann. Aber in keinem Fall der geeignete Ehepartner für dich, Anastasia.«

»Und ich habe wohl in dieser Angelegenheit kein Wort mitzureden?« fragte Anastasia leise.

»Du weißt, daß man auf dich dabei keinerlei Rücksicht nehmen wird«, erwiderte der Vicomte. »Man wird dir lediglich mitteilen, daß du dafür vorgesehen bist, diesen Mann zu heiraten. Glaub mir, du wirst nicht einmal die Zeit haben, dich mit dieser Tatsache abzufinden. Das Ganze ist nämlich von äußerster Dringlichkeit, wie ich hörte.«

»Aber warum? Warum diese überstürzte Hast? Was ist der Grund dafür?«

»Der Grund dafür ist der Kaiser«, antwortete der Vicomte. »Im Foreign Office kursiert das Gerücht, Louis Bonaparte plane nach dem Waffenstillstand mit Österreich weitere Eroberungen. Und als erstes beabsichtige er die Annexion Nizzas und Savoyens.«

»Aber kann er das denn überhaupt wagen?«

»Warum sollte er das nicht wagen können? Für einen Mann, der ernsthaft an die Eroberung Englands denkt, ist die Besetzung eines kleines Fürstentums auf dem Festland nur ein Kinderspiel.«

»Ich habe nie geglaubt, daß eine derartige Gefahr jemals wirklich bestehen könnte«, rief Anastasia, war sich jedoch gleichzeitig darüber im klaren, daß sie von der Richtigkeit ihrer Worte nicht überzeugt war.

Seit zwei Jahren schon herrschte in England eine regelrechte Panikstimmung, und die Regierung genehmigte die Bildung eines Freiwilligen-Corps als Ergänzung der regulären Streitkräfte.

Der Zulauf, den diese Freiwilligentruppe fand, war überwältigend. Innerhalb weniger Wochen meldeten sich 130000 Männer und erklärten sich bereit, in jedem Jahr vierundzwanzig Tage für eine militärische Ausbildung zu opfern, die sie unter den bewundernden Blicken ihrer Ehefrauen und Bräute absolvierten.

Über Dorfanger und Parkanlagen hallten Trompetensignale und Exerzierkommandos. England mobilisierte seine letzten Kampfreserven und widmete sich mit Begeisterung den Vorbereitungen auf einen Krieg mit Frankreich.

Die Wogen des Patriotismus schlugen hoch. Und nicht nur in London sprachen die Menschen von nichts anderem mehr als von der Verteidigung des Vaterlandes. Die Franzosen sollten nur kommen! England war gerüstet. Die Eroberer würden sich blutige Köpfe holen. Sogar in der Zivilbevölkerung kannten Opfermut und Einsatzbereitschaft keine Grenzen.

Nach einer großen Parade bewirtete Lord Derby zehntausend Lancashire-Freiwillige, und es wurde berichtet, daß dabei elftausenddreihundertvierzig Fleischpasteten und neunundfünzig Dreihundertliterfässer Bier dran glauben mußten.

Anastasia wußte, daß die meisten Politiker und Offiziere aus dem Bekanntenkreis ihrer Mutter ernsthaft mit Krieg rechneten.

Sir Charles Napier, der im Krimkrieg die baltische Flotte kommandierte, hatte in ihrem Beisein erklärt:

»Frankreich ist eine ungeheure Gefahr für uns. Selbst unter dem ersten Napoleon mit seiner riesigen Kriegsflotte und seiner Millionen Mann starken, bestens gerüsteten Armee war die Gefahr nicht größer als heute.

Nach ihrer Rückkehr von der Flottenparade in Cherbourg im August des Jahres 1858 hatten die Königin und der Prinzgemahl der Großherzogin anvertraut, wie sehr der gewaltige Ausbau der französischen Kriegsmarine sie beunruhige.

Und als der erste Panzerkreuzer, La Gloire, im vergangenen Jahr in Frankreich vom Stapel lief, hatte die Königin voller Entsetzen ausgerufen:

»Es muß etwas geschehen, und wir dürfen keine Zeit mehr verlieren.«

»Die diplomatischen Berichte lassen keinen Zweifel daran, daß Kaiser Louis Napoleon sich mit Eroberungsplänen trägt«, hatte Lord Palmerston der Großherzogin erst in der vergangenen Woche bei einem Dinner auf Windsor Castle gesagt.

Anastasia fragte sich nun, ob der Lord dabei einen ganz bestimmten Hintergedanken gehabt hatte, als er zu ihrer Mutter von seinen Befürchtungen und Ängsten gegenüber Frankreich sprach.

Es bedurfte also der Worte des Vicomte nicht, um Anastasia klarzumachen, daß die Entscheidung des Geheimen Staatsrates einzig und allein aus politischen Überlegungen heraus gefallen war. Durch eine Heirat König Maximilians mit einer nahen Verwandten der englischen Queen sollte Mauronien enger an Großbritannien gebunden und eine Annektion durch Frankreich verhindert werden.

Mauronien war ein kleines Königreich am Golf von Lyon, das im Norden und Osten an Frankreich, im Westen an Spanien angrenzte. Eine sehr lange Zeit vermochte es seine Unabhängigkeit zu bewahren, geriet neuerdings jedoch – wie Nizza und Savoyen – immer stärker in das Spannungsfeld der großen Politik.

»Du verstehst, weshalb wir schleunigst handeln müssen«, sagte Vicomte Lyncombe und schreckte sie aus ihren Gedanken auf. »Du mußt einfach mit mir kommen, Anastasia. Wenn du einverstanden bist, werde ich alles Nötige unverzüglich arrangieren. Wann wirst du wieder nach Hause fahren?«

»Mama und ich verlassen das Schloß morgen vormittag.«

»Sehr gut. Ich werde dich am Donnerstag abholen.«

»Nein, Christopher, das wirst du nicht«, rief Anastasia bestimmt. »So etwas läßt sich nicht übers Knie brechen. Die Angelegenheit ist viel zu wichtig, als daß ich sie während eines Walzers entscheiden könnte. Außerdem ... woher kann ich wissen, daß du die Wahrheit sagst?«

»Das wirst du sehr bald erfahren«, erwiderte der Vicomte finster. »Du weißt so gut wie ich, daß mein Vater kein Schwätzer ist. Auf Vermutungen und vage Gerüchte hat er sich noch niemals eingelassen.«

Er hat recht, dachte Anastasia. Als Königlicher Kammerherr und einer der engsten Berater der Queen, kannte der Earl von Coombe sämtliche Staatsgeheimnisse und hatte den Ruf äußerster Korrektheit und Verschwiegenheit.

Wenn er gesagt hatte, der Geheime Staatsrat habe beschlossen, sie als Braut König Maximilians nach Mauronien zu entsenden, dann konnte Anastasia sicher sein, daß dies auch geschehen würde.

Trotzdem konnte sie sich nur widerwillig mit dieser Tatsache abfinden. Es fiel ihr schwer zu glauben, daß man mit einer solchen Leichtigkeit über ihr Leben und ihre Zukunft entschieden hatte.

Obwohl in den Augen vieler Geladener das Weihnachtsfest auf Windsor Castle eine sehr ermüdende und langweilige Angelegenheit war, hatte Anastasia diese Tage stets begeistert genossen.

Im Vergleich zu dem eintönigen und zurückgezogenen Leben, das Anastasia mit ihrer Mutter auf dem von der Queen gestifteten Adelswohnsitz Hampton Court Palace führte, erschienen ihr die Gesellschaften auf Windsor Castle vergnüglich und abwechslungsreich.

Die Kronleuchter im Privatsalon der Queen waren abgenommen worden und durch große, mit Kerzen und Süßigkeiten geschmückte Weihnachtsbäume ersetzt worden.

Die Tische bogen sich gleichsam unter den vielen Speisen, und auf der Anrichte standen große Platten mit Rindskeulen und Filetstücken.

Auch im Eichenzimmer stand ein festlich geschmückter Weihnachtsbaum. Darunter lagen die Geschenke für jedes Mitglied des Königlichen Haushalts, und an jedem Päckchen steckte eine Karte, die Ihre Majestät persönlich geschrieben hatte.

In diesem Jahr war der See zugefroren, und die Festgesellschaft hatte sich jeden Tag auf dem Eis vergnügt.

Am Abend gab es die verschiedensten Darbietungen: ein Theaterstück, das die Kinder der Königin aufführten, ein

Kammerkonzert oder eine kleine Oper in der Waterloo Gallery. Obwohl die Akustik in diesem Saal nicht besonders gut war, fand Anastasia, die selten einmal ein Theater oder Konzert besuchte, die Aufführungen ganz hinreißend.

Die Schauspieler und Musiker wurden mit einem Sonderzug nach Windsor gebracht, und nach der Vorstellung bedauerlicherweise sofort wieder nach London zurückgefahren, so daß Anastasia nie die Gelegenheit fand, mit ihnen zu sprechen oder ein wenig aus ihrem Leben zu erfahren.

Schon oft war ihr der Gedanke gekommen, daß alle anderen Leute ein interessanteres oder zumindest weniger eintöniges Leben führten als sie selbst.

Es bereitete ihr eine außergewöhnliche Freude, neue Menschen kennenzulernen und sich mit ihnen zu unterhalten. Sie lachte gern, und besonders unvergeßlich waren ihr jene Abende, an denen der Prinzgemahl die Gäste auf Windsor Castle mit seinen Rätseln und lustigen Geschichten unterhielt.

Aber auch die ernsthaften Unterhaltungen über Politik, Wissenschaft und Kunst fand sie höchst lehrreich und aufregend.

Da die übrige Zeit des Jahres in einer fast quälenden Monotonie und Gleichförmigkeit verlief, fand sie alles auf Windsor Castle vergnüglich und unterhaltsam. Sogar die Spiele mit den jüngeren Kindern erfreuten sie, und oft tollte sie mit ihnen so ausgelassen durchs Schloß, daß die Queen sich veranlaßt sah, dem lärmenden Treiben Einhalt zu gebieten.

Was Anastasia jedoch über alles liebte, waren die schottischen Tänze, die mit sehr viel Feuer und zugleich auch voller Anmut getanzt wurden.

Auch an diesem Abend hatte Anastasia die Gigue, wie dieser Tanz genannt wurde, kein einziges Mal ausgelassen, obwohl sie wußte, daß ihr dies ganz bestimmt den Tadel ihrer Mutter einbringen würde.

»Du solltest dich ein wenig umsichtiger benehmen, mein Kind«, würde Prinzessin Beatrice zu ihrer Tochter sagen, sobald sie mit ihr allein war.

Aber Anastasia war der Auffassung, sie würde im Alter noch Zeit genug haben, sich umsichtig zu benehmen. Jetzt war sie jung und wollte sich vergnügen, wenn sich schon einmal eine der seltenen Gelegenheiten dazu bot.

»Well, hast du es dir überlegt?« fragte Vicomte Lyncombe und schreckte sie aus ihren Gedanken.

»Du weißt sehr gut, daß ich dazu Zeit brauche!« antwortete Anastasia.

»Ich werde auf keinen Fall Hals über Kopf mit dir davonlaufen. Diese Angelegenheit ist für mich von solcher Wichtigkeit, daß ich meine Entscheidung darüber nur nach reiflicher Überlegung treffen werde.«

»Wenn ich nur einen Funken Vernunft besäße, würde ich dich zwingen, auf der Stelle mit mir zu kommen«, sagte der Vicomte. »Wie hieß noch dieser Bursche in der Ballade, der sich ein Mädchen packte, sie quer über seinen Sattel legte und mit ihr davon galoppierte?«

»Du meinst Jung-Lochinvar«, erwiderte Anastasia.

»Ja, er mochte zwar einen äußerst blödsinnigen Namen haben, aber seine Idee war goldrichtig.«

»Aber ich denke nicht daran, mich von dir quer über den Sattel legen zu lassen«, erklärte Anastasia entschieden. »Erstens dürfte das ziemlich unbequem für mich werden, und zweitens würde ich mir ohne Kleider und ohne all die Dinge, die ich zur Pflege meiner Schönheit benötige, sehr verloren vorkommen.«

»Ach was! Warum redest du einen solchen Unsinn, Anastasia! Du bist auch schön ohne all diese Dinge!«

Die Stimme des Vicomte klang plötzlich dunkel, und ein Blick in seine Augen machte Anastasia leicht verlegen.

Gleichzeitig jedoch verspürte sie einen gewissen Triumph darüber, daß es ihr gelungen war, gerade in dem Mann Gefühle für sich zu wecken, der sie als Knabe mit seinen

Hänseleien und Gemeinheiten oft bis zur Weißglut getrieben hatte.

»Um welche Zeit reist ihr morgen vormittag ab?«

»In aller Frühe, nehme ich an«, erwiderte Anastasia. »Die Queen wird langsam genug von ihren Gästen haben.«

»Ich werde morgen abend bei euch vorbeisehen. Einen Grund für meinen Besuch werde ich schon finden. Vielleicht bringe ich eine Nachricht von meiner Mutter, jedenfalls wird mir schon was einfallen.«

»Daran zweifle ich nicht«, sagte Anastasia. »Ich frage mich nur, ob bereits jemand mit Mama darüber gesprochen hat.«

Die Antwort auf diese Frage erhielt sie am nächsten Morgen, kurz nachdem die Königliche Kutsche, die sie nach Hampton Court Palace bringen sollte, das Schloßtor passiert hatte und den Hügel hinunter zum Fluß fuhr.

Die Großherzogin war in der Tat über die Pläne der Königin bis in alle Einzelheiten informiert.

»Ich habe mit dir zu reden«, sagte sie, nachdem sie sich vom Wagenfenster abgewandt und bequem in die Polster zurückgelehnt hatte.

»Worüber?« Anastasia schenkte ihrer Mutter einen Blick aus großen, unschuldsvollen Mädchenaugen.

»Über deine Vermählung!«

»Meine Vermählung, Mama?«

»Die Queen wollte es dir eigentlich persönlich sagen«, fuhr die Großherzogin fort. »Doch schließlich hielt sie es für angebrachter, wenn ich mit dir darüber sprechen und dir klarmachen würde, welche Auszeichnung und welches Glück dir zuteil werden.«

Anastasia sagte nichts. Aus Erfahrung wußte sie, daß es ein Fehler war, ihre Mutter zu unterbrechen, wenn diese sich einmal zum Reden entschlossen hatte.

»Da du eine vorzügliche Schulbildung genossen hast und auch über die politischen Ereignisse in der Welt bestens unterrichtet bist«, fuhr die Großherzogin fort, »bedarf es keiner langen Erklärungen mehr darüber, wie angespannt die Lage in Europa ist. Unser Land rechnet jeden Tag mit einer französischen Invasion, und seit langem war die Gefahr eines Krieges nicht mehr so akut wie in diesem Augenblick.«

»Ich weiß, Mama«, sagte Anastasia und nickte.

»Wenn die drohende Kriegsgefahr überhaupt noch zu bannen ist, dann nur dadurch, daß das Gleichgewicht der Macht in Europa erhalten bleibt. Das heißt, wir müssen mit allen Mitteln zu verhindern suchen, daß Frankreich sein Territorium und seine Einflußsphäre auf dem Festland noch weiter ausbaut.«

»Natürlich, Mama.«

»Und aus diesem Grunde sollte zum Beispiel alles geschehen, Mauronien in seiner Unabhängigkeit von Frankreich zu bestärken. Und eine Königin, deren Sympathie eindeutig auf der Seite Großbritanniens liegt, könnte dazu sehr entscheidend beitragen.«

Die Großherzogin hatte die letzten Worte mit großer Eindringlichkeit gesprochen, und nach einem kurzen Schweigen fragte Anastasia ruhig:

»Was habe ich damit zu tun, Mama?«

»Du, Anastasia, bist von der Queen dazu ausersehen, die Braut König Maximilians von Mauronien zu werden.«

Bevor Anastasia noch etwas darauf erwidern konnte, sagte die Großherzogin hastig:

»Ich weiß, daß dies ein Schock für dich ist, und ich weiß auch, Anastasia, daß der Gedanke, mich und England verlassen zu müssen, dich aufs tiefste erschüttert. Doch andererseits geht auf diese Weise alles in Erfüllung, was ich mir jemals für dich ersehnt habe. Und ich bin sicher, dein lieber Papa, wäre er noch am Leben, würde hocherfreut sein bei der Vorstellung, daß seine Tochter im Begriff ist, einen Platz unter den gekrönten Häuptern Europas einzunehmen.«

»Warum ist die Wahl der Queen auf mich gefallen, Mama?«

Nach Anastasias Frage entstand eine längere Pause. Es war, als überlegte die Herzogin, ob sie dem Mädchen die Wahrheit sagen sollte oder nicht. Dann erklärte sie mit einem überraschenden Lächeln:

»Du bist die Schönste unter den Prinzessinnen, die für eine Heirat mit König Maximilian in Frage kommen.«

Anastasia lachte.

»Wenn ich an die anderen denke, Mama, dann muß ich gestehen, daß dies nicht allzu viel besagt.«

Die Großherzogin sah das belustigte Lächeln auf dem Gesicht ihrer Tochter und blickte ein wenig betreten zur Seite. Schließlich meinte sie ernst:

»König Maximilian gilt als äußerst wählerisch und anspruchsvoll. Es wäre unmöglich, ihm jemanden zu schikken, der vor seinem kritischen Blick keine Gnade finden würde. Nur ein Mädchen, von dem er überzeugt ist, daß es dem Thron von Mauronien zur Zierde gereichen wird, kommt als Bewerberin in Frage. Darüber waren sich alle, die an der Entscheidung beteiligt waren, im klaren.«

Während sie sprach, dachte sie an die Worte, die die Queen zu ihr gesagt hatte.

»Anastasia ist eigentlich viel zu jung und – nach allem, was wir gehört haben – auch viel zu unreif für eine solch wichtige Position. Aber es gibt niemanden sonst, der dafür in Frage käme. Der Prinzgemahl und ich sind die Liste der Kandidatinnen sehr sorgfältig durchgegangen, aber außer Anastasia konnten wir keine Prinzessin finden, die sowohl im heiratsfähigen Alter als auch attraktiv genug ist, um dem verwöhnten Geschmack König Maximilians gerecht zu werden.«

»Ich bin Ihnen, Ma'am, natürlich äußerst dankbar für Ihre Wahl«, hatte die Großherzogin sich devot verneigend geantwortet.

Innerlich konnte sie ein Gefühl des Triumphes darüber nicht unterdrücken, daß ausgerechnet Anastasia für die verantwortungsvolle Aufgabe ausersehen wurde.

Seit der Großherzog vier Jahre nach ihrer Eheschließung bei einem Jagdunfall ums Leben gekommen war, lebte Prinzessin Beatrice wieder in England.

Hohlenstein war auf friedlichem Wege und ohne Widerstand seiner Untertanen von Preußen annektiert worden, und es hatte nichts mehr gegeben, was die Prinzessin dort zurückhielt. So brach sie also ihre Zelte kurzentschlossen ab und kehrte mit ihrem zwei Jahre alten Baby in die Heimat zurück.

Sie verfügte nur über geringe Geldmittel, und als verwitwete Großherzogin ohne Herzogtum besaß sie keinen offiziellen Titel mehr. Was blieb, war die Achtung vor ihrer königlichen Herkunft und ihre Verwandtschaft mit der Queen.

Auf Hampton Court Palace erhielt sie eine kleine Suite, die ihr und Anastasia als Wohnung diente, und man ließ sie ständig spüren, daß sie nur eine arme Verwandte war, mit ihrer kleinen Tochter ganz und gar abhängig vom Wohlwollen und der Unterstützung der Queen.

Die Queen hatte die tausend Räume des herrlichen Tudor-Palastes als Apartments für adelige Witwen, Kinder bewährter, aber mittelloser Diener der Krone und alte oder kranke Mitglieder des Königlichen Haushalts herrichten lassen.

Erbaut von Kardinal Wolsey, war der Palast sehr bald in den Besitz von Heinrich VIII. übergegangen, der mit zweien seiner Frauen dort gelebt hatte.

Prinzessin Beatrice hatte ihren Gatten aufrichtig geliebt, und nachdem sie ihn lange und maßlos betrauert hatte, mußte sie erkennen, daß es für eine Änderung ihrer Lebenssituation bereits zu spät war.

Die meisten Bewohner des königlichen Stiftes waren sehr alt, und der Großherzogin wurde nach kurzer Zeit bewußt, welch ein zurückgezogenes und eintöniges Dasein sie und Anastasia zu führen gezwungen waren.

Gelegentlich erhielten sie eine Einladung der Königin zu

einem mehrtägigen Aufenthalt auf Windsor Castle. Und ab und zu wurde die Großherzogin aufgefordert, an einem Staatsempfang im Buckingham Palace teilzunehmen. Doch was Anastasia betraf, so bildete der Unterricht bei ihrer Gouvernante und einigen Privatlehrern die einzige Abwechslung und Zerstreuung in der Monotonie ihres jungen Lebens.

Die Großherzogin besaß noch einige Freundinnen aus ihrer Mädchenzeit, die sie ab und zu einmal zu sich einluden. In den meisten Fällen scheiterten diese Einladungen jedoch an der Tatsache, daß eine Frau ohne Ehemann auf Hausgesellschaften meist nur störend wirkt.

Die Coombes waren die einzige Ausnahme, und wenn Prinzessin Beatrice von ihrer Jugendfreundin eingeladen wurde, durfte Anastasia stets mitkommen.

Die Großherzogin wäre keine Frau und Mutter gewesen, wenn sie nicht manchmal mit dem Gedanken an eine eheliche Verbindung zwischen Anastasia und dem hübschen und wohlhabenden einzigen Sohn des Earls und der Komteß von Coombe gespielt hätte.

Doch bei nüchterner Betrachtung der Dinge war ihr immer wieder klar geworden, daß es sich dabei nur um einen unerfüllbaren Traum handelte. Anastasia als königliche Prinzessin konnte nicht heiraten ohne die Zustimmung der Queen, und Ihre Majestät lehnte jede Vermählung zwischen einer Prinzessin und einem Mann aus nichtköniglichem Geblüt kategorisch ab.

Doch nun hatte Anastasia Aussicht, Königin zu werden, und die Großherzogin fühlte, wie ihr das Herz überfloß vor Dankbarkeit gegenüber dem Schicksal, das ihr und ihrer Tochter in dem Moment ein unerwartetes Geschenk machte, als sie es am wenigsten zu hoffen wagten.

»Ich frage mich, was geschehen würde, wenn ich mich weigerte, die Entscheidung der Queen zu akzeptieren«, sagte Anastasia mit klarer Stimme, als der Wagen an dem ausgedehnten Gebäudekomplex des Eton College entlangfuhr.

Durch das Kutschenfenster sah sie die wundervollen roten Backsteingebäude aus der Tudorzeit, in denen seit Jahrhunderten die Söhne des britischen Adels ihre Ausbildung erhielten.

»Weigern?« stieß ihre Mutter hervor. »Was kannst du damit meinen, Anastasia?«

»Glaubst du nicht auch, Mama, daß es ziemlich barbarisch ist, wenn eine Frau gezwungen werden kann, einen Mann zu heiraten, den sie nie zuvor in ihrem Leben gesehen hat? Und das in einem Land, das stolz darauf ist, demokratisch zu sein, und in dem Männer für die Freiheit kämpfen und sterben?«

»Wie kannst du nur etwas so Törichtes sagen?« rief die Großherzogin unwillig. »Du weißt so gut wie ich, daß königliche Hochzeiten immer vereinbart und arrangiert werden. Und etwas Ähnliches geschieht unter den Adligen aller zivilisierten Ländern der Erde.«

»So etwas ist in meinen Augen nicht besonders zivilisiert.« Anastasia seufzte. »Also wenn du mich fragst, Mama, diese Art des Heiratens ist für mich nur so etwas wie ein Tauschgeschäft: Ich komme mir dabei vor wie eine Ware, die über die Ladentheke geschoben wird.«

Sie lachte, dann fuhr sie fort:

»Die Queen hat sicher zu König Maximilian gesagt: ›Sie wollen von England Schutz und Hilfe! Well, in diesem Fall senden wir Ihnen eine unserer Spezialbräute – fein säuberlich in den Union Jack verpackt!‹ Meinst du nicht auch, daß es so war, Mama?«

»Anastasia, willst du, daß ich einen Herzanfall bekomme!« stieß die Großherzogin nach Atem ringend hervor. »Wenn dich die Queen so reden hörte – sie würde sehr zornig auf dich sein!«

»Wahrscheinlich würde ich das in ihrer Gegenwart auch nicht sagen, Mama«, erwiderte Anastasia. »Aber ich hoffe, vor der eigenen Mutter wird man wohl noch sagen können, was man denkt.«

»Schon, schon, Anastasia. Aber ich beschwöre dich, denke solche Dinge nicht mehr!« Die Stimme der Großherzogin zitterte. »Vermagst du dir denn nicht vorzustellen, welch einmalige und wundervolle Gelegenheit sich dir hier bietet?«

Anastasia antwortete nicht, und die Großherzogin stieß einen tiefen Seufzer aus.

»Ich weiß, Liebes, wie langweilig und öde die letzten Monate für dich gewesen sein müssen. Auch ich hatte gehofft, daß die Queen dir nach deinem Debüt im Frühjahr einmal eine Einladung zu einem Dinner oder einer Gesellschaft im Buckingham Palace geschickt hätte. Aber leider geschah nichts dergleichen.«

»Ich glaube nicht, daß Ihre Majestät mich besonders mag, Mama«, sagte Anastasia und lächelte wissend. »Nicht von ungefähr wird erzählt, daß sie kein weibliches Wesen, das auch nur einigermaßen hübsch ist, in ihrer Nähe duldet.«

»Anastasia!« rief die Großherzogin ein zweites Mal, und ihr Tonfall verriet höchstes Entsetzen.

»Aber was ist denn, Mama! Du weißt doch selbst, daß hübsche Kammerfrauen der Queen ein Greuel sind. Denk nur an den Skandal um die schöne Lady Hastings, als alle Welt glaubte, sie erwarte ein Kind, und in Wirklichkeit hatte die Ärmste Krebs im letzten Stadium!«

»Wie kannst du nur diesen bedauerlichen und unglücklichen Vorfall erwähnen«, rief die Großherzogin vorwurfsvoll. »Woher weißt du überhaupt davon? Wer hat dir diese Geschichte erzählt?«

»Du und die anderen Bewohner von Hampton Court Palace habt doch jahrelang über nichts anderes gesprochen, wie hätte ich da von der Sache nichts mitbekommen sollen!« entgegnete Anastasia ruhig. »Außerdem wohnt die Tante der armen Lady Hastings nur drei Türen neben uns.«

»Mir wäre lieber, du hättest von den Dingen, die vor deiner Geburt geschahen, keine Ahnung! War es notwendig, dir solche Skandalgeschichten zu erzählen?«

»Alte Leute haben ein Gedächtnis, das weit in die Vergangenheit zurückreicht«, sagte Anastasia. »Und am liebsten reden sie über Dinge, die sich ereigneten, als sie noch jung waren. Ich wollte dir ja auch nur sagen, daß die Queen mich nicht gerade in ihr Herz geschlossen hat, Mama.«

»Ob die Königin dich in ihr Herz geschlossen hat oder nicht, spielt keine Rolle, Anastasia«, fuhr die Großherzogin ihre Tochter an. »Auf jeden Fall hat sie in dieser Angelegenheit an dich gedacht. Darauf allein kommt es an. Und was noch mehr ist, Ihre Majestät hat uns tatsächlich ihre Hilfe bei der Aussteuer angeboten.«

Anastasia ließ einen leisen Ausruf der Überraschung hören.

»Das glaube ich nicht! O Mama, welche Vorstellung, ein einziges Mal im Leben ein paar wirklich hübsche und teure Kleider zu besitzen! Mir wird ja todübel, wenn ich an die Sachen denke, die wir uns selbst geschneidert haben. Und die arme alte Mrs. Hawkins hat ihre erfolgreiche Zeit als Näherin auch schon seit langem hinter sich. Mit ihren gichtgekrümmten Fingern kann sie kaum noch eine Nadel halten. Ich komme mir stets sehr unbarmherzig vor, wenn ich sie bitte, mit etwas zu nähen oder in Ordnung zu bringen. Es ist ganz offensichtlich eine Folter für sie, wenn sie Nadel und Faden in die Hand nehmen muß.«

»Leider sind wir nicht in der Lage, uns jemand anderen zu nehmen«, sagte die Großherzogin beinahe entschuldigend.

»Das weiß ich doch, Mama, und ich bin deswegen auch nicht unzufrieden«, erklärte Anastasia rasch. »Aber es würde himmlisch sein, nach London zu fahren und dort etwas wirklich Exquisites aussuchen zu können. Was hat die Queen gesagt? Wieviel will sie dazutun?«

»Sie hat keinen Betrag genannt«, entgegnete die Großherzogin. »Sie sprach nur davon, daß sie dir ein halbes Dutzend Abendkleider, ein Dutzend *toilettes* für den Tag, zwölf Unterröcke und das Hochzeitsgewand schenken will.«

»Das ist ja direkt sensationell!« rief Anastasia aus. »Viel sensationeller und erregender als die Nachricht, man habe mich zur Braut eines Königs bestimmt, der eine Schwäche für französische Frauen hat und Engländerinnen höchstwahrscheinlich nicht ausstehen kann.«

»Anastasia!« rief die Großherzogin ein drittes Mal. Tadel und Entsetzen waren nun in ihrer Stimme nicht mehr zu überhören.

»Wie kannst du so etwas behaupten! Wer hat dir nur solche Dinge über König Maximilian erzählt?«

»Ich bitte dich, Mama, was soll diese falsche Entrüstung!« sagte Anastasia. »Sei doch ehrlich zu mir. Auch dir dürfte bekannt sein, daß der König eine Vorliebe für alles Französische hat. Weshalb sonst sollte die Königin solche Anstrengungen machen, ihn an Großbritannien zu binden! Sie fürchtet eben, daß Mauronien ein Teil Frankreichs werden könnte, wenn nicht schleunigst etwas geschieht, was dies verhindert.«

»Ich kann mir nicht vorstellen, wo du diesen Unsinn nun wieder aufgeschnappt hast...« begann die Großherzogin. Doch dann begegneten ihre Augen denen ihrer Tochter. Sie verstummte und setzte nach einer kurzen Pause zögernd hinzu:

»Ich habe gehört, daß der König sich des öfteren in Paris aufhält.«

Anastasia lächelte verständnisvoll.

»Französinnen sind dunkel, Mama. Dunkel, attraktiv und sehr temperamentvoll. Glaubst du, der König würde Gefallen an mir finden?«

Die Großherzogin blickte ihre Tochter staunend an und ertappte sich dabei, daß sie um eine Antwort verlegen war.

Anastasias Bedenken waren gar nicht so abwegig.

Obwohl sie einen russischen Vornamen trug, weil der Zar einer ihrer Taufpaten gewesen war und ihr Vater aus Osteuropa stammte, konnte es niemanden geben, der englischer aussah als sie.

Sie hatte blaue Augen. Groß und ausdrucksvoll beherrschten sie das feine, herzförmige Gesicht. Ihre Wimpern waren sehr lang und dunkel, während ihr Haar die Farbe des Sonnenscheins im Frühling hatte. Und selbst an den trübsten Regentagen hatte man den Eindruck, eine Gloriole aus Licht umgebe sie.

Ihre Gestalt war zartgliedrig und sehr graziös. Ihrer Meinung nach ein Erbteil des Vaters, dessen Vorfahren mütterlicherseits aus Österreich stammten.

Aber Anastasias Mutter war Engländerin, und von ihr besaß sie die milchweiße Haut, die etwas von der Durchsichtigkeit und dem perlmutternen Glanz einer Perle hatte.

Ja, das Mädchen war die Verkörperung dessen, was in den Augen der meisten Menschen irrtümlicherweise als typisch englische Schönheit galt.

Aber im Gegensatz zu der landläufigen Meinung, daß ein schönes Gesicht auf mangelnde Intelligenz schließen lasse, verfügte Anastasia über ungewöhnliche Geistesgaben.

Sie war hochintelligent, außergewöhnlich musisch begabt und sehr feinfühlend. Aber sie war auch, wie ihrer Mutter mit einem plötzlichen Gefühl der Beklemmung bewußt wurde – sehr verwundbar und verletzlich.

Zum erstenmal stellte die Großherzogin sich die bange Frage, wie würde das junge Mädchen, das nichts von der Welt kannte, dem die Probleme und Schwierigkeiten der Diplomatie fremd waren, das den Gefahren, Intrigen und Kabalen der feinen Gesellschaft schutzlos gegenüberstand, wie würde dieses unschuldsvolle und hochgemute Geschöpf sich gegenüber einem Mann wie König Maximilian behaupten können?

Doch dann gebot sie sich Einhalt. Sie durfte jetzt nicht die Nerven verlieren und in Panik geraten. Außerdem war sie ja selbst der lebende Beweis dafür, wie gut eine solche Verbindung werden konnte.

Wie glücklich war sie in ihrer eigenen Ehe geworden, obwohl diese unter fast den gleichen Umständen zustande gekommen war, wie es bei ihrer Tochter der Fall sein würde.

Zugegeben, der Großherzog von Hohlenstein konnte, was seine Bedeutung und seine Macht betraf, schwerlich mit dem König von Mauronien verglichen werden. Aber auch sie hatte England verlassen, um einen Mann zu heiraten, den sie zuvor nur ein einziges Mal gesehen hatte. Und dennoch war sie schon bald nach der Hochzeit unsterblich in ihn verliebt gewesen.

Ihre Jugend allerdings unterschied sich von der Anastasias völlig.

Sie war in einer großen Familie aufgewachsen. Sie hatte Brüder gehabt und einen Vater, den sie sehr liebte und mit dem sie sehr viel zusammengewesen war. Und vor allem hatte sie nicht so früh ihr Elternhaus verlassen müssen. Sie war zweiundzwanzig gewesen, als sie geheiratet hatte.

Die Großherzogin wählte ihre Worte sehr sorgfältig, als sie nun weitersprach:

»Ich glaube, man muß da unterscheiden, Anastasia. Viele Männer bevorzugen für ihr Vergnügen einen ganz bestimmten Frauentyp. Aber als Gemahlin und Mutter ihrer Kinder wünschen sie jemanden, der sich sowohl dem Aussehen nach als auch vom Charakter her grundlegend von diesen Frauen unterscheidet.«

»Ein tröstlicher Gedanke, Mama«, antwortete Anastasia. »Doch Lady Walters meinte, daß Männer sich im allgemeinen immer wieder in den gleichen Frauentyp verlieben. So ähnlich wie der eine Labradorhunde mag und der andere für Dalmatiner schwärmt.«

»Lady Walters!« stieß die Großherzogin unwillig hervor. »Wie oft habe ich dir schon gesagt, du sollst deine Zeit nicht damit verschwenden, dir die Klatschgeschichten dieser Frau anzuhören! Mir wird es immer unbegreifbar bleiben, wie sie es anstellte, einen Platz auf Hampton Court Palace zu erhalten. Für mich gibt es dafür nur die Erklärung, daß die Queen ihr nie begegnet ist.«

»Aber sie ist ihr begegnet, Mama. Mrs. Walters hat mir oft genug erzählt, wie abweisend die Queen sich ihr gegenüber verhalten hat. Ihre Majestät hat immer wieder versucht, sie von oben herab zu behandeln, mußte aber feststellen, wie schwierig das ist, da Mrs. Walters sie beinahe um Hauptes-länge überragt.«

»Ich habe nicht die Absicht, mich mit dir über diese Frau zu unterhalten«, erklärte die Großherzogin ungnädig, »und ich möchte dich bitten, Anastasia, mit ihr nicht über die bevorstehende Heirat zu sprechen.«

Anastasia gab ihrer Mutter keine Antwort, denn sie hatte sich bereits vorgenommen, Lady Walters ausgiebig über König Maximilian von Mauronien zu befragen.

Als Witwe eines äußerst fähigen und erfolgreichen Diplomaten war Mrs. Walters gleichsam eine unerschöpfliche Fundgrube an Informationen über jedes Land der Erde und jede Persönlichkeit von einiger Bedeutung.

Sie war schon sehr alt, dennoch trug sie immer noch eine auffallend rote Perücke, schminkte sich stark und hatte einen Verbrauch an Duftwässern, daß die Großherzogin und die anderen Bewohnerinnen des Stiftes sich regelrecht belästigt fühlten.

Mrs. Walters brachte Abwechslung in das graue Einerlei des Lebens auf Hampton Court Palace. Sie sorgte dafür, daß der unter den Menschen so dringend benötigte Gesprächsstoff über die Schwächen und Fehler des lieben Nächsten niemals ausging.

Anastasia hatte die alte Dame sofort in ihr Herz geschlossen.

Sie fand Mrs. Walters wunderbar und hätte ihr stundenlang zuhören können, wenn sie von den Skandalen berichtete, die sich an den Höfen ereignet hatten, an denen ihr Mann als Botschafter tätig gewesen war.

Daß sie auf die Königin von England nicht gut zu sprechen war, konnte Anastasia durchaus verstehen. Denn als Mrs. Walters und ihr Mann schließlich nach London zurückgekehrt waren, hatte man sich bei Hof lustig über sie gemacht und sie gemieden, wo man nur konnte.

Während sich die Kutsche Hampton Court Palace näherte, dachte Anastasia voller Eifer an die vielen Themen, die sie mit Mrs. Walters zu besprechen haben würde.

Zwischendurch mußte sie immer wieder daran denken, mit welcher Schärfe der Vicomte ihre geplante Ehe mit König Maximilian abgelehnt hatte.

Christopher ist eifersüchtig, sagte sie sich. Gleichzeitig jedoch war sie sicher, daß er in seiner Ablehnung nicht so rigoros und unerbittlich gewesen war, nur weil er sie, Anastasia, liebte.

Eifersucht allein konnte nicht der ausschließliche Grund für Christophers negative Einstellung gegenüber dem Herrscher von Mauronien sein.

Kein Zweifel: Christopher verabscheute den König aus ganzer Seele. Aber es mußte da noch etwas anderes geben, das eine maßgebliche Rolle spielte.

Anastasia fragte sich, welcher Vergehen Seine Majestät sich wohl schuldig gemacht hatte und ob die Befürchtungen der Queen sich einzig und allein auf die geographische Lage seines Landes bezogen.

Während draußen die Landschaft vorüberzog und Anastasia scheinbar interessiert aus dem Fenster blickte, dachte sie an das, was sie über Paris und über die Vergnügungssucht und Zügellosigkeit des Second Empire gehört hatte.

Sie erinnerte sich daran, daß Kaiser Napoleon III. und Kaiserin Eugénie England vor zwei Jahren einen Besuch abgestattet und mit der Queen in Osborne weilten.

Die Großherzogin war zu dieser Begegnung eingeladen worden. Anastasia selbst war damals noch zu jung gewesen, um ihre Mutter begleiten zu dürfen. Sie hatte sich jedoch schrecklich für diesen Besuch interessiert und ihre Mutter fast zum Wahnsinn getrieben, bis sie auch die letzten Einzelheiten dieses Ereignisses erfahren hatte.

Die Garderobe der Kaiserin mußte phantastisch gewesen

sein, und Anastasia hatte sämtliche illustrierten Blätter nach Skizzen und Abbildungen davon durchstöbert.

Im folgenden Jahr war dann die Queen zu einem Gegenbesuch nach Cherbourg gereist. Doch die Großherzogin war nicht bei denjenigen gewesen, die die Monarchin über den Kanal nach Frankreich begleiteten.

Zum Glück hatte es Mrs. Walters gegeben. Sie erfuhr sämtliche Details dieser Reise und des Empfangs in Cherbourg von ihren Freunden.

Von ihr wußte Anastasia auch, daß es zwischen der Queen und Madame Walenska, der Frau des französischen Außenministers kein Lächeln, nicht einmal den vom Zeremoniell vorgeschriebenen Begrüßungskuß gegeben hatte.

»Und warum nicht?« hatte Anastasia Mrs. Walters gefragt.

»Ihre Liaison mit dem Kaiser war in der Öffentlichkeit zu sehr bekanntgeworden, als daß man sie hätte übersehen können«, hatte Mrs. Walters erwidert.

»Sie meinen, daß der Kaiser ...«

»Mein Liebes, er ist Franzose«, erklärte Mrs. Walters mit einem verständnisvollen Lächeln. »In Paris gibt es nicht eine einzige schöne Frau, für die der Kaiser sich nicht interessieren würde. Und welche Frau fühlte sich nicht geschmeichelt, wenn ein Mann von seinem Rang sich um sie bemüht.«

Anastasia hatte viel über Lady Walters Worte nachgedacht. Und sie hatte gewußt, daß ihr hier eine völlig andere und fremde Welt begegnete. Eine Welt, in der Menschen lebten, deren Verhalten ihr Angst und Abscheu einflößte. Nie hätte sie es in ihrem wohlbehüteten, ruhigen und weltabgeschiedenen Dasein für möglich gehalten, daß jemand so unmoralisch und gewissenlos sein könnte.

Ihre Mutter hatte stets so getan, als gäbe es unter Eheleuten weder Spannungen noch Untreue. Wenn zwei Menschen einmal miteinander verheiratet waren, lebten sie glücklich und zufrieden bis ans Ende ihrer Tage.

Nun mußte Anastasia mit einem Mal erfahren, daß dies ein Irrtum war.

Hier war der Kaiser der Franzosen, ein Mann, der lange Zeit in England gelebt hatte und der bis zu dem immer stärker werdenden Gerücht über die französischen Invasionspläne auf der Insel sehr beliebt gewesen war. Und dieser von allen so bewunderte und verehrte Monarch betrog seine schöne und charmante Gemahlin. Betrog sie mit Frauen, die oft genug ihrerseits durch eine Ehe gebunden waren.

Es war nicht schwierig für Anastasia, Lady Walters dazu zu bewegen, von diesen Frauen zu erzählen, deren Reizen der Kaiser verfallen war und die kein Geheimnis daraus machten, daß er ihnen seine Gunst schenkte und sie mit kostspieligen Geschenken förmlich überschüttete.

Oft hatte Anastasia den Eindruck, Lady Walters vergesse völlig, daß ihre Zuhörerin noch ein Mädchen war, für dessen Ohren manche der Geschichten einfach noch nicht bestimmt waren. Die alte Dame sprach zu ihr wie zu ihren gleichaltrigen Gesprächspartnerinnen und nahm dabei kein Blatt vor den Mund.

»Erinnerst du dich an die So-und-So?« fragte sie aufgeregt und gab eine Skandalgeschichte voller Intrigen, Leidenschaften und Gemeinheiten zum besten. Und jedesmal verschlug es Anastasia die Sprache, während sie dasaß und mit fassungslos geweiteten Augen zuhörte.

König Maximilian ist kein Franzose, sagte sie sich nun, aber er hat eine Schwäche für Französinnen und ist ebenso begeistert von der Lebensart der Franzosen. Vermutlich war es ganz natürlich für ihn, daß er sich den Franzosenkaiser auch in diesen Dingen zum Vorbild nahm.

Zum ersten Mal gab sie vor sich selbst zu, daß der Vicomte die Wahrheit gesagt haben könnte.

Würde es vielleicht doch klüger sein, mit Christopher zu fliehen, wie er es vorgeschlagen hatte, anstatt das Risiko einzugehen, einen Mann zu heiraten, der sie mit dunkelhaarigen Schönheiten betrog, sie nicht beachtete und sie damit zu einem einsamen und verzweifelten Mauerblümchen machte?

»Stell dir vor, Anastasia, wie wundervoll es für dich sein wird, eine Königin zu werden«, unterbrach die Großherzogin die Gedankengänge ihrer Tochter. »Ich glaube, Mauronien ist ein herrliches Land. Das Klima dort soll sehr mild sein, und wenn du im nächsten Monat heiratest, wärest du gerade rechtzeitig dort, um die ersten Frühlingsblumen zu erleben. Auf den Bäumen werden Zitronen und Apfelsinen wachsen, und die Mimosen müßten in voller Blüte stehen.«

»In einem Monat heiraten?« fragte Anastasia überrascht.

»Nun ja, vielleicht habe ich dir das noch nicht gesagt«, meinte die Großherzogin ausweichend, »aber der Queen ist sehr daran gelegen, daß keine Zeit verloren wird. Wenn nämlich die französische Armee einmal mit dem Einmarsch in Mauronien begonnen hat, gibt es nichts mehr, was der König tun könnte, um sie aufzuhalten.«

In diesem Augenblick war es Anastasia endgültig klar, daß die Informationen des Vicomte korrekt waren.

Nicht nur das Schicksal Nizzas und Savoyens beunruhigte den Geheimen Staatsrat, sondern auch das von Mauronien.

Und das war der Grund dafür, daß die geplante Heirat keinen Aufschub mehr duldete.

England mußte den Franzosen auf unmißverständliche Weise deutlich machen, daß es an der Unabhängigkeit Mauroniens ein lebenswichtiges Interesse hatte.

Und dieses Interesse war sogar berechtigt, sobald dort eine Engländerin auf dem Thron saß.

Ich bin also nur ein Werkzeug, dachte Anastasia. Als Person, als Mensch bin ich unwichtig. Ich fungiere lediglich als Figur in einem diplomatischen Spiel.

Wenn Frankreich einen Zug macht, macht England den Gegenzug.

Wieder mußte sie daran denken, wie gewaltsam manche

Politiker die Furcht vor den französischen Invasionsplänen schürten.

Die ganze Vorstellung eines Überfalls der Franzosen auf Großbritannien kam ihr irgendwie unrealistisch vor. Das war etwas, was die Zeitungen der Öffentlichkeit einhämmerten. Oder auch Scharfmacher wie Lord Houghton, der erklärt hatte: »Wenn wir nicht auf der Hut sind, wird der französische Adler bald von allen Türmen der Insel wehen.«

Das glaube ich nicht, hatte Anastasia gedacht, als sie davon hörte.

Trotz der Begeisterung der Freiwilligen und trotz des Lärms, den sie bei ihren Übungen im Park von Hampton Court Palace verursachten, hielt sie eine Invasion der Franzosen für unwahrscheinlich.

Noch hatte sie das Gefühl, mit der ganzen Sache nichts zu tun zu haben. Dabei bahnten sich bereits gewaltige Veränderungen für ihr Leben an, weil ein französischer Monarch sich mit Eroberungsplänen trug.

Sie sollte eine Königin werden – eine Königin wie die Frau, von der sie sich an diesem Morgen auf Windsor Castle verabschiedet hatte.

Keine Frage, daß Königin Viktoria ihren Gatten anbetete. Anastasia brauchte nur daran zu denken, wie Ihre Majestät den Prinzgemahl anschaute, wie sie sich um ihn bemühte, sich ihm gegenüber gab, um zu wissen, daß diese Frau ihn aus tiefster Seele liebte.

Und dennoch, dachte Anastasia, liegt ihr Fall völlig anders als bei mir.

Die Queen hatte den Prinzen zu einem Besuch nach England eingeladen, bevor sie ihm das Jawort gab. Außerdem hatte sie die Wahl gehabt zwischen einer größeren Anzahl standesgemäßer Bewerber.

Ich dagegen habe nur die Wahl, sagte sie nun zu sich selbst, mit Christopher durchzubrennen und dadurch einen fürchterlichen Skandal heraufzubeschwören, oder König Maximilian zu heiraten, der mich nicht will, der nicht an den Engländern, sondern an ihren Feinden, den Franzosen, interessiert ist.

Sie atmete tief und entschied dann, daß die Worte, die sie ihrer Mutter hatte sagen wollen, am besten ungesagt blieben.

Sie wußte, ihre Mutter würde sie nicht verstehen. Ihre Mutter würde von einer ganz anderen Basis aus argumentieren als sie, Anastasia. Ihre Mutter dachte nur an die Aufwertung der eigenen Person, die ihr Anastasias Vermählung mit einem Monarchen Europas bringen würde. Schwierigkeiten und Probleme gab es in dieser Angelegenheit für die Großherzogin nicht. Für sie stand es fest, daß Anastasia mit der Heirat einverstanden sein würde. Einfach schon deshalb, weil keine Frau eine solche Chance vorübergehen ließ – gleichgültig, ob dabei Liebe im Spiel war oder nicht.

Christopher liebt mich, aber ich erwidere seine Liebe nicht, dachte Anastasia. Der König dürfte vermutlich nichts für mich empfinden, und vielleicht verabscheut er mich sogar. Was ich für ihn zu fühlen imstande bin, weiß ich erst, wenn ich ihn gesehen habe. Doch dann wird es für einen Rückzieher zu spät sein.

Sie befand sich in einer außergewöhnlich schwierigen Lage, und niemand war da, der ihr helfen oder ihr wenigstens einen Rat geben konnte.

Auf dem gesamten Weg nach Hampton Court Palace hörte die Großherzogin nicht auf zu reden. Anastasia ließ sie gewähren. Sie achtete einfach nicht auf das, was ihre Mutter sagte.

Sie hatte ein Problem zu lösen – das erste große Problem ihres jungen und bisher so behüteten Lebens.

Als sie dann das wundervolle, jahrhundertealte rote Backsteingebäude vor sich aufragen sah und die Kutsche durch das Anna-Boleyn-Tor in den Palasthof rollte, dachte sie mit einem leichten Herzklopfen daran, daß sie vor einem erregenden Abenteuer stand, gleichgültig wie ihre Entscheidung auch ausfallen mochte.

Das dumpfe, ereignislos dahinfließende Dasein, das sie bisher geführt hatte, war zu Ende.

Vor ihr lag das wirkliche Leben mit seinen Gefahren, Überraschungen und Spannungen.

Sie hatte das Gefühl, am Ufer des Meeres zu stehen. Bald würde die Fahrt beginnen, und in welche Richtung sie das Ruder auch lenken mochte, es konnte eine Reise in den Untergang sein.

Aber wie die Reise auch enden mag und für welchen Mann ich mich auch entscheide, sagte sich Anastasia, mein Leben wird interessanter und aufregender sein als das Leben, das ich in diesen engen Räumen und zwischen diesen alten Frauen und Männern führe, die nur noch auf ihren Tod warten.

»Da wären wir wieder«, rief die Großherzogin freudig. »Und nun, Anastasia, haben wir allerhand zu tun. Zunächst müssen wir eine Liste all der Dinge aufstellen, die du für deine Aussteuer benötigst, und anschließend werden wir unsere Vorbereitungen für die Fahrt nach London treffen, damit wir morgen gleich in aller Frühe aufbrechen können!«

Sie stieß einen tiefen Seufzer aus, und es klang wie ein befreites Aufatmen.

»Es ist aufregend, nicht wahr, mein Liebling?«

»Ja, Mama, sehr aufregend«, erwiderte Anastasia wahrheitsgemäß.

Dann, als sie durch die Tür des kleinen Apartments trat, das sie und ihre Mutter bewohnten, fragte sie sich mit einem Gefühl der Furcht, ob der Palast des Königs von Mauronien ihr nicht noch mehr wie ein Gefängnis vorkommen würde als diese kleine Wohnung auf Hampton Court Palace.

Sollte sie einen Mann heiraten, der sie nicht liebte, gab es auf diese nur eine einzige furchtbare Antwort.

II

Anastasia hatte ihrer Mutter geholfen, die Mäntel und Taschen nach oben zu tragen. Dann wartete sie, bis der Kutscher die Koffer brachte, gab dem Mann ein kleines Trinkgeld und schloß leise die Tür hinter ihm. Nachdem sie einige Sekunden lang nachdenklich in der schmalen Diele verharrt hatte, schlüpfte sie in den Salon.

Sie trat an den Bücherschrank und holte einen Stapel Magazine hervor.

Wie sie sich vage zu erinnern glaubte, hatte sie vor einigen Wochen in einer Ausgabe der *Illustrated London News* eine Abbildung König Maximilians gesehen. Sie mußte ein halbes Dutzend Nummern durchblättern, bis sie fand, was sie suchte.

Es war eine ganzseitige Darstellung des Königs, die ihn in Uniform zeigte, die Brust mit zahlreichen Orden und Ehrenzeichen geschmückt, über der Schulter eine breite Schärpe.

Anastasia betrachtete das Porträt eine Weile und versuchte sich darüber klarzuwerden, was sie bei diesem Anblick empfand.

Es war schwierig, zu beurteilen, ob König Maximilian in Wirklichkeit ein so gutaussehender Mann war, als den der Künstler ihn offensichtlich hatte darstellen wollen.

Er hatte eine breite, gewölbte Stirn über einer geraden klassischen Nase, dazu ein energisches Kinn. Die dunklen Augen blickten den Betrachter an. Der Blick war offen und furchtlos, und Anastasia glaubte, etwas Strenges und Unnachgiebiges in diesem Gesichtsausdruck zu erkennen.

Seine Erscheinung strahlte Kraft und Autorität aus, gleichzeitig wirkte sie leicht einschüchternd und ganz bestimmt sehr exotisch und fremdländisch. Jedenfalls wirkte er nicht wie ein Franzose oder Spanier.

Anastasia sagte sich, daß sie einem solchen Mann noch nie begegnet war. Vielleicht, dachte sie, erinnern seine Züge an seine griechische und römische Herkunft.

Während ihre Mutter unaufhörlich schnatternd neben ihr in der Kutsche gesessen hatte, erinnerte sich Anastasia daran, daß die Geschichte Mauroniens eine Geschichte zahlreicher feindlicher Einfälle und Eroberungen war.

Schon die seefahrenden Griechen hatten in Mauronien eine Kolonie errichtet. Sie wurden abgelöst von den Phoeniziern, die auf der Höhe ihrer Macht die gesamte Mittelmeerküste in ihre Gewalt gebracht hatten.

Und aus der Zeit der Römerherrschaft mußten noch viele Bauwerke im Land erhalten sein. Anastasia erinnerte sich, darüber gelesen zu haben, daß man noch vor kurzem ein riesiges römisches Amphitheater in Mauronien ausgegraben hatte.

Doch all diese gehörten der Vergangenheit an. Was sie jetzt vor sich hatte, war ein Bild des regierenden Königs Maximilian III., der von seinem Vater ein blühendes Staatswesen erbte, dessen Bewohnern man leidenschaftlichen Patriotismus nachsagte.

Das war alles, was Anastasia im Augenblick über das kleine Königreich wußte. Doch als ihre Augen auf die Bildunterschrift fielen, las sie die Worte:

> *König Maximilian II. von Mauronien in Paris als Gast Kaiser Napoleons III. und der Kaiserin Eugénie. Seine Majestät ist ein häufiger Besucher der französischen Metropole.*

Man kommt immer wieder auf denselben Punkt zurück, was den König betrifft, dachte Anastasia. Es scheint also etwas Wahres daran zu sein, wenn man ihm nachsagt, er sei zu profranzösisch eingestellt.

Sie schlug die *Illustrated London News* zu und stellte den Stapel Magazine wieder an den Platz zurück, an dem sie gelegen hatten. Sie hegte nicht den Wunsch, mit ihrer Mutter über das Porträt des Königs zu sprechen, aber sie war fest entschlossen, mehr und so viel wie möglich über ihn zu erfahren.

Ein Blick auf die Uhr über dem Kamin zeigte ihr, daß es noch früher Nachmittag war und daß sie bis zur Ankunft Vicomte Lyncombes noch einige Stunden Zeit hatte.

Auf Zehenspitzen verließ sie den Salon und schlich in die kleine Halle mit der Treppe, die zu den Schlafgemächern hinaufführte. Am Fuß der Treppe blieb sie stehen und lauschte.

Sie hörte, daß ihre Mutter mit der alten Dienerin sprach, die bei ihnen lebte. Die beiden waren beim Auspacken der Koffer und würden noch eine Zeitlang beschäftigt sein.

Leise öffnete Anastasia die Außentür und huschte nach draußen.

Die roten Backsteine von Hampton Court Palace leuchteten wie Rubine im Schein der Wintersonne. Die Luft roch nach Frost. Später, wenn die Sonne untergegangen war, würde es sehr kalt werden, doch im Augenblick fühlte Anastasia sich trotz der langen Fahrt von Windsor Castle nach hier frisch und belebt.

So schnell sie konnte, lief sie am Haus entlang zu der Tür, die zu Lady Walters Apartment führte.

Sie fragte sich nicht, ob Lady Walters über ihren Besuch erfreut sein würde. Sie war sicher, daß die alte Dame bereits voller Ungeduld auf sie wartete, um von ihr alles über die Weihnachtsparty auf Windsor Castle zu erfahren.

Ein Diener, der so alt war, daß seine Livree eher ein Skelett als einen Körper aus Fleisch und Blut zu bedecken schien, öffnete Anastasia die Tür und geleitete sie in den Salon.

»Ihre Königliche Hoheit, M'lady!« verkündete er mit Stentorstimme, die infolge seiner Taubheit so laut war, daß man unwillkürlich zusammenzuckte.

Was aussah wie ein Bündel aus Decken und Schals bewegte sich nun in einem Ledersessel neben dem Kamin, und eine krächzende Stimme fragte:

»Wer? Wer ist es, hast du gesagt?«

Dann erkannte Lady Walters das Mädchen.

»Oh, Sie sind es, meine Liebe«, rief sie beglückt. »Sie sind zurück? Heute morgen hab' ich noch daran gedacht, daß Sie im Laufe des Tages heimkehren würden. Ich freue mich, Sie zu sehen.«

Anastasia näherte sich dem Lehnsessel.

Lady Walters war eingehüllt in zahlreiche Wollschals, und über ihren Knien lag eine schäbige, von Motten zerfressene Decke aus Zobelpelz.

Dennoch wirkte ihr Gesicht bleich und blutleer, und die blaugeäderte, gichtgekrümmte Hand, die sie Anastasia entgegenstreckte, fühlte sich an wie Eis.

»Wie geht es Ihnen, Madam?« erkundigte sich Anastasia.

»Schlecht, mein Kind, sehr schlecht«, erwiderte Lady Walters. »Es ist die Kälte, wissen Sie, und alles, was ich dagegen unternehme, ist vergebens. Aber sprechen wir von Ihnen. Haben Sie sich auf Schloß Windsor gut amüsiert, und sieht die kleine pummelige Queen immer noch aus wie eine Kropftaube?«

Anastasia lachte, und weil sie wußte, daß es von ihr erwartet wurde, berichtete sie alle Einzelheiten der vergangenen Tage und jedes Wort, das Ihre Majestät gesagt hatte. Dabei übertrieb sie ihre Schilderungen und stellte alles viel lustiger und unterhaltsamer hin, als es in Wirklichkeit gewesen war.

Lady Walters saß da mit geneigtem Kopf und leicht verrutschter tizianroter Perücke und hörte gebannt zu.

Sie war nicht so schwerhörig, wie man das bei ihrem hohen Alter hätte erwarten können. Anastasia wußte allerdings, daß die Diplomatenwitwe sich gern schwerhörig stellte, sobald irgendeine Erzählung oder ein Gespräch ihr langweilig zu werden begann.

Augenblicklich dachte Lady Walters jedoch mit keinem Gedanken daran, zu diesem Trick zu greifen. Das, was Anastasia ihr berichtete, war einfach zu faszinierend für sie, und überdies lauschte sie gern der weichen melodischen Stimme des Mädchens.

Anastasias Vortrag über die Weihnachtsfestivitäten auf Windsor Castle war schließlich zu Ende. Sie machte eine Pause, bevor sie mit veränderter Stimme fortfuhr:

»Ich muß Ihnen etwas sagen.«

»Was ist es, mein Kind?« fragte Lady Walters. »Sie wollen mir sicherlich gestehen, daß sie sich in diesen temperamentvollen jungen Vicomte verliebt haben. Das habe ich beinahe schon vermutet.«

»Nein, ich habe mich nicht in ihn verliebt«, antwortete Anastasia.

»Aber zweifellos hätte er das gerne, nicht wahr?« meinte Lady Walters mit einem Kichern.

Als Anastasia auf diese Worte nicht reagierte, fügte die alte Dame hinzu:

»Man wird ihm nicht erlauben, Sie zu heiraten. Die Queen hält nichts von Liebesheiraten – ausgenommen, es betrifft sie selbst –, und da sie als die eifrigste Ehestifterin Europas bekannt ist, wird sie früher oder später ganz bestimmt auch für Sie einen Gatten auswählen.«

»Das hat sie bereits«, sagte Anastasia mit leiser Stimme.

»So?« rief Lady Walters aufgeregt. »Wer ist es denn? Wen hat sie ausgesucht? Den Souverän eines dieser deutschen Fürstentümer? Der Himmel weiß, wie viele es von ihnen gibt. Die ›Thums and Thars‹ pflegte mein Verblichener sie zu nennen, da er ihre Namen nicht behalten konnte!«

»Nein, es ist kein Deutscher«, sagte Anastasia.

»Nicht?« Lady Walters Stimme klang verwundert. »Wer kann es denn dann sein?«

»König Maximilian!«

»Von Mauronien!« rief Lady Walters. »Ihn hatte ich total vergessen. Well, ich glaube, das ist der Richtige für Sie. Mauronien wird Ihnen gefallen. Es ist ein wundervolles Land. Mein Verblichener und ich haben dort einmal eine Woche lang Urlaub gemacht, als wir von Marseilles nach Gibraltar reisten.«

Sie schwieg einen Moment, ihre Augen schienen in die

Ferne zu schauen, so als weilten ihre Gedanken in der Vergangenheit und suchten nach den Dingen, die vor langer Zeit einmal gewesen waren.

»Der Vater des gegenwärtigen Königs lebte damals noch. Ein gutaussehender Mann, jedoch sehr steif und förmlich. Die Gesellschaften im königlichen Palast waren tödlich. Niemand wagte es, den Mund aufzutun, bevor er nicht zum Reden aufgefordert wurde. Und wir mußten stundenlang schweigend herumstehen.«

»Und sahen Sie auch den gegenwärtigen König?«

»Ein hübscher junger Mann, ein sehr hübscher junger Mann. Ungewöhnlich sympathisch und mit ausgezeichneten Manieren. Er machte einen etwas gehemmten Eindruck, aber nach allem, was ich hörte, soll er in den letzten Jahren sehr aus sich herausgegangen sein.«

»Erzählen Sie mir von ihm!«

»Möchten Sie, daß ich Ihnen die Wahrheit sage oder das, was Sie gern hören!«

»Sie kennen mich inzwischen gut genug, Ma'am, und wissen, daß ich die Wahrheit hören will.«

Lady Walters kicherte erneut.

»Das sagen die Leute immer – bis sie dann merken, wie die Wahrheit wirklich aussieht. Und in Ihrem speziellen Fall gibt es tatsächlich einige Dinge, mit denen Sie fertigwerden müßten – wenn man dem Glauben schenken darf, was so gemunkelt und getuschelt wird.«

Anastasia atmete tief.

»Und Sie glauben, ich könnte damit fertigwerden, wie Sie es nennen?«

»Warum nicht!« erwiderte Lady Walters. »Sie sind eine Schönheit. Das Herz eines jeden Mannes schlägt bei Ihrem Anblick schneller. Das war schon immer die entscheidende Vorbedingung, um einen eingefleischten Junggesellen in unsere Netze zu locken.«

Lady Walters bemerkte den erstaunten Ausdruck auf Anastasias Gesicht und fuhr fort:

»Es ist nicht nötig, ein solches Gesicht zu machen, mein Kind. Jede Frau will einen Mann für sich einfangen und ihn zu ihrem Sklaven machen. Sie bilden darin keine Ausnahme!«

»Ist denn so etwas auch möglich, wenn es sich um eine Ehe handelt, zu der beide Seiten gezwungen wurden?« fragte Anastasia skeptisch.

»Was erwarten Sie anderes, wenn es sich um Könige und Königinnen handelt?« fragte Lady Walters. »Die Staatsraison, mein Kind, die Staatsraison! Aber auch ein König ist ein Mensch, und Sie sind sehr menschlich, mein Liebes. Ganz im Gegensatz zu diesen hochnäsigen, arroganten Prinzessinnen, die sich aufführen, als gehörten sie zu einer besonderen Menschenrasse.«

Wieder kicherte sie und setzte hinzu:

»Wie mein Verblichener zu sagen pflegte: ›Sie bluten wie alle anderen, wenn sie gestochen werden. Und jede von ihnen muß sich die Nase putzen, wenn sie den Schnupfen hat.‹«

Anastasia konnte ein helles Lachen nicht unterdrücken.

»Ich wußte, daß ich keine Angst haben muß, wenn ich mit Ihnen darüber reden würde«, sagte sie.

»Angst?« fragte Lady Walters. »Weshalb sollten Sie Angst haben? Ich sehe nirgendwo eine Veranlassung dazu. Sie werden Königin sein, und selbst heutzutage ist das etwas von einiger Wichtigkeit. In jedem Falle aber bedeutet es materiellen Komfort.«

»Erzählen Sie mir mehr von König Maximilian«, bat Anastasia.

»Wie der Zufall es will«, begann Lady Walters, »sprach ich erst vor einem Monat – es kann auch etwas länger her sein – mit einem Freund meines verstorbenen Mannes, der soeben aus Paris zurückgekehrt war.«

»Er war dort zur selben Zeit wie König Maximilian?« fragte Anastasia.

»Ja, in der Tat. Er berichtete von den Frauen, die in dieser

Stadt der Vergnügungen so viel Aufsehen erregen. In meinen Augen sind sie ziemlich vulgär. Aber wenn der Kaiser sich verhält wie ein Halbwüchsiger, der sich in ein Freudenhaus verirrt hat, darf man sich nicht wundern, wenn andere Männer glauben, seinem Beispiel folgen zu müssen.«

»Was sind das für Frauen? Bitte, erzählen Sie mir von ihnen!«

»Was glauben Sie wohl, was Ihre Mutter mir sagt, wenn ich mit Ihnen über solche Dinge rede!«

»Es gibt keinen Grund, weshalb Mama davon erfahren sollte, worüber wir beide miteinander reden.«

»Na, das will ich hoffen«, sagte Lady Walters. »Im übrigen bezweifle ich stark, daß die Großherzogin überhaupt eine Ahnung von der Existenz der *Grandes Cocottes* hat.«

Sie machte eine Pause.

Dann sah sie Anastasias angespannten Gesichtsausdruck und fuhr fort:

»Kurtisanen hat es schon immer gegeben, mein Kind. Dieses Gewerbe ist so alt wie die Menschheit. Ein Bischof des Mittelalters hat einmal gesagt: ›Jede Stadt muß ihre Kloake haben.‹ Doch nach allem, was ich hier und da höre, hat die französische Spielart dieses Gewerbes Formen angenommen, die in der Geschichte der Menschheit einmalig sein dürften.«

»Wieso?« fragte Anastasia.

Lady Walters dachte einen Augenblick nach.

»Ich glaube, das hat etwas mit dem Wunsch des Mannes zu tun, die Aufmerksamkeit anderer auf sich zu ziehen, bewundert zu werden, vor anderen zu prahlen und zu protzen«, erwiderte sie langsam.

Nach einer Weile fuhr sie fort:

»In England gibt ein Mann sein Geld für Pferde aus. Pferde sind ein Symbol seines Reichtums, seines guten Geschmacks, seines Sachverstandes. In Frankreich ist die Mätresse das, was bei uns das Pferd ist. Und ein Franzose geht bei der Auswahl seiner Mätressen mit dem gleichen

Eifer und dem gleichen Scharfsinn zu Werke wie ein Engländer beim Kauf eines Pferdes.«

»Das kommt mir doch etwas seltsam vor«, murmelte Anastasia.

»Es ist eine Art von Geistesverwirrung«, erwiderte Lady Walters.

»Purer Wahnsinn, wenn man daran denkt, welche Verschwendung für diese sittenlosen Frauenzimmer getrieben wird. Geschenke, die ein Vermögen wert sind, legt man ihnen zu Füßen, sie werden mit Schmuck behängt von solchem Wert, daß Königinnen vor Neid erblassen würden. Und diese Weibsbilder, die zum größten Teil regelrecht aus der Gosse stammen, zeigen sich im Bois oder in der Oper mit einer Schamlosigkeit, die in jeder anderen Hauptstadt der Welt höchsten Abscheu hervorrufen würde.«

»Und weshalb akzeptiert man das in Paris?«

»Weil der Kaiser selbst Gefallen daran hat«, entgegnete die alte Dame entrüstet. »Weil er diese Frauen dazu ermutigt. Man sagt, daß er tatsächlich keiner hübschen Frau widerstehen kann und daß es unter diesen Kurtisanen keine gibt, die nicht darauf aus ist, seine Aufmerksamkeit zu erregen.«

»Und sie lieben ihn, wenn er ihnen seine Gunst zeigt?« fragte Anastasia.

»Lieben!« stieß Lady Walters verächtlich hervor. »Kokotten kennen dieses Wort nicht einmal. Die berühmteste unter ihnen, La Paiva, liebt – wenn man den Gerüchten Glauben schenken darf – nur das Geld. Und sie haßt die Männer, ausgenommen diejenigen natürlich, denen sie ihren immensen Reichtum verdankt. Das Verrückte allerdings ist, die Männer drängen sich regelrecht danach, sie mit Geld zu überhäufen. Man will wissen, daß für diese Frau größere Geldsummen ausgegeben wurden als für die Verteidigung Frankreichs.«

Ungläubig sah das Mädchen Lady Walters an, aber diese fuhr unbeirrt fort:

»La Paiva trägt Brillanten, Perlen und Steine im Wert von zwei Millionen Francs. Mir wurde erzählt, das Haus, das ihr augenblicklicher Liebhaber ihr auf den Champs Elysées gebaut hat, habe anderthalb Millionen gekostet.«

»Das kann doch nicht möglich sein«, rief Anastasia entsetzt.

»Warum nicht? Mein Freund sagte mir, Cora Pearl, die aus den Slums von Plymouth kommt, sei so extravagant, daß ein Ire innerhalb einer Woche sein gesamtes Vermögen in Höhe von achtzigtausend Francs für sie ausgab.«

»Das kann ich mir einfach nicht vorstellen.« Anastasia schüttelte den Kopf. »Sind die Männer, die solch enorme Summen buchstäblich aus dem Fenster werfen, denn der Meinung, das lohne sich?«

Lady Walters lachte.

»Sie werden von ihren Freunden beneidet und glauben vermutlich, daß sie auf die eine oder andere Weise einen Gegenwert für ihr Geld bekommen.«

Anastasia schwieg. Es war schwer für sie, das Gehörte zu verstehen.

Lady Walters fuhr fort:

»Sie müssen wissen, daß diese Frauen einen Adligen natürlich jedem einfachen Mann vorziehen – falls er über die gleichen finanziellen Mittel verfügt. Auch ein Edelmann kann sich die Gunst dieser Frauenzimmer nur erhalten, wenn er sie unablässig mit Perlen, Brillantarmbändern und kostbaren Ringen beschenkt. Und wenn es sich um Persönlichkeiten des Hochadels, wie etwa Prinz Napoleon, handelt, dann tun diese Dämchen es nicht unter einem Haus im elegantesten Viertel von Paris oder einem Schloß auf dem Land.«

Anastasia hielt hörbar den Atem an, danach meinte sie:

»Es ist fast unmöglich, das zu glauben!«

Lady Walters sah sie eine Weile nachdenklich an, schließlich sagte sie:

»Sie haben mich doch nach dem Leben dieser Frauen

gefragt, weil Sie wissen möchten, ob König Maximilian, nachdem er Sie geheiratet hat, Paris mit einer der ›*Grandes Horizontales*‹ immer noch amüsanter finden wird als den Palast in Mauronien mit seiner englischen Ehefrau, nicht wahr?«

»Das ist ohne Zweifel – eine Frage, die mich beschäftigt«, gab Anastasia offen zu.

»Die Antwort darauf hängt natürlich ganz und gar von Ihnen ab«, erklärte Lady Walters.

»Was wollen Sie damit sagen?«

»Eine kluge Frau bringt es stets fertig, ihren Ehemann an sich zu binden. Nehmen Sie die Queen! Glauben Sie, dieser anmaßende deutsche Prinz habe auch nur die kleinste Chance zu einem Seitensprung?«

»Das ist etwas anderes«, widersprach Anastasia. »Jedermann sagt, daß Prinz Albert Ihre Majestät aus Liebe geheiratet hat.«

Lady Walters ließ einen Schnaufton hören.

»Aus Liebe! Wer würde nicht aus Liebe heiraten, wenn er ein Königreich wie England dabei mitheiratet. Bei einer solchen Mitgift spielt es auch keine Rolle mehr, daß die Frau, die er umarmt, ein kleines, fettes Pummelchen ist, das von einer übermächtigen, rechthaberischen und bigotten Mutter erzogen wurdc.«

»Ich bin davon überzeugt, die beiden sind sehr glücklich«, beharrte Anastasia hartnäckig bei ihrer Meinung.

»So glucklich, wie Sie es ebenfalls werden können, mein Kind, wenn Sie es nur richtig und klug genug anfangen.«

»Und was müßte ich tun?«

»Sorgen Sie dafür, daß er sich in Sie verliebt«, erklärte Lady Walters. »Ein Mann, der liebt, ist Wachs in den Händen einer Frau. Und bei Ihrem Aussehen sollte es eigentlich nicht schwierig sein, einen Mann an die Kette zu legen.«

Anastasia seufzte.

Wieder einmal mußte sie daran denken, daß die Pariser

Frauen, die auf König Maximilian eine solche Anziehungskraft ausübten, wohl sehr geistreich und temperamentvoll waren. Und sicherlich waren sie schwarzhaarige, glutäugige Schönheiten. Aber es fehlte ihr an Mut, Lady Walters danach zu fragen. Nach allem, was sie nun gehört hatte, war ihr das ein wenig peinlich.

Wie begierig war sie gewesen, möglichst viel über König Maximilian zu erfahren. Aber nachdem sie der schwatzhaften alten Dame eine Zeitlang zugehört hatte, war in ihr ein Gefühl des Abscheus aufgestiegen. All das war ihr so gemein und widerwärtig vorgekommen.

In der Art, wie Lady Walters von den Kurtisanen sprach, lag etwas derart Unerfreuliches und Bedrückendes, daß Anastasia ganz entmutigt war.

Sie wollte nichts mehr von diesen Halbweltdamen wissen, die so hinreißend und verführerisch waren, daß die Männer ihnen zu Füßen lagen und ihnen ihr gesamtes Vermögen opferten.

Doch leider war es eine Sache, Lady Walters zum Reden, eine andere, sie zum Schweigen zu bringen.

»Mein Freund berichtete mir«, schnatterte sie weiter, »daß auf einer Dinnerparty, die zu Ehren dieser Paradiesvögel stattfand, die Früchte nicht wie üblich auf Blättern garniert aufgetragen wurden, sondern auf Tausend-Franc-Scheinen, die anschließend natürlich alle in den schamlos tiefen Dekolletés dieser Damen verschwanden.«

Als es Anastasia dann schließlich doch gelungen war, Lady Walters zu entfliehen, hatte sie das Gefühl, das soeben Gehörte niemals wieder vergessen zu können. In ihrem Kopf schwirrte es von Brillanten, Rubinen und Smaragden, die verführerisch auf weißer Haut funkelten. Sie dachte an immense Geldsummen, die für sündhaft teure Kleider, Pferde, Wagen und lärmende, bis in den Morgen dauernde Feste ausgegeben wurden.

Dabei wußte Anastasia nicht einmal, ob alles, was Lady Walters ihr erzählt hatte, der Wahrheit entsprach. Gewiß, die alte Dame mochte ein gutes Gedächtnis haben und über hervorragende Informationsquellen verfügen, aber das Berichtete war derart phantastisch, daß man geneigt war, es eher für einen schlechten Roman als für die Wirklichkeit zu halten.

Verzweifelt fragte sie sich, wie sie jemals in einer Welt würde bestehen können, in der solche Frauen regierten. In einer Welt, in der Ausschweifung und Laster keine gelegentlichen Fehltritte waren, sondern die sozusagen zur Tagesordnung gehörten.

Anastasia fühlte sich zerschlagen und niedergedrückt, bis ihr der Gedanke kam, daß auch Könige noch andere Interessen haben mußten. Vielleicht widmete sich König Maximilian, wenn er einmal nicht in Paris war, seinen Regierungsgeschäften und hatte dann sogar den Ehrgeiz, dies zum Wohle seiner Untertanen gut und gewissenhaft zu tun.

»Ich muß unbedingt dafür sorgen, daß ich mir alle Informationen über Mauronien beschaffe, an die ich herankommen kann«, sagte Anastasia halblaut vor sich hin.

Und während sie sich ihrem Apartment näherte, machte sie die Feststellung, daß ihre Entscheidung, den Auftrag der Queen anzunehmen, bereits gefallen war.

Allerdings war da noch der Vicomte, mit dem sie sich auseinanderzusetzen hatte.

Anastasia wünschte allein mit ihm zu sprechen und nicht in Gegenwart ihrer Mutter. Als sie eine halbe Stunde, nachdem sie Lady Walters verlassen hatte, Christophers Kutsche vorfahren hörte, öffnete sie ihm selbst die Tür.

Die Großherzogin hielt sich immer noch in ihrem Schlafgemach auf. Das Auspacken der Koffer lag hinter ihr, und nun war sie damit beschäftigt, lange Listen für Anastasias Aussteuer aufzustellen.

Der Vicomte hatte den Wagen selbst kutschiert. Er stieg vom Bock herab und gab dem Stallknecht die Zügel. Als er zum Haus hinüberblickte, sah er Anastasia, die in der geöffneten Tür auf ihn wartete.

Bevor er etwas sagen konnte, legte sie die Finger auf die Lippen und bedeutete ihm, zu schweigen.

Als der Vicomte sie überrascht ansah, flüsterte sie:

»Sei bitte leise. Mama ist noch auf ihrem Zimmer, und ich möchte auf keinen Fall, daß sie von deinem Besuch etwas merkt!«

Vorsichtig durchquerten sie die Halle, betraten den Salon, und Anastasia schloß die Tür hinter sich.

Der Vicomte blieb vor dem Kamin stehen, in dem ein warmes Feuer prasselte.

Er war außergewöhnlich elegant gekleidet, und Anastasia, die ihn betrachtete, mußte zugeben, daß er sich durchaus sehen lassen konnte. Er war kein ausgesprochen hübscher Mann, doch in seiner Haltung lagen sehr viel Adel und Selbstbewußtsein, die ihre Wirkung auf andere nicht verfehlten.

»Ich habe einige Pläne gemacht, Anastasia«, sagte der Vicomte leise, als Anastasia näherkam.

»Auch ich habe nachgedacht, Christopher«, erwiderte sie. »Du weißt genausogut wie ich, daß wir unmöglich fliehen können.«

»Warum sagst du das, bevor ich dir erklärt habe, wohin wir gehen könnten?«

»Weil du vor allem aus einem Grund England nicht verlassen darfst«, antwortete Anastasia. »Du bist der einzige Sohn deiner Eltern, und eines Tages wirst du den Platz deines Vaters übernehmen müssen. Nicht nur seinen Titel, sondern auch sein Amt bei Hofe.«

»Du sagst das nur, um mir deine Ablehnung schmackhaft zu machen«, erwiderte der Vicomte mit schroffer Stimme.

»Ich muß tun, was die Queen und Mama von mir – erwarten«, erklärte Anastasia.

»Und du möchtest es auch?« fragte der Vicomte vorwurfsvoll und gab sich dann selbst die Antwort, indem er fortfuhr:

»Natürlich möchtest du es. Wie alle Frauen träumst du

davon, Königin zu werden. Du glaubst, die Krone auf deinem Haupt würde dich glücklich machen. Aber das ist ein Irrtum, Anastasia. Ohne Liebe gibt es kein Glück, und wenn du dich auch in Maximilian verlieben solltest, wird er dir das Herz brechen.«

»Wie kannst du da so sicher sein?« fragte Anastasia.

»Weil ich dich kenne, und weil ich ihn kenne. Du bist viel zu sensibel, viel zu unschuldig, um dich mit einem Mann wie ihm einzulassen!«

»Jedenfalls kann er keine der Frauen heiraten, die er in Paris aufsucht«, sagte Anastasia mit leiser Stimme.

»Wer hat mit dir über diese Frauen gesprochen?« wollte der Vicomte wissen.

»Lady Walters hat mir einige Dinge über die Extravaganz dieser ... dieser ...«

Anastasia verstummte.

Sie wußte nicht, welche Bezeichnung sie für die bewußten Frauen wählen sollte.

»Lady Walters sollte besseres zu tun haben, als solche Gespräche mit dir zu führen«, sagte der Vicomte scharf. »Nach allem, was ich von ihr gehört habe, muß sie in ihrer Jugend selbst ein ziemlich lockeres Leben geführt haben.«

»Oh, hat sie das?« fragte Anastasia interessiert. »Ich habe bei mir schon längst gedacht, daß dies die einzig vernünftige Erklärung dafür wäre, warum sie über die Halbwelt so gut im Bilde ist.«

»Jeder, der einmal in Paris war, weiß darüber Bescheid!«

»Dann ist es also wahr«, sagte Anastasia. »All die Dinge, die sie mir von den Juwelen, Partys und Geschenken erzählt hat! Und wie sehr der Kaiser und König Maximilian hinter diesen – Frauen her sind!«

»Und wenn es so wäre! Du jedenfalls solltest nicht die geringste Ahnung davon haben«, sagte der Vicomte unwirsch. »Ladys sollten über solche Frauen nicht sprechen. Die Großherzogin würde erbost sein, wenn sie wüßte, daß du solche Geschichten erfahren hast, besonders wenn sie den König betreffen.«

»Das meiste kannte ich doch schon von dir«, gab Anastasia zurück.

»Das ist etwas anderes«, sagte der Vicomte, und seine Stimme klang selbstgefällig. »Ich habe versucht, dich davon zu überzeugen, um wieviel glücklicher du wärest, wenn du dich für mich entscheiden würdest. Und dieser Meinung bin ich immer noch. Ich liebe dich, Anastasia. Und ich schwöre dir, du wirst es nie in deinem Leben bereuen, wenn du mit mir weggehst!«

Seine Blicke brannten auf ihrem Gesicht, und da der plötzliche Klang der Leidenschaft in seiner Stimme sie erschreckte, wandte sie den Kopf und blickte zur Seite.

»Ich glaube, Christopher«, sagte sie, »wenn ich dich so lieben würde, wie du sagst, daß du mich liebst, wäre ich bereit, mit dir zu kommen und alle Risiken und Konsequenzen einer Flucht auf mich zu nehmen. Aber ... aber ich liebe dich eben – nicht.«

»Und warum nicht?« fragte er scharf.

Anastasia machte eine hilflose Handbewegung.

»Vielleicht kann ich dich nicht lieben, weil wir uns seit frühester Kindheit an vertraut sind. Ich weiß es nicht. Ich mag dich sehr, und ich werde dir gegenüber stets eine Zuneigung empfinden. Aber tief in meinem Herzen weiß ich, daß es keine Liebe ist.«

Sie versuchte ein Lächeln und fügte hinzu:

»Aus diesem Grund kann ich dein Angebot nur ablehnen, obwohl ich dir dankbar bin und es zu schätzen weiß, daß du mich vor einer in deinen Augen unmöglichen Heirat zurückhalten willst. Ich liebe dich nicht, Christopher, und deshalb muß ich zu deinem Vorschlag ein Nein sagen.«

»Und gerade das ist es, was ich nicht dulden werde«, rief der Vicomte wild. »Ich nehme dieses Nein nicht an. Du weißt nicht, was du tust. Du bist dir über die Tragweite deiner Worte nicht im klaren. Du verstehst nichts von der

Liebe, Anastasia, und nichts von den Männern. Ich werde dich lehren, mich zu lieben, glaube es mir!«

Er streckte die Arme nach ihr aus und zog sie an sich.

Einen Moment lang war Anastasia starr vor Überraschung. Dann, als sie merkte, daß sein Mund sich dem ihren näherte, setzte sie sich zur Wehr.

»Nein, Christopher, nein!«

»Ich liebe dich, Anastasia! Ich begehre dich!«

Sie wandte das Gesicht zur Seite, so daß seine Lippen nur ihre Wange berührten. In diesem Augenblick öffnete sich die Tür, und die Großherzogin betrat den Raum.

Anastasia und der Vicomte fuhren schuldbewußt auseinander.

Ein Blick in das Gesicht ihrer Mutter zeigte Anastasia, daß die Großherzogin gesehen hatte, was geschehen war.

»Du hast mich nicht davon unterrichtet, Anastasia, daß wir einen Besucher haben«, sagte sie mit eisiger Stimme.

»Ich... ich war eben dabei, dir Bescheid zu sagen, Mama«, erwiderte Anastasia hastig.

Die Großherzogin schaute den Vicomte an.

»Es tut mir leid, Christopher«, erklärte sie abweisend, »du bist in einem sehr ungünstigen Augenblick erschienen. Anastasia und ich sind erst vor wenigen Stunden von Windsor Castle heimgekehrt und sind noch sehr beschäftigt.«

»Ich verstehe, Ma'am«, antwortete der Vicomte. »Aber ich mußte unbedingt mit Anastasia sprechen.«

»Ich fürchte, das ist jetzt nicht möglich«, entgegnete die Großherzogin, so als wäre Anastasia nicht im Raum. »Wie du zweifellos von deinem Vater gehört haben wirst, wird Anastasia sich in aller Kürze vermählen.«

Die Lippen des Vicomte verengten sich zu einer harten Linie, aber da er schwieg, fuhr die Großherzogin fort:

»Du wirst also verstehen, Christopher, daß sie nicht einmal mehr für einen so alten und geschätzten Freund wie dich Zeit hat.«

Einen Moment lang schien es, als wolle der Vicomte aufbegehren, doch dann begegnete sein Blick dem der Großherzogin. Christopher Lyncombe schlug die Augen zu Boden.

»Ich verstehe, Ma'am«, sagte er.

»Dann wäre es wohl das beste, ihr beiden würdet einander jetzt Lebewohl sagen.« Die Großherzogin sprach in einem Ton, der keinen Widerspruch duldete. »Ich bin davon überzeugt, Anastasia wird immer voller Dankbarkeit sein für die Gastfreundschaft und Fürsorge, die sie schon als Kind im Hause deiner Eltern erfahren hat. Und ebenfalls bin ich davon überzeugt, daß du Anastasia in ihrer neuen Heimat stets willkommen sein wirst, wann immer deine Wege dich in diesen Teil der Welt führen werden.«

Die Großherzogin wirkte streng und unnachgiebig, und sowohl dem Vicomte als auch Anastasia war es klar, daß sie keine andere Wahl hatten, als sich in das Unvermeidliche zu fügen. Was immer sie jetzt auch sagen würden, an der Haltung der Großherzogin könnte es nichts mehr ändern.

Anastasia spürte deutlich, wie verletzt und empört Christopher war. Schließlich hatte man ihn soeben mehr oder weniger rücksichtslos vor die Tür gesetzt.

Doch es gab nichts, was er dagegen hätte sagen oder tun können. Nein, es blieb ihm nichts anderes übrig, als zu gehen.

»Ich bin ganz offensichtlich im Wege«, sagte er zu der Großherzogin gewandt. »Ich werde also wieder nach London zurückfahren.«

»Sie wissen so gut wie ich, daß es keine andere Möglichkeit gibt«, sagte die Großherzogin, und Anastasia erkannte, daß ihre Mutter ahnte, weshalb der Vicomte nach Hampton Court Palace gekommen war.

Flehend schaute sie zu ihm auf. Sie hoffte, er würde wissen, wie traurig sie über das Dazwischentreten ihrer Mutter war. So hatte sie ihn nicht fortschicken wollen. Nicht auf eine so kalte und kränkende Art und Weise. Nach so vielen Jahren der Freundschaft hatte er dies nicht verdient.

Anastasia streckte dem Vicomte die Hand entgegen, und zu ihrer Überraschung ergriff er sie und hob sie an seine Lippen.

»Leb wohl, Anastasia!« sagte er mit unsicherer Stimme.

Dann wandte er sich abrupt ab und verließ das Zimmer.

Die Großherzogin rührte sich nicht. Steif aufgerichtet blickte sie hinter dem Vicomte her. Reglos und schweigend stand sie da und lauschte den sich entfernenden Schritten in der Halle. Mit einem dumpfen Laut fiel die Eingangstür ins Schloß, und Sekunden später ertönte draußen im Hof das Geräusch einer abfahrenden Kutsche.

Eine bedrückende Stille lag über dem Raum.

Schließlich ergriff Anastasia das Wort und sagte leise:

»Wie konntest du nur, Mama!«

Die seidenen Röcke raschelten, als die Großherzogin den Salon durchquerte und auf Anastasia zukam.

»Ich habe nicht die Absicht, noch ein Wort über diesen Vorfall zu verlieren«, erklärte sie abweisend. »Das einzige, was ich dazu sagen möchte, ist, daß dein Benehmen mich aufs äußerste schockiert hat. Ich bin nur dankbar, daß ich noch einigermaßen rechtzeitig nach unten gekommen bin.«

Sie ging aus dem Zimmer und ließ Anastasia allein. Eine Weile stand das Mädchen wie versteinert, dann legte es die Hände an die Schläfen und murmelte:

»Habe ich es richtig gemacht? Oder wäre es doch besser gewesen, mit Christopher fortzugehen, was immer mir die Zukunft an seiner Seite auch gebracht hätte?«

*

Die folgenden Wochen waren so voller Aufregung und Hektik, daß Anastasia bald keine Zeit mehr fand, sich über Christopher Gedanken zu machen. Es gab so vieles zu tun, daß Anastasia die Tage zu kurz erschienen. Und am Abend war sie derart müde und erschöpft, daß ihr die Augen zufielen, sobald sie sich niedergelegt hatte.

Da waren vor allem die zahllosen Fahrten nach London. Die Garderobe mußte ausgesucht werden. Eine Anprobe jagte die andere. Viele sonstige Dinge waren zu besorgen. Die Königin wollte nicht, daß bei der Aussteuer gespart wurde. Schließlich stand das Ansehen der Krone auf dem Spiel.

Außerdem hatte ein unaufhörlicher Besucherstrom Richtung Hampton Court Palace eingesetzt. Darunter hohe Persönlichkeiten der Regierung, der Politik und des öffentlichen Lebens. Anastasia hätte nie vermutet, daß sich diese Leute jemals herablassen würden, Notiz von einem so unbedeutenden jungen Mädchen zu nehmen, wie sie es war.

Der Premierminister bat die Großherzogin, ihm zusammen mit ihrer Tochter einen Besuch in der Downing Street Nummer 10 abzustatten. Lord John Russel, der Außenminister, ließ es sich dagegen nicht nehmen, höchst persönlich auf Hampton Court Palace vorzusprechen.

»Ich muß Eurer Königlichen Hoheit wohl nichts über die politische Tragweite Ihrer Heirat sagen«, erklärte er. »Ich bin sicher, daß Sie von Ihrer Mutter, der Großherzogin, bereits darüber erschöpfend informiert wurden.«

»Ja, sie machte mir klar, daß die Unabhängigkeit Mauroniens für das Gleichgewicht der Kräfte in Europa unerläßlich ist«, erwiderte Anastasia. »Aber ich bin der Meinung, es gibt da noch andere Gründe, weshalb Sie wünschen, daß die Hochzeit so übereilt stattfindet.«

Lord John Russels tiefliegende Augen musterten Anastasias hübsches Gesicht.

»Welche Geheimnisse hat man Ihnen verraten?« fragte er mit einem schwachen Lächeln.

»Ich hörte, Sie seien in Sorge, der Kaiser werde die Hand nach Nizza und Savoyen ausstrecken.«

»Das stimmt«, antwortete der Außenminister ernst. »Aber wir wären nicht sehr glücklich, wenn dies allgemein bekannt würde.«

»Von mir wird es niemand erfahren«, versprach Anastasia ernst.

»Eure Königliche Hoheit sind noch sehr jung«, fuhr Lord John fort. »Aber das ist kein Nachteil. Mit Ihrer Schönheit und Ihrem Charme können Sie den König vielleicht dazu bringen, seinen spanischen Untertanen ein wenig mehr Aufmerksamkeit und Interesse zu widmen.«

Anastasia sah ihn fragend an, und er fuhr in erklärendem Ton fort:

»Wenn Sie sich auf der Landkarte die geographische Lage Mauroniens anschauen, werden Sie feststellen, daß die Pyrenäen eine natürliche Barriere bilden, die das Land in zwei Hälften teilt. Obwohl die Mauronier sehr stolz darauf sind, daß ihr Land eine lange Geschichte hat, und obwohl sie sehr patriotisch und königstreu sind, gibt es keinen Zweifel, daß sie einer ständigen Infiltration von außen ausgesetzt sind. Das beeinflußt natürlich die Gefühle und Gedanken dieser Leute.«

»Das kann ich verstehen«, sagte Anastasia.

»Die Folge davon ist«, sprach Lord John weiter, »daß mitten durch die Bevölkerung eine tiefe Kluft läuft und daß auch zwischen ihr und dem Königtum eine gewisse Entfremdung stattgefunden hat. Das ist um so bedauerlicher, da das Königtum bisher das einzige Band war, das den spanischen und den französischen Landesteil zusammenhielt.«

Als Anastasia schwieg, fuhr Lord John fort:

»Ich besuchte Mauronien im letzten Jahr und mußte feststellen, daß sich unter der spanisch sprechenden Bevölkerung sehr viel Unmut angesammelt hat. Die Menschen fühlen sich vernachlässigt und zurückgesetzt. Sie verlangen Beachtung und Anerkennung. Oder um es unverblümt zu sagen, sie verlangen mehr persönliches Interesse von seiten des Königs.«

»Ich verstehe«, erwiderte Anastasia ruhig.

»Wenn es Ihnen gelingen könnte, dem Anliegen und den Wünschen der spanischen Bevölkerung beim König ein wenig mehr Gehör zu verschaffen, ich glaube, Sie würden die Herzen dieser Menschen im Sturm erobern. Wenn Sie meine Meinung hören wollen: Dieses Volk hätte eine Festigung des inneren Friedens verdient. Selten habe ich auf der Welt einen solch prachtvollen Menschenschlag gefunden.«

Lord John schwieg nachdenklich.

Und als sich Lord John nach einiger Zeit von Anastasia verabschiedete, hatte sie den Eindruck, daß er mit ihr zufrieden war.

Der Premierminister sagte wenig von Bedeutung, als Anastasia ihn mit ihrer Mutter in Downing Street Nummer 10 aufsuchte.

Zu viele Menschen waren dort versammelt, ein ernsthaftes Gespräch war von vornherein ausgeschlossen. Dem Premierminister schien es auch nicht so wichtig zu sein. Anastasia kam zu der Erkenntnis, daß er sie lediglich einmal in Augenschein hatte nehmen wollen. Es interessierte ihn, wie sie ausschaute und ob es ihr gelingen würde, die in sie gesetzten Hoffnungen der Regierung zu erfüllen.

Lord Palmerston erschien Anastasia sehr charmant, ganz und gar ein Frauentyp. Und nach den Schmeicheleien, die er ihr sagte, konnte sie verstehen, weshalb er von seinen Freunden den Spitznamen »Cupido« erhalten hatte.

So verging die Zeit wie im Flug.

Es hatte so vieles zu tun, so vieles zu bedenken gegeben, daß Anastasia es kaum fassen konnte, als ihr plötzlich bewußt wurde, wie nahe der Tag der Abreise herangerückt war.

Ja, sie hatte jetzt nur noch zwei Tage, bis sie an Bord des britischen Schlachtschiffes gehen würde, um die Reise nach Mauronien anzutreten.

Auch daran erkannte sie den politischen Charakter und die hohe Bedeutung, die man ihrer Mission beimaß. Man ließ sie nicht auf dem Landweg nach Mauronien reisen. Man schickte sie auf einem der größten Schiffe der britischen Kriegsmarine dorthin.

All dies ist Teil einer auf Wirkung angelegten diplomatischen Choreographie, dachte sie bei sich. Sie hatte darin die Rolle der Heldin zu spielen, und diese Rolle war bis in die kleinste Einzelheit festgelegt. Es gab keinen Raum für die eigene Phantasie, keinen Raum für ein persönliches Verständnis der übertragenen Aufgabe.

Die klügsten Köpfe Englands, die fähigsten Strategen der Regierung hatten diese Rolle für sie ausgedacht. Jeder Schritt, jede Handbewegung, jedes Wort in diesem Spiel hatte eine allwissende und allmächtige Regie vorgeschrieben.

Anastasia vermochte nichts dagegen zu tun, aber wenn sie an die ungewisse Zukunft dachte, die vor ihr lag, befiel sie Furcht – eine Furcht, die von Tag zu Tag größer wurde und sie mit Schrecken an die Abreise denken ließ.

Welch eine Verantwortung hatte man auf ihre Schultern gelegt!

War es da zu verwundern, daß sie Angst empfand bei dem Gedanken an das, was der Premierminister und das Kabinett von ihr erwarteten?

Sie sollte Mauronien davor bewahren, von der unersättlichen Gier des französischen Kaisers geschluckt zu werden.

»Ich schaffe es nicht!« hätte Anastasia am liebsten laut hinausgeschrien. »Eine solche Aufgabe übersteigt meine schwachen Kräfte! Ich bin zu jung, zu unbedeutend dafür! Das alles ist viel zu gewaltig, zu gigantisch für mich. Und wenn ich versage, was mir fast unvermeidlich erscheint, dann gebt ihr mir die Schuld. Ja, mich werdet ihr für die Folgen verantwortlich machen!«

Aber sie nahm sich zusammen. Nichts dergleichen kam über ihre Lippen. Sie wußte, es war sinnlos. Niemand würde um einen solchen Aufschrei etwas geben. Man würde ihn ihrer mädchenhaften Nervosität zuschreiben, falls es überhaupt jemanden gab, der Notiz davon nahm.

Sie war – wie sie schon ganz am Anfang erkannt hatte – ein Werkzeug.

Was man von ihr erwartete, war Gehorsam, strikter, blinder, bedingungsloser Gehorsam.

Sie hatte die Bühne zu betreten und den Part zu sprechen, den man sie gelehrt hatte. Sie hatte die Bewegungen auszuführen, die man von ihr verlangte.

Mit einfachen Worten: Sie war eine Marionette, kein wirklicher Mensch.

»Ich habe aufgehört, ich selbst zu sein«, sagte Anastasia sich, wenn sie abends müde ins Bett sank.

Weil sie sich einsam und verlassen fühlte, holte sie die Briefe aus ihrem Versteck, die der Vicomte fast täglich an sie schrieb.

Es war ihr gelungen, den alten Diener zu überreden, diese Briefe aus der übrigen Post herauszunehmen und ihr umgehend ins Schlafzimmer hinaufzubringen, damit die Großherzogin sie nicht zu Gesicht bekam.

Es waren leidenschaftliche Liebesbriefe, die Christopher ihr schrieb.

Und Anastasia vermochte es kaum zu glauben, daß sie von dem Knaben stammen sollten, den sie ihr ganzes Leben lang gekannt, der ständig mit ihr gestritten und sich lustig über sie gemacht hatte.

> *Ich liebe dich, Anastasia,* schrieb Christopher immer und immer wieder. *Ich liebe dich! Komm, flieh mit mir! Ich möchte dich in meinen Armen halten und deine Lippen auf den meinen spüren. Ich möchte ein Feuer in dir entfachen, von dem ich überzeugt bin, daß es bereits in dir schwelt. Es wird auflodern unter meiner Liebe, und du wirst mich lieben mit der gleichen Inbrunst, mit der ich dich liebe.*
>
> *Überall in der Welt, gleichgültig wo es auch sein wollte, werden wir glücklich sein, solange wir nur beisammen sind. Ich werde mit dir nach Westindien reisen. Dorthin, wo ewig Sonne scheint. Wir werden China und Japan besuchen! Wir können Rußland sehen und durch ganz Europa fahren.*
>
> *Jeder Tag wird wunderbar für mich sein, ein Geschenk der*

Götter, wenn du nur bei mir bist. Es ist alles, was ich vom Leben und der Zukunft erwarte, daß wir zusammen sein können. Und ich schwöre dir: Wenn du mir vertraust und mit mir kommst, werde ich dich zur glücklichsten Frau der Welt machen!

Inzwischen hatte Anastasia über ein Dutzend dieser Briefe erhalten, und jeder von ihnen war mehr oder weniger des gleichen Inhalts.

Anastasia las diese Briefe Abend für Abend, denn sie gaben ihr das Gefühl, nicht völlig einsam und verlassen zu sein. Gleichzeitig jedoch verspürte sie dabei ein seltsames Unbehagen, ja so etwas wie ein schlechtes Gewissen, denn sie wußte, daß sie Christopher enttäuschen mußte.

Er war so sehr ein Teil ihres Lebens, daß sie sich immer wieder fragte, ob sie ihn vielleicht liebte, ohne es richtig zu merken.

Was würde sie empfunden haben, wenn er sie bei seinem letzten Besuch geküßt hätte, bevor ihre Mutter dazwischengetreten war?

Anastasia war noch nie von einem Mann geküßt worden, doch sie hatte es sich schon oft ausgemalt. Es mußte wundervoll sein, von einem Menschen, den man liebte, einen Kuß zu empfangen. In vielen Romanen und Gedichten hatte sie davon gelesen, und sie war davon überzeugt, daß die Lippen eines Mannes eine Frau zu einem neuen, wunderbaren Leben erwecken konnten.

Und doch: Als Christopher versucht hatte, seinen Mund dem ihren zu nähern, hatte sie sich aus Leibeskräften dagegen gewehrt. Und wenn sie es recht bedachte, war sie erleichtert gewesen, daß er durch das Eintreten ihrer Mutter an seinem Tun gehindert wurde. Es war etwas in ihr, dachte Anastasia, das sich gegen Christopher gewehrt hatte.

Aber warum nur?

Warum war das so?

Hätte sie ihn nicht gewähren lassen sollen? Einfach schon

deshalb, weil es ein Abschied war. Vielleicht sogar ein Abschied für immer.

Und dennoch wollte sie es nicht. Eine Stimme in ihrem Inneren sagte ihr, daß das, was sie für Christopher empfand, niemals Liebe werden würde.

Sie sah, daß er ein anziehender und attraktiver junger Mann war, bei dessen Anblick die meisten Mädchen Herzklopfen bekamen.

Aber obwohl sie ihn so sehr mochte, ließ es sie völlig kalt, wenn er sie berührte.

Sie hatte mit ihm getanzt, hatte seine Hand gehalten, sie hatte – wenigstens für Augenblicke – in seinen Armen gelegen. Aber nichts in ihr hatte sich geregt.

Vielleicht bin ich gefühlskalt, sagte sie zu sich selbst.

Lady Walters hatte sich oft genug über gefühlskalte Frauen lustig gemacht. »Sie hat nicht mehr Gefühl als ein Plattfisch«, sagte sie über eine Lady, die sie nicht leiden konnte. »Sie ist wie ein Stück kalter Marmor.«

Weil Anastasia in ihrer augenblicklichen Not nicht mehr aus noch ein wußte, versuchte sie mit ihrer Mutter zu reden.

»Was hast du empfunden, Mama, als du dich mit Papa verlobtest?«

»Ich war sehr glücklich, Anastasia.«

»Aber du hast ihn nicht geliebt. Die Hochzeit fand statt, und du wußtest noch nicht einmal, ob er dich liebte.«

»Dein Vater war ein außergewöhnlich schöner Mann«, sagte die Großherzogin. »Ich glaube, als ich ihn das erstemal sah, war es bereits um mich geschehen. Doch ich war sehr scheu, und es bedurfte einiger gewissen Zeit, bis wir uns näher kamen. Danach aber – das habe ich dir ja schon oft erzählt – waren wir sehr glücklich miteinander.«

»Und Papa hat dich erregt?« wollte Anastasia wissen.

Einen Moment lang schwieg die Großherzogin konsterniert. Dann sagte sie:

»Ich weiß nicht, wer mit dir gesprochen hat, Anastasia,

doch eine Lady verhält sich stets beherrscht und zurückhaltend. Ihr Ehegatte erwartet das von ihr. Er würde zweifellos großen Anstoß daran nehmen, wenn es anders wäre.«

»Ist das nicht ein wenig – seltsam, Mama?«

»Nein, natürlich nicht«, sagte die Großherzogin entschieden. »Ein wohlerzogener Mensch, vor allem, wenn er königlichen Geblütes ist, muß zu jeder Zeit und in jeder Lage Herr seiner Gefühle sein. Ich habe dir das schon oft genug gesagt, und du weißt so gut wie ich, daß jeder Mangel an Zurückhaltung in der Öffentlichkeit eine nicht wieder gutzumachende Dummheit ist.«

»Ich habe nicht an das gedacht, was jemand in der Öffentlichkeit tut, Mama.«

»Das, was ich sagte, gilt auch für das Verhalten im privaten Bereich. Ein Mann will seiner Frau gegenüber Achtung und Respekt empfinden können. Vor allem erwartet ein König von der Frau, die mit ihm den Thron teilt, daß sie sich nicht wie ein ordinäres Straßenmädchen benimmt.«

»Ist es ordinär, sich zu verlieben?« fragte Anastasia.

Die Großherzogin wählte ihre Worte offenkundig mit großer Sorgfalt, bevor sie sagte:

»Ich glaube, Anastasia, du bist intelligent genug, um zu begreifen, daß jene romantische und leidenschaftliche Liebe, wie sie in den Romanen dargestellt wird, nur selten einmal Wirklichkeit wird. Für die meisten Menschen bleibt diese Art von Liebe ein unerreichbarer Traum. Eine Illusion, die sich niemals erfüllt. Doch eine Frau kann Freundschaft, Stolz und tiefe Zuneigung für den Mann empfinden, mit dem sie das Leben teilt. Das kann sehr viel wichtiger und bedeutsamer für sie sein, als das Suchen nach Gefühlen, die im Leben keinen Bestand haben.«

Ein langes Schweigen entstand zwischen Mutter und Tochter.

Schließlich bat Anastasia leise:

»Wirst du mir sagen, Mama, wie ein Mann und eine Frau – einander lieben?«

Die Haltung der Großherzogin versteifte sich.

»Das, Anastasia, ist etwas, was dein Gatte dir erklären wird«, erwiderte sie nach sekundenlangem Zögern mit kalter, unpersönlicher Stimme. »Für dich genügt es, zu wissen, daß alles, was nach der Vermählung zwischen dir und deinem Ehemann geschieht, den Segen Gottes hat. Darüber hinaus solltest du zu keiner Zeit – weder mit Worten noch mit Gedanken – an diese Dinge rühren.«

Sie erhob sich, noch während sie sprach, und ging ohne ein weiteres Wort aus dem Zimmer.

Verwirrt und bestürzt blickte Anastasia hinter ihr her.

Und wieder einmal sagte sie sich voller Verzweiflung, daß es klüger gewesen wäre, wenn sie den Bitten des Vicomtes nachgegeben hätte und mit ihm geflohen wäre.

III

»Guten Morgen, Königliche Hoheit!«

Anastasia öffnete schlaftrunken die Augen und sah Olivia, das Mädchen, das man aus Mauronien zu ihrer Bedienung nach England geschickt hatte. Sie stand in der Tür der Kabine und machte einen Knicks.

Dieses Zeichen der Ehrerbietung wäre noch anmutiger ausgefallen, wenn Olivia nicht gezwungen gewesen wäre, sich mit beiden Händen am Türrahmen festzuhalten, um von dem starken Seegang nicht zu Boden geworfen zu werden.

Seit sie den Kanal verlassen und die Bucht von Biskaya erreicht hatten, herrschte eine rauhe, fast stürmische See. Und noch gab es keine Anzeichen für eine Besserung. Im Gegenteil, je weiter das Schlachtschiff, auf dem Anastasia sich befand, auf das hohe Meer hinauskam, um so wilder gebärdete sich das Wetter. Obwohl der Gedanke, sich auf einem riesigen Kriegsschiff zu befinden, ihr ein gewisses

Gefühl der Sicherheit gab, fragte sie sich manchmal doch, ob sie wirklich nicht sinken oder kentern konnten.

Anastasia war eine der wenigen, die noch nicht unter der Seekrankheit litten.

Die meisten aus ihrer Begleitung hatten schon seit Tagen das Bett nicht mehr verlassen.

Aber Anastasia schlug sich tapfer. Bis zu dieser Stunde hatte sie alle Strapazen der Reise und vor allem der offiziellen Verabschiedung durch Lord John Russel und zahlreiche hochgestellte Mitglieder des Hofes und der Regierung im Hafen von Tilbury mit Fassung und Würde überstanden.

Selbstverständlich hatte die Großherzogin dabei wie stets den Vogel abgeschossen. Sie war die Verkörperung herrscherlicher Würde gewesen, als sie, eingehüllt in einen kostbaren Pelzumhang, der königlichen Kutsche entstieg, die sie und Anastasia von Hampton Court Palace zum Schiff gebracht hatte.

Huldvoll begrüßte sie die Abordnung der Gentlemen, die gekommen waren, um ihnen im Auftrag der Krone und des Premierministers Lebewohl zu sagen.

Anastasia war die ein wenig herablassende Art im Auftreten der Mutter nicht entgangen, und sie vermochte sich zum erstenmal eine Vorstellung davon zu machen, wie diese sich als regierende Großherzogin von Hohlenstein gegeben haben mußte.

Anastasia selbst war zu sehr mit dem Gedanken an die bevorstehende Reise beschäftigt, um sich den Kopf darüber zu zerbrechen, welchen Eindruck sie auf die Herren des Abschiedskomitees gemacht haben könnte.

Natürlich hatte es etwas Erhebendes und zugleich Angsteinflößendes für sie, festzustellen, wie viele bedeutende Persönlichkeiten aus Politik und Adel in Tilbury zu ihrer Ehre versammelt waren. Sie alle wünschten ihr Glück und Gottes Segen für die bevorstehende Reise, die sie an einen Ort führte, an dem die Würfel des Schicksals über ihr Leben bestimmen würden.

Das Kriegsschiff H.M.S. Warrior wirkte ungeheuer beeindruckend.

Es war, wie man Anastasia berichtet hatte, Großbritanniens Antwort auf La Gloire und galt als das größte Schiff der Welt, erbaut auf der Werft der »Thames Eisenhütten- und Schiffsbaugesellschaft«.

Bevor Anastasia an Bord ging, betrachtete sie das gewaltige Schiff mit staunend geweiteten Augen. Und während sie noch da stand und gebannt auf diese schwimmende Festung starrte, trat der Erste Lord der Admiralität zu ihr und sagte:

»Dies wird die Jungfernfahrt der Warrior sein, und ich hoffe, Eure Königliche Hoheit fühlen sich wohl an Bord.«

»Es ist mit Panzerplatten versehen, nicht wahr?« fragte Anastasia, die das Gefühl hatte, irgend etwas Lobendes über das Schiff sagen zu müssen.

»Ganz richtig, Hoheit«, erwiderte der Erste Lord. »Allein das Gewicht seiner Panzerung beläuft sich auf tausenddreihundertfünfzig Tonnen.«

Er lächelte entschuldigend, als wollte er dafür um Verständnis bitten, daß er etwas zu sehr in die technischen Einzelheiten gegangen war. Aber dann fuhr er doch fort:

»Die Vorzüge gepanzerter Schiffe wurden im Krimkrieg zum erstenmal unter Beweis gestellt. Vor allem bei schwerem Artilleriebeschuß bewährte sich die neue Bauart auf ganz eindrucksvolle Weise.«

»Ich habe gelesen, welch ungeheuren Schaden Artilleriegeschosse bei ungepanzerten Schiffen anrichten«, sagte Anastasia leise.

»Dummerweise waren die Franzosen die ersten, die diese Lektion gelernt haben«, meinte der Erste Lord. »Wie Sie wissen werden, lief La Gloire, das erste hochseetüchtige Panzerschiff, bereits im vergangenen Jahr vom Stapel.«

»Ja, bedauerlich, daß wir nicht die ersten waren«, entgegnete Anastasia.

»Dafür stellt die Warrior gegenüber der La Gloire aber

auch schon eine kolossale Weiterentwicklung dar.« Der Erste Lord lächelte zufrieden. »Und inzwischen befinden sich zwei oder drei andere Schiffe in Bau, die von der gleichen Größe sind.«

»Ein gewaltiges Schiff«, sagte Anastasia beeindruckt.

»Ja.« Der Erste Lord nickte. »Es ist dreimal so groß wie die größten Kriegsschiffe herkömmlicher Bauart. Und sein Gesamtgewicht beträgt achttausendneunhundert Tonnen.«

»Ich bin sehr stolz, bei seiner Jungfernfahrt dabeisein zu dürfen.«

Sie schaute den Ersten Lord der Admiralität lächelnd an und bemerkte das Aufblitzen der Bewunderung in seinen Augen.

Auch die Menschenmenge, die sich auf dem Kai versammelt hatte, brach in begeisterte Hochrufe aus, als Anastasia an Bord ging.

Sie trug ein pinkfarbenes Kleid, die Jacke war mit Pelz besetzt, und an ihrem Hut wippten pinkfarbene Straußenfedern. Anastasia wirkte in diesem Kostüm sehr anmutig und romantisch.

»Viel Glück!« riefen die Menschen.

»Gute Reise!«

»Alles Gute für die Zukunft!«

Und während Anastasia über die Laufplanken schritt, regnete es Sträuße aus weißem Heidekraut auf sie herab, und ein silbernes Hufeisen aus Pappe fiel ihr direkt vor die Füße.

Die kleine Schar ihrer Begleiter bestand aus der Großherzogin und Sir Frederick Falkland, dem Britischen Botschafter von Mauronien. Außerdem gehörten dazu die Baronin Benasque, ihre zukünftige Kammerfrau, und Capitan Carlos Aznar, ein Adjutant des Königs.

Die beiden letzteren waren auf dem Landweg und später per Schiff nach England gereist. Mit ihnen war Olivia gekommen, die Anastasia während der Reise als Zofe zur Verfügung stand.

Stolz erklärte Olivia ihr, daß man sie für diese Aufgabe ausgewählt habe, weil sie aus einer alten Seefahrerfamilie stamme und noch niemals seekrank gewesen sei.

Wie sich bald herausstellen sollte, war diese Eigenschaft von ganz besonderer Bedeutung, denn der Sturm nahm unablässig an Stärke zu.

Die Großherzogin und Sir Frederick traf es als erste. Bereits kurz nachdem das Schiff den Hafen verlassen hatte, zogen sie sich in ihre Kabinen zurück und ließen sich von diesem Augenblick an nicht mehr sehen. Die Baroneß hielt sich zwei Tage lang mit letzter Kraft auf den Beinen und kämpfte verzweifelt und mit bleichem Gesicht gegen ihren rebellierenden Magen. Dann gab auch sie auf und verschwand in ihrer Kabine.

»Ist der Sturm immer noch so stark?« fragte Anastasia jetzt, nachdem Olivia die Vorhänge von den Bullaugen zurückgezogen hatte.

»Die See ist noch sehr rauh, Königliche Hoheit«, erwiderte Olivia. »Und der Capitan läßt Ihnen sagen, daß er es für klüger hält, wenn sie heute nicht aufstehen. Er fürchtet, Sie könnten bei dem starken Schlingern stürzen und sich ein Bein brechen.

»Aber ich denke nicht daran, liegen zu bleiben«, sagte Anastasia entschieden. »Ich kann meine Unterrichtsstunden nicht ausfallen lassen. Ich habe den festen Vorsatz gefaßt, mich mit meinen Untertanen fließend unterhalten zu können, sobald wir in Mauronien eintreffen.«

»Eure Königliche Hoheit lernen sehr schnell«, erwiderte Olivia. »Sie müssen eine natürliche Begabung für Sprachen haben.«

Anastasia lächelte.

Mit Erleichterung hatte sie festgestellt, daß die mauronische Sprache gar nicht so kompliziert war, wie sie das zunächst angenommen hatte. Es war eine Mischung aus Französisch und Spanisch. Beides Sprachen, die ihren Ursprung im Lateinischen hatten. Diese drei Sprachen jedoch beherrschte Anastasia perfekt, und so bereitete das Mauronische ihr eigentlich keine großen Schwierigkeiten.

Anastasia ging mit Feuereifer zu Werk. Sie betrieb das Sprachstudium mit Enthusiasmus und mit einer Energie, für die es keine Ermüdungserscheinungen und keine Grenzen zu geben schien.

Von Anfang an unterhielt sie sich mit Olivia in deren Muttersprache, und da die Baroneß sehr bald schon als ihre Lehrerin ausfiel, bat sie Capitan Charles Aznar den Sprachunterricht anstelle der Kammerfrau zu übernehmen.

Der Capitan sagte bereitwillig zu, war dann jedoch höchst erstaunt, daß Anastasia seine Dienste vom Morgen bis zum Abend in Anspruch nahm.

»Sie müssen doch müde sein, Ma'am«, sagte er mehr als einmal, wenn Anastasia nach Stunden anstrengenden Unterrichts noch immer keine Pause einlegen wollte.

»Ich habe keine Zeit, müde zu sein«, antwortete sie. »Bei unserer Ankunft in Mauronien möchte ich die Sprache einigermaßen beherrschen!«

»Sie glauben nicht, wie glücklich mich das macht, daß Sie das sagen, Ma'am«, erwiderte der Capitan. In seiner Stimme waren Bewunderung und Dankbarkeit, und es entging Anastasia nicht, daß da noch etwas anderes mitschwang, das auf persönliche Gefühle schließen ließ.

Nach fünf Tagen auf See gab es dann keinen Zweifel mehr, daß der Capitan bis über beide Ohren in Anastasia verliebt war.

Da gab es diesen unmißverständlichen Ausdruck in seinen Augen, das verräterische Vibrieren in seiner Stimme, wie Anastasia es schon bei Vicomte Lyncombe erlebt hatte. Und mit einem gewissen Gefühl der Befreiung sagte sie sich, daß da wenigstens ein mauronischer Mann war, der sie anziehend und begehrenswert fand.

Unter normalen Umständen wäre es undenkbar gewesen, daß sie so viele Stunden des Tages allein mit einem attraktiven jungen Mann verbrachte, der lediglich zu ihrer Begleitung bestimmt war, darüber hinaus jedoch keine konkreten Pflichten zu übernehmen hatte.

Es wäre eigentlich die Aufgabe der Baronin gewesen, sich in Anastasias Nähe aufzuhalten und sie über all das zu informieren, was ihr wissenswert erschien und was sie bei ihrer Ankunft erwartete.

Doch so, wie die Dinge nun einmal lagen, war dies unmöglich, und Capitan Aznar rechnete es sich zur Ehre an, Anastasia alle Fragen zu beantworten, die sie ihm stellte.

»Erzählen Sie mir etwas über die Hauptstadt«, forderte sie ihn auf.

»Sergei liegt auf der französischen Seite der Pyrenäen«, antwortete er. »Aber das Bergmassiv erhebt sich wie eine gewaltige Kulisse gleich hinter der Stadt, die im übrigen unser größter Hafen ist.«

»Ist der Palast schön?«

»Ursprünglich war er eine Burg«, erwiderte der Capitan. »Teile davon sind heute noch erhalten. Aber vor fünfzig Jahren errichtete der Großvater Seiner Majestät an der Stelle, wo sich die alte Burg befand, einen von Grund auf neuen Palast. Er ist sehr beeindruckend und wurde dem Schloß von Versailles nachgebildet.«

»Wieder einmal französischer Einfluß«, entfuhr es Anastasia.

Sie sah, wie das Gesicht von Capitan Aznar sich dunkel beschattete, als er entgegnete:

»Es gibt noch einen zweiten Palast auf der anderen Seite des Gebirges bei Huesca. Er gleicht der Alhambra in Madrid.«

»Weilt Seine Majestät oft dort?« fragte Anastasia.

»Der Palast wird schon seit Jahren nicht mehr benutzt«, erwiderte der Capitan.

Dies, dachte Anastasia, ist also ein Zankapfel.

Sie hatte bereits erfahren, daß die Familie des Capitans spanischer Herkunft war und daß er mit leidenschaftlicher

Liebe an dem Teil des Landes hing, das südlich der Pyrenäen lag.

Es war also kein Zufall, daß die Baroneß dem französischen Lager und Capitan Aznar dem spanischen angehörte.

Wer immer also ihre Begleitung ausgesucht hatte, war bemüht gewesen, unparteiisch zu sein.

Olivia stammte zwar aus Sergei und arbeitete schon seit einigen Jahren im Palast, doch wußte Anastasia, daß ihre dunkelhäutige, schwarzhaarige Zofe mit ihrer Familie aus dem spanischen Landesteil stammte.

Während das Mädchen ihrer Herrin beim Ankleiden half, erzählte es von der Schönheit seiner Heimat, und es war offenkundig, daß es damit die Südprovinzen meinte.

»Ich möchte, daß du mir hilfst, Olivia«, sagte Anastasia, während die Zofe ihr das Haar aufsteckte, was bei der rollenden Bewegung des Schiffes sehr viel Geschicklichkeit verlangte.

»Sie wissen, Königliche Hoheit, daß ich alles tun werde, was Sie von mir verlangen«, antwortete Olivia mit ihrer warmen Stimme.

»Wenn wir in Sergei sind, möchte ich, daß du mir sagst, was die Menschen von mir denken«, sagte Anastasia.

Sie bemerkte die Überraschung in den Augen des Mädchens und fuhr fort:

»Es ist schwierig, die Wahrheit kennenzulernen, wenn man von Höflingen umgeben ist, die einem nur das sagen, was man ihrer Meinung nach zu hören wünscht. Manch einer mag so etwas schätzen, ich jedoch finde es bedrükkend, mit Menschen zusammenzuleben, die einem ständig schmeicheln und schöntun. Du solltest nicht zu diesen Leuten gehören, Olivia. Ich verlasse mich darauf, daß du mir stets die Wahrheit sagst, wenn ich dich darum bitte. Es ist die einzige Möglichkeit für mich, deinem Volk wirklich zu helfen!«

»Ist es der Wunsch Eurer Königlichen Hoheit, uns zu helfen?« fragte Olivia leise.

»Ja, das ist mein sehnlichster Wunsch«, erwiderte Anastasia mit einem Ernst in der Stimme, der nicht zu überhören war.

Sie bemerkte, daß Olivia den Atem anhielt.

Dann trat ein Leuchten in die Augen des Mädchens, und es sagte hingerissen:

»Eure Königliche Hoheit sind eine wunderbare Frau. Ich bin sehr dankbar, für die hohe Auszeichnung, Ihnen dienen zu dürfen.«

Anastasia gab keine Antwort darauf, aber sie nahm sich vor, alles zu tun, um das Vertrauen dieses Mädchens zu gewinnen. Auf irgendeine Weise mußte sie Olivia klarmachen, daß sie keine Befürchtungen haben mußte, offen mit ihr zu sprechen – nicht nur während der Reise, sondern auch dann, wenn sie Sergei erreicht hatten und im Palast lebten.

Ich werde eine Fremde sein in einem fremden Land, sagte sich Anastasia, und ich brauche jemanden, dem ich vertrauen kann.

Sie wußte aus den Erzählungen anderer und auch aus eigener Erfahrung, daß die meisten Herrschenden gleichsam hinter Spiegelglasfenstern lebten.

Sie hatten nur wenig persönlichen oder tatsächlichen Kontakt zu ihren Untertanen, denn diejenigen, die sie ständig umgaben, packten sie buchstäblich in Watte, um sie gegen alles Unangenehme und Widrige abzuschirmen.

Wenn es mir nicht gelingt, gewisse Entwicklungen und Tendenzen schon in ihrem Frühstadium zu erkennen, dachte Anastasia, werde ich niemals etwas unternehmen können, um den Einmarsch der Franzosen zu verhindern.

Ihre Vorstellungen waren noch sehr vage, und sie wußte keinesfalls schon konkret, was sie zur Rettung Mauroniens tun sollte. Aber sie war entschlossen, alles daranzusetzen, um nicht eines Tages nach England zurückkehren zu müssen, weil sie mit ihrer Mission gescheitert war oder der Franzosenkaiser sie aus dem Land vertrieben hatte.

Sie wußte, wie sehr die Großherzogin darunter gelitten hatte, daß sie nicht nur den Gatten, sondern auch das Großherzogtum verloren hatte und gezwungen gewesen war, von der Mildtätigkeit ihrer Verwandten zu leben.

Dies darf mir einfach nicht passieren, sagte Anastasia sich immer wieder.

Und sie dachte mit Furcht daran, daß der König bei ihr sein würde, sollte sie einmal gezwungen sein, Mauronien zu verlassen, um auf der Insel im Exil zu leben.

Ein schrecklicher Gedanke, unerwünscht und mittellos als ein von seinem Thron vertriebenes Herrscherpaar in England leben zu müssen! Aber noch schlimmer, sich vorzustellen, daß dies an der Seite eines enttäuschten und verbitterten Gatten geschehen würde.

Warum habe ich nicht mehr gelernt? fragte sie sich immer wieder. Und es war kein Trost für sie, zu wissen, daß sie eine weitaus bessere Ausbildung erhalten hatte als die meisten Mädchen ihres Alters.

Während sie sich nun mit Feuereifer dem Studium der mauronischen Sprache widmete, sagte sie sich, daß dies nur der erste Schritt auf dem Weg einer Eroberung war. Ja, auch sie würde einen Feldzug, besser noch, einen Kreuzzug beginnen, und sie war entschlossen, alle körperlichen und geistigen Kräfte für dessen Gelingen einzusetzen.

Wenn es sein mußte, würde sie sogar ihr Herzblut dafür geben.

»Erzählen Sie mir mehr Einzelheiten«, sagte sie zu Capitan Aznar, als sie die Admiralskajüte betrat, wo er bereits auf sie wartete. »Erzählen Sie mir alles, von dem Sie glauben, daß es wichtig für mich sein könnte!«

Die Kabine war außergewöhnlich komfortabel eingerichtet, und während sie in den gepolsterten Samtsesseln Platz nahmen und Anastasia den Capitan über den schmalen Tisch hinweg ansah, bemerkte sie in den Augen des Mannes erneut den Ausdruck unverhohlener Bewunderung.

»Ich glaubte schon, daß Sie nach einer solch rauhen Nacht

den Kampf gegen die Elemente vielleicht aufgegeben hätten, Ma'am«, sagte er.

»War es in der vergangenen Nacht denn noch schlimmer als in der Nacht davor?« erkundigte sie sich.

»Einer der Offiziere sagte mir eben, er sei schon der Meinung gewesen, der Sturm habe sich ausgetobt, aber dann sei es nach Mitternacht noch einmal ganz ungemütlich geworden.«

Anastasia wirkte verlegen.

»Ich schäme mich beinahe, bekennen zu müssen, daß ich von alledem nichts gemerkt habe!«

»Sie sind eine erstaunliche Frau, Ma'am. Ich habe es nie für möglich gehalten, daß eine Lady so unerschrocken und furchtlos sein könnte!«

»Ich bin selbst überrascht darüber. Um so mehr freut es mich, festzustellen, daß ich mich so ausgezeichnet als Seefahrer eigne!«

»Sind Sie nie zuvor auf einem Schiff gereist, Ma'am?«

»Nein, noch nie«, antwortete Anastasia. »Aber da ich entschlossen bin, meinen Sprachunterricht nicht ausfallen zu lassen, kann ich auf das Wetter natürlich keine Rücksichten nehmen. Ich werde also auf den Beinen bleiben, mag da kommen, was will!«

»Wenn Ihnen das gelingt, werden Sie sogar noch manchen alten Seebären beschämen«, sagte Capitan Aznar mit einem Augenzwinkern. »Aber machen wir uns an die Arbeit!«

Er schlug das Buch auf, das vor ihm auf der Tischplatte lag und das – wie Anastasia wußte – die Baroneß mit an Bord gebracht hatte.

Nachdem sie einige neue Verben durchgenommen hatten, erschien es ihnen interessanter und abwechslungsreicher, sich auf mauronisch zu unterhalten.

»Unglaublich, daß jemand unsere Sprache so rasch lernt, wie Sie das geschafft haben, Ma'am«, sagte Capitan Aznar, nachdem sie etwa eine Stunde miteinander gesprochen hatten.

»Ich finde Ihre Sprache einfach wunderbar«, erwiderte Anastasia. »Ich möchte, daß Sie mir noch mehr über Ihr Land erzählen, das meiner Meinung nach genauso schön ist wie seine Sprache.«

Nachdem der Capitan eine Zeitlang über die verschiedenartigsten Landschaften Mauroniens und die Eigenart seiner Bevölkerung gesprochen hatte, erklärte Anastasia ein wenig zögernd:

»Kann ich – Ihnen – vertrauen, Capitan?«

Die Augen des Königlichen Adjutanten weiteten sich vor Überraschung, ehe er sagte:

»Ich wäre sehr unglücklich, Ma'am, wenn Sie den Eindruck hätten, daß dies nicht der Fall ist.«

»Natürlich habe ich diesen Eindruck nicht, Capitan«, antwortete Anastasia. »Aber ich möchte, daß Sie ganz offen zu mir reden. Vergessen Sie einen Moment lang die Position, die ich demnächst einnehmen werde. Sagen Sie mir ehrlich, was ich tun kann, um Mauronien zu helfen.«

Der Capitan schwieg eine Weile, dann sagte er:

»Sie reden, Ma'am, als ob Sie bereits gehört hätten, daß es in unserem Land Schwierigkeiten gibt.«

»Ich habe erfahren, daß in dem Bevölkerungsteil, der südlich der Pyrenäen lebt, Unruhe herrscht«, erwiderte Anastasia. »Man sagt, die Menschen dort fühlten sich im Nachteil gegenüber denjenigen, die ... sagen wir einmal: die von ihren französischen Nachbarn stärker beeinflußt sind.«

Zunächst schien der Capitan seine Worte mit äußerster Sorgfalt zu wählen, doch dann sprach er immer fließender und direkter und mit einer Beredsamkeit, die Anastasia zeigte, wie tief er in dieser Sache engagiert war.

Er berichtete davon, wie die wichtigsten Ämter in den einzelnen Departements immer häufiger denen übertragen wurden, die mit Frankreich sympathisierten, wie die landwirtschaftliche Entwicklung im Norden stärker gefördert wurde als in den südlichen Teilen und wie bei der Vergebung von Handelskonzessionen Franzosenstämmige eindeutig bevorzugt wurden.

»Aber noch schwerwiegender ist«, fuhr Capitan Aznar fort, »daß der Adel und die oberen Klassen für gewöhnlich Französisch sprechen, so daß unsere Landessprache immer mehr in Vergessenheit gerät.«

Anastasia wußte, daß der Capitan hier einen sehr wichtigen Punkt berührte. Aufmerksam lauschte sie seinen Worten, als er fortfuhr:

»Der Premierminister ist ein leidenschaftlicher Patriot, aber viele seiner Kollegen liebäugeln mit der Idee, daß eine Annäherung an Frankreich besser für unser Land wäre.«

Er machte eine Pause, dann fügte er mit großer Eindringlichkeit hinzu:

»Für mich und viele meiner Freunde ist eine solche Politik äußerst verhängnisvoll. Sie hätte eine totale Katastrophe zur Folge.«

»Wie ist die Einstellung der Armee?« wollte Anastasia wissen.

»Dort liegen die Dinge wohl ähnlich wie in den anderen Bereichen«, antwortete Capitan Aznar. »Allerdings ist der größte Teil der Armee im Süden stationiert. Die weite Ebene von Leziga schließt sich direkt an die südlichen Ausläufer des Gebirges an. Hier finden die großen Manöver statt, und erst kürzlich wurden dort auch einige neue Kasernen erbaut. Man könnte also sagen, daß die Armee geistig eher im Süden beheimatet ist. Allerdings ist das nur mit Einschränkungen richtig.«

»Und die Armee ist Seiner Majestät treu ergeben?«

Eine bedeutungsvolle Pause entstand, bevor der Capitan antwortete:

»Ich glaube schon. Ja, ich bin sicher, daß es so ist, Ma'am. Obwohl es von Zeit zu Zeit immer einmal ein wenig brodelt, wenn Seine Majestät im Ausland weilt.«

Es war nicht notwendig, daß Capitan Aznar deutlicher wurde. Anastasia wußte, was er hatte sagen wollen. Der

König verbrachte zuviel Zeit außerhalb des Landes, und für Anastasia bestand kein Zweifel, wo er sich aufhielt.

»Lord John Russel sprach mit mir über Ihre Schwierigkeiten«, sagte sie, »und Sie werden sich wohl darüber im klaren sein, wie schwierig es für mich sein wird, am Status quo etwas zu ändern. Ich werde mit starken Widerständen rechnen müssen, wenn ich es versuchen sollte. Ich bin mir durchaus der Tatsache bewußt, daß ich eine Fremde bin, und als Fremde muß ich sehr, sehr behutsam wandeln, damit ich nirgendwo anstoße und mir gleich sämtliche Wege versperre.«

»Ich kann Ihnen nicht sagen, Ma'am, was es für mich bedeutet, Sie auf diese Weise reden zu hören«, sagte Capitan Aznar. »Als ich Sie zum ersten Mal sah, dachte ich...«

Er brach ab.

»Was dachten Sie?« fragte Anastasia drängend.

Der Capitan zögerte, dann sagte er:

»Ich dachte, daß Sie die schönste Frau sind, die ich jemals gesehen habe – und bitte, halten Sie mich jetzt nicht für taktlos, wenn ich offen zu Ihnen bin. Ich habe gedacht, Ma'am, daß Sie noch viel zu jung und unerfahren sind, um an etwas anderes zu denken als an schöne Kleider, Tanzveranstaltungen und große Gesellschaften.«

»Und was denken Sie jetzt?«

»Nun, jetzt bin ich sicher, daß Sie die Herzen der Mauronier im Sturm erobern werden«, antwortete er leise, und es war nicht notwendig, hinzuzufügen, daß Anastasia sein Herz bereits im Sturm erobert hatte.

Das schlechte Wetter hielt an, bis sie die Straße von Gibraltar erreichten.

Jetzt erst erfuhr Anastasia, daß das Schlachtschiff während des Sturms einige Schäden an den Aufbauten erlitten hatte, die repariert werden mußten, bevor sie die Fahrt fortsetzen konnten.

Anastasia war darüber nicht traurig.

Es gefiel ihr auf der Warrior, und was sie betraf, sie hatte keine Eile, nach Sergei zu kommen.

Baroneß Benasque betrat mit unsicheren Schritten das Deck. Sie war immer noch bleich und wirkte sehr schwach nach der kaum überstandenen Seekrankheit.

Als sie von der Verzögerung hörte, rief sie entsetzt:

»O Gott, das heißt, daß nach unserer Ankunft in Sergei bis zu Ihrer Hochzeit nur noch sehr wenig Zeit ist, Ma'am – es sei denn, der Termin der Trauung würde verschoben, was ich allerdings für ausgeschlossen halte.«

»Was macht das schon«, sagte Anastasia leichthin.

Sie dachte bei sich, daß es keinen Unterschied bedeutete, wie lange der Zwischenraum zwischen der ersten Begegnung mit Maximilian und dem Tag sein würde, an dem er ihr Ehemann wurde. Das Resultat bliebe das gleiche.

Selbst für den Fall, daß sie sich beide unsympathisch waren, gab es nichts, was sie tun konnten, um das Unvermeidliche abzuwenden.

Die Absprachen zwischen England und Mauronien waren getroffen.

Anastasia war mit großem Pomp in ihrer Heimat verabschiedet worden, und man hatte sie davon unterrichtet, welche Vorbereitungen man in Sergei zu ihrem Empfang und der nachfolgenden Hochzeit traf.

Es gab kein Zurück mehr, und Anastasia war sich dieser Tatsache bewußt.

Sie hatte den Vorsatz, nicht zu intensiv an das zu denken, was sie erwartete. Denn wenn sie sich zu sehr mit der Zukunft beschäftigte, wenn sie sich die Schwierigkeiten, die auf sie zukommen konnten, zu sehr ausmalte, war die Gefahr groß, vor lauter Angst die Nerven zu verlieren.

»Du mußt ganz ruhig sein, ganz vernünftig und sehr kühl«, sagte sie immer wieder zu sich selbst.

Oft gelang ihr das auch. Doch manchmal konnte sie ein leichtes Gefühl der Furcht tief in ihrem Inneren nicht unterdrücken. Und obwohl es schwer für sie war, sich vorzustellen, was sie bei der ersten Begegnung mit ihrem zukünftigen Gatten empfinden würde, versuchte sie sich an sein Gesicht zu erinnern, das sie in dem Magazin gesehen hatte. Nein, sie wollte vor der Wirklichkeit nicht die Augen verschließen!

Es war nicht leicht für Anastasia, angesichts der ungewissen Zukunft ihren Optimismus und ihre gute Laune zu bewahren. Aber sie war jung, sie fühlte sich stark und voller Tatendrang. Und die Aussicht auf den bevorstehenden zwei- oder dreitägigen Aufenthalt in Gibraltar tat das ihre, um alle düsteren Gedanken aus ihrem Herzen zu vertreiben.

Ja, sie würde die Tage auf der Felsenfestung genießen!

Die erste freudige Aufregung brachte der Besuch des Festungskommandanten, der sofort nachdem die H. M. S. Warrior im Hafen vor Anker gegangen war, zu Anastasias Begrüßung an Bord kam. Und als der Kapitän des Schlachtschiffes ihm von den Sturmschäden berichtete, die einen mehrtägigen Aufenthalt in Gibraltar notwendig machten, lud der Kommandant Anastasia zu einem Ball ein, der zu ihren Ehren veranstaltet werden sollte.

Nach den arbeitsreichen Tagen auf See war eine Abwechslung ihr sehr willkommen. Sie konnte sich in diesem Augenblick nichts Schöneres und Aufregenderes vorstellen, als mit einigen netten und charmanten jungen Herren einige Stunden zu plaudern, zu lachen und zu tanzen.

Die Schiffsoffiziere, die eine anstrengende Überfahrt hinter sich hatten und während des Sturms kaum Gelegenheit gefunden hatten, sich mit Anastasia bekannt zu machen, waren Feuer und Flamme, als sie von der Einladung hörten. Der Festungskommandant verließ umgehend das Schiff, um die nötigen Vorbereitungen für den Ball zu treffen.

Zum Glück fühlte sich die Großherzogin zu dieser Zeit noch zu schwach, um ihre Kabine zu verlassen. Und daher erfuhr sie von alledem erst, nachdem der Kommandant bereits wieder von Bord gegangen war.

Als sie von der geplanten Ballveranstaltung erfuhr, machte sie ihrer Tochter die größten Vorhaltungen. Es stehe Anastasia nicht zu, sagte sie, die Einladung als Ehrengast eines Offiziersballs anzunehmen, wenn eine solche Veranstaltung auf dem vom Außenminister schon vor ihrer Abreise aus England festgelegten Programm nicht vorgesehen sei.

»Wie hätte das gehen sollen, Mama?« gab Anastasia zu bedenken. »Lord Russel konnte doch unmöglich wissen, daß es im Golf von Biskaya so stürmisch zugehen würde!«

»Ich denke, es wäre schicklicher gewesen, Anastasia, wenn du an Land gegangen wärest und hättest dir den Felsen, vielleicht auch noch die berühmten Affen dort, angeschaut, um danach sofort wieder auf das Schiff zurückzukehren.«

»Und ich glaube, Mama«, sagte Anastasia sanft, »ein solches Verhalten hätte als sehr dünkelhaft verstanden werden können. Stell dir doch vor, was die Schiffsbesatzung von mir gedacht hätte, wenn ich eine solch vergnügliche Einladung abgelehnt hätte. Sie hätten mich mit Recht hochnäsig und eine Spielverderberin genannt, und im übrigen bin ich der Meinung, daß es einzig und allein meine Sache war, in dieser Frage eine Entscheidung zu treffen.«

Die Großherzogin riß die Augen auf und sah ihre Tochter völlig fassungslos an.

»Wirklich, Anastasia, du mußt übergeschnappt sein, daß du so mit mir sprichst!« erklärte sie eisig. »Du bist schließlich noch keine Königin!«

»Aber ich werde es in kürzester Zeit sein«, erwiderte Anastasia. »Und man hat mich als zukünftige Königin gefragt, ob ich damit einverstanden sei, daß die englischen Offiziere mir zu Ehren einen Ball geben!«

Die Großherzogin fühlte sich wohl noch zu krank, um mit ihrer Tochter zu streiten.

Als der Abend der Einladung gekommen war, weigerte sie sich, an der Veranstaltung teilzunehmen und entschuldigte sich damit, sie fühle sich noch nicht wohl genug.

Baroneß Benasque wurde dazu bestimmt, Anastasia als Anstandsdame zu begleiten, und natürlich war auch Capitan Aznar mit von der Partie.

Anastasia vermißte ihre Mutter an diesem Abend nicht. Und vielleicht war es gut, daß die alte Dame dem Ball fernblieb.

Das Galaessen, das der Festungskommandant für Anastasia gab, verlief anfänglich noch ein wenig steif und förmlich, doch schon bald gelang es ihr, eine Atmosphäre der Ungezwungenheit und Fröhlichkeit um sich zu verbreiten.

Sie plauderte voller Witz und Charme. Ihre Augen glänzten vor Erregung, und ihre Wangen bedeckte ein rosiger Schimmer. Sie wirkte so hinreißend schön, daß sie nach dem Eröffnungstanz mit dem Gastgeber ständig von einem Schwarm hoffnungsvoller Bewerber umlagert war.

Anastasia trug eines ihrer neuen Kleider aus seegrünem Tüll. Es war reichlich mit Spitzen besetzt und mit zarten Lilienmustern bestickt. Noch nie hatte Anastasia ein Kleid besessen, das ihr so zauberhaft zu Gesicht stand und ihre schlanke, mädchenhafte Figur so wirkungsvoll zur Geltung brachte.

Kein Zweifel, daß Königin Viktoria entsetzt gewesen wäre, wenn sie hätte mit ansehen müssen, mit welcher Verve und welchem Schwung Anastasia die Mazurka tanzte, die hier – so erschien es ihr jedenfalls – noch schneller und feuriger gespielt wurde, als auf Windsor Castle.

Es herrschte eine übermütige Stimmung, und Anastasia amüsierte sich aufs beste. Sie sagte sich, daß sie eine solche Abwechslung wirklich einmal gebraucht hatte. Vor allem tat dieser Abend ihrem Selbstbewußtsein gut, denn die Komplimente, die sich von allen Seiten über sie ergossen, gaben ihr ein Gefühl der Sicherheit und Zuversicht.

»Warum müssen Sie nur eine Prinzessin sein!« flüsterte ein Artillerieoffizier ihr ins Ohr, während er sie in seinen Armen über die Tanzfläche wirbelte.

»Ich sollte das eigentlich nicht sagen, Ma'am«, fuhr er fort, »und Sie werden mich höchstwahrscheinlich dafür an die Wand stellen und erschießen lassen, aber Sie sind die schönste Frau, die ich je gesehen habe. Wenn ich daran denke, daß ich von diesem Augenblick an jede Frau, der ich begegnen werde, mit Ihnen vergleiche, dann sehe ich schwarz für mich. Ich werde mich wohl nie mehr für eine andere erwärmen können – jedenfalls nicht so, daß ich sie zu meiner Ehefrau machen möchte.«

Anastasia wußte, daß es nicht nur ihr Charme und ihre Schönheit waren, die dem jungen Offizier die Zunge gelöst hatten. Es war auch der Champagner, der auf diesem Ball reichlich floß.

Dennoch fand sie es reizvoll, den Komplimenten der Offiziere zu lauschen, und dies um so mehr, als sie zuvor noch nie die Gelegenheit zu etwas Derartigem gehabt hatte.

Auf Windsor Castle oder bei ihren Besuchen auf dem Landsitz des Earls von Coombe und dessen Gemahlin, war sie immer nur Männern begegnet, die sich so sehr ihrer hohen gesellschaftlichen Stellung bewußt waren, daß sie nichts anderes als Gemeinplätze von sich gaben.

»Ich hoffe, König Maximilian ist sich darüber im klaren, wie glücklich er sich schätzen kann«, sagte der Commander des Schlachtschiffes, während er den letzten Tanz mit ihr tanzte.

»Das hoffe ich auch«, entgegnete Anastasia lächelnd.

»Seine Majestät müßte schon auf beiden Augen blind sein, wenn er nicht zu würdigen wüßte, was wir ihm da aus England über den Atlantik bringen«, sagte der Offizier mit einem Unterton in der Stimme, der Anastasia verriet, daß er bereit gewesen wäre, sich für seine Überzeugung zu duellieren oder zu schlagen.

»Bis jetzt hat mir noch niemand verraten können, ob die Engländer in Mauronien beliebt sind oder nicht«, gab sie zur Antwort.

»Das spielt keine Rolle«, erwiderte der Commander. »Gleichgültig, wie die Mauronier in der Vergangenheit zu uns standen, jetzt werden sie für uns sein. Ich versichere Ihnen, Ma'am, wir sind dabei, ihnen einen Schatz auszuliefern, der von Rechts wegen in England hätte bleiben müssen. Wenn ich zu bestimmen hätte, ich würde Sie zusammen mit den Kronjuwelen unter Verschluß halten. Sie sind viel zu schön und kostbar, um Sie außer Landes zu bringen!«

Wieder war sich Anastasia der Tatsache bewußt, daß der Commander niemals an Bord der Warrior in dieser vertrauten Weise mit ihr gesprochen hätte.

Aber Gibraltar schien eine Art Niemandsland zu sein. England war weit, und Mauronien lag erst noch vor ihnen.

Außerdem war es nicht leicht, auf äußerste Korrektheit und strikte Einhaltung der Etikette zu achten, wenn man nach den mitreißenden Klängen der Regimentskapelle über das Tanzparkett glitt.

Zurück an Bord des Schiffes, suchte Anastasia ihre Mutter auf.

»Du hast eine herrliche Party verpaßt, Mama!« rief sie begeistert.

Im Gesicht der Großherzogin bewegte sich kein Muskel.

»Du siehst ein wenig derangiert aus, Anastasia«, bemerkte sie kühl. »Ich hoffe, du hast dir beim Tanzen nichts vergeben.«

»Ich hoffe nicht, Mama«, entgegnete Anastasia ausweichend.

Sie gab ihrer Mutter einen Gutenachtkuß und sagte dann gleichsam als Antwort auf eine unausgesprochene Kritik:

»Auf jeden Fall habe ich mich bestens amüsiert, Mama. In einigen Tagen werde ich eine gesetzte Ehefrau sein, und du selbst hast doch immer gewünscht, ich hätte schon einmal eine der Gesellschaften und Tanzveranstaltungen in London besuchen können.«

»Das war etwas anderes, Anastasia«, entgegnete die

Großherzogin streng. »Du weißt sehr gut, daß deine Tanzpartner am heutigen Abend wohl in den seltensten Fällen adeliger Herkunft waren. Und es dürfte sich schwerlich jemand unter ihnen befunden haben, der dir ebenbürtig ist!«

Anastasia lachte.

»Ich bin sicher, Papa würde jetzt sagen, daß es keinen Menschen gibt, der sich nicht die Nase putzen muß, wenn er sich einen Schnupfen geholt hat!«

Sie lächelte ihrer Mutter zu und huschte aus der Kabine, bevor die Großherzogin etwas erwidern konnte.

Sie war eben dabei, ihre Kabine zu betreten, als ihr ein Buch einfiel, das sie im Augenblick auf Mauronisch las und das sie in der Admiralskajüte liegengelassen hatte.

Sie zog die Tür wieder ins Schloß und ging den Gang entlang. Als sie die Admiralskajüte betrat, sah sie Capitan Aznar, der sich soeben einen Drink eingoß.

Bei ihrem Eintritt nahm er Haltung an, klappte die Hakken zusammen und verneigte sich vor ihr.

»Darf ich Ihnen einen Drink anbieten, Ma'am?«

»Ein Schluck Limonade wäre mir ganz recht, falls etwas in der Art vorhanden ist«, sagte Anastasia.

Er goß ihr ein Glas ein und reichte es ihr.

»Sie haben sich heute abend gut amüsiert«, sagte er, die Augen auf ihrem Gesicht.

»Es war herrlich«, antwortete Anastasia. »Auf keiner Party habe ich so viel Spaß gehabt.«

Sie lächelte und fügte hinzu:

»Das soll nicht heißen, daß ich schon oft auf einer Party gewesen wäre.«

»Das verstehe ich nicht, Ma'am. Jedermann in England hätte sich doch darum reißen müssen, Sie bei einer Party als Gast zu haben.«

»Die Leute, die Mama als ›Jedermann in England‹ bezeichnen würde, interessieren sich nicht für eine mittellose Prinzessin, die nur von der Wohltätigkeit der Queen lebt und im Adelsstift auf Hampton Court ein winziges Apartment bewohnt«, antwortete Anastasia.

Capitan Aznar lächelte.

»Aber jetzt, Ma'am, geht Cinderella nicht nur zum Ball, sie heiratet auch Prinz Charming, nicht wahr?«

Anastasia durchquerte die Kajüte und trat an eines der Bullaugen. Nachdenklich blickte sie auf die Lichter am Kai nieder.

»Glauben Sie, daß Seine Majestät dieser Prinz sein wird?« fragte sie mit leiser Stimme.

»Ich hoffe es«, entgegnete Capitan Aznar. »Jedenfalls wünsche ich Ihnen von Herzen Glück, Ma'am. Ich wünsche es so sehr, wie ich noch nie in meinem Leben etwas gewünscht habe.«

Anastasia gab keine Antwort. Nach einem Augenblick des Schweigens sagte er:

»Und wenn ich Ihnen helfen kann, es zu finden, dürfen Sie jederzeit mit mir rechnen. Ich stehe Ihnen immer zur Verfügung.«

Seine Stimme bebte vor innerer Erregung, und seine Worte rührten Anastasia zutiefst.

Langsam wandte sie sich zu ihm um, und der Ausdruck in seinen Augen bewirkte, daß sie zu Boden schaute.

»Vielleicht kommt einmal der Tag, da ich Sie an Ihre Worte erinnern muß«, sagte sie ruhig.

»Und wenn dies geschehen sollte, werde ich der stolzeste und dankbarste Mensch auf der Erde sein!« entgegnete er. »Ich bin nicht nur bereit, für Sie zu sterben, Ma'am, sondern auch zu leben!«

Wieder begegneten sich ihre Augen, und sekundenlang war es Anastasia unmöglich, an eine Antwort zu denken.

Dann streckte sie ihm impulsiv die Hand entgegen.

»Danke«, sagte sie leise. »Ich spüre, daß ich dort, wo ich jetzt hingehe, einen Freund brauche.«

Capitan Aznar ergriff ihre Hand, sank auf die Knie und preßte seine Lippen auf ihren Handrücken.

Anastasia fühlte seinen Kuß auf ihrer Haut. Hastig entzog sie ihm ihre Finger. Und als er sich erhob, sagte sie mit einer jungen, ein wenig atemlosen Stimme:

»Danke! Ich danke Ihnen sehr.«

*

Es war am nächsten Nachmittag, als das Schiff die Anker lichtete, um den Hafen von Gibraltar zu verlassen.

Auf dem Kai spielte die Militärkapelle, und eine riesige Menschenmenge hatte sich versammelt, um der Besatzung und ihrem hohen Gast zum Abschied zuzuwinken.

Anastasia stand in einem ihrer neuen Kleider neben dem Kapitän und winkte zurück.

Kälte, Regen und Sturm lagen hinter ihnen. Die Sonne schien von einem wolkenlosen Himmel, und das Mittelmeer war so blau wie der Mantel der Madonna.

»Wir sind spät dran!« stöhnte die Großherzogin, und von Baroneß Benasque kam das Echo: »Ja, Ma'am, entsetzlich spät!«

Anastasia ließ die Damen stehen, und im Weggehen hörte sie, daß die beiden weiter über den durcheinander geratenen Zeitplan jammerten.

Anastasia ging auf das Oberdeck.

Zum erstenmal genoß sie eine warme Brise auf ihrem Gesicht, und das Schiff glitt wohltuend sanft durch das Wasser.

Rauch quoll aus den Schornsteinen der Warrior, und zusätzlich hatte die Mannschaft die drei Segel gesetzt, die hoch in das Blau des Himmels ragten.

»Das alles ist viel schöner, als ich gedacht habe«, sagte sie zu Capitan Aznar, der neben ihr an der Reling stand.

»Ja, es ist wirklich schön«, antwortete er, doch seine Augen hafteten an ihrem Gesicht.

»Spielt unsere Verspätung wirklich eine solch große Rolle?« erkundigte sich Anastasia. »Mama und die Baroneß machen einen solchen Wirbel.«

»Es bedeutet lediglich, daß die Hochzeit einen Tag nach Ihrer Ankunft stattfindet und nicht, wie ursprünglich geplant, erst eine Woche danach«, erwiderte er. »Es würde unmöglich sein, sämtliche Vorbereitungen rückgängig zu machen oder auch nur zu verlegen.«

»Warum?«

»Vor allem wegen der Majestäten, die aus den Nachbarländern zur Hochzeit eingeladen wurden. Und natürlich auch wegen der Menschen, die von überall her in die Hauptstadt kommen werden, um den Hochzeitszug zu sehen. Sie dürfen nicht vergessen, viele von ihnen haben einen sehr weiten Weg und sind sogar tagelang von zu Hause fort.«

Er lächelte, als er fortfuhr:

»Ich kann mir vorstellen, daß in ganz Mauronien die Arbeit zum Stillstand kommt. Seit der Krönung wird es kein solches Spektakel und keinen so wichtigen Anlaß mehr zum Feiern im Land gegeben haben.«

»Welche Majestäten wurden denn eingeladen?« fragte Anastasia.

»Ich weiß es nicht sicher«, erwiderte Capitan Aznar. »Am Tag meiner Abreise hatte der König die Gästeliste noch nicht mit dem Premierminister durchgesprochen.«

»Sie glauben doch nicht, daß auch der Kaiser und die Kaiserin eine Einladung erhielten?«

»Selbst wenn, hielte ich es trotzdem für unwahrscheinlich, daß sie annehmen würden«, entgegnete der Capitan.

Anastasia atmete erleichtert auf.

Sie war etwas beruhigter.

Ohne sagen zu können, warum, hatte sie nicht den Wunsch, Napoleon III. zu begegnen.

Ihrer Meinung nach trug er die Schuld an den Schwierigkeiten, in denen Mauronien sich befand. Und überdies fühlte sie sich durch sein feindseliges Verhalten England gegenüber verletzt.

»Ich bin überzeugt, die Gerüchte, daß die Franzosen

einen Überfall auf England planen, sind aus der Luft gegriffen«, sagte Capitan Aznar, so als lese er ihre Gedanken.

»Das hoffe ich«, antwortete Anastasia. »Haben Sie die Befestigungsanlagen entlang der Küste gesehen, während wir durch den Kanal fuhren? Ein erschreckender Anblick, besonders diese dunklen Kanonenöffnungen. Mir lief eine Gänsehaut über den Rücken bei dem Gedanken, daß dies unsere einzige Verteidigung gegen einen angreifenden Feind sein würde.«

»Ich halte einen solchen Überfall für unmöglich«, versicherte Capitan Aznar.

»Und wer immer davon spricht, ist in meinen Augen ein verantwortungsloser Scharfmacher und Pessimist. Der Kaiser selbst hat bereits mehrmals erklärt, daß er an etwas Derartiges nicht im entferntesten denkt.«

»Die Frage ist nur, ob man seinen Worten Glauben schenken kann«, gab Anastasia zu bedenken.

Capitan Aznar antwortete nicht, und Anastasia wußte, daß er im Grunde nicht den Wunsch hatte, den Kaiser der Franzosen vor ihr zu verteidigen. Er hatte sie nur beruhigen wollen.

»Sprechen wir nicht weiter über Kriege und Kriegsdrohungen«, sagte sie. »Uns bleibt nur noch eine kurze Zeit, in der wir zusammen sind. Erzählen Sie mir lieber noch mehr über Mauronien. Das ist es, was ich hören möchte!«

»Worüber soll ich Ihnen berichten?« fragte der Capitan.

»Ich würde gern mehr über die Sagen und Märchen Ihres Volkes wissen«, erklärte Anastasia. »Mit schlimmen Ereignissen, mit Unglück und Not werde ich wohl bald noch oft genug konfrontiert werden.«

Als habe sie bei diesem Gespräch einen Blick in die Zukunft getan, stießen am Tag darauf, als die Warrior in die Bucht von Sergei einlief, zwei Fischerboote zusammen und versanken vor ihren Augen.

Die Männer der Besatzung konnten zum Glück gerettet werden.

Aber abgesehen von diesem Unfall, gab es für die H. M. S. Warrior beim Einlaufen in den Hafen keine weiteren Komplikationen. Allerdings war bei der Größe des Schiffes ein Anlegen am Kai nicht möglich, und so gab der Kapitän den Befehl, mitten in der Bucht vor Anker zu gehen.

Anastasia stand an Deck und erblickte zum erstenmal das Land, das nun ihre Heimat sein würde.

Sie hatte zwar erwartet, daß es ihr gefallen würde, doch das, was sie nun sah, übertraf ihre kühnsten Vorstellungen.

Weiße Häuser hoben sich wirkungsvoll gegen den Hintergrund aus dunkelgrünen Pinien, schlanken, hochragenden Zypressen und silbergrauen Ölbäumen ab.

Hinter der Stadt ragte das Gebirgsmassiv der Pyrenäen auf. Zunächst sah man die sanft geschwungenen Vorberge, dann in der Ferne die schneebedeckten Gipfel. Die Bucht von Sergei war ein weitgeschwungenes Halbrund mit einem Strand aus goldgelbem Sand.

Als die Warrior in Sicht kam, füllte sich dieser Strand mit Menschen. Und die Menschenmenge wuchs und wuchs. Bald war auch die breite Uferpromenade voller Neugieriger. Sie erschienen in den Fenstern der Häuser und Hotels, zeigten sich auf den flachen Dächern und hingen in Trauben an Laternen und Bäumen.

Glocken begannen zu läuten, Schiffssirenen gellten, Hände winkten, Tücher wurden geschwenkt, und Hochrufe ertönten, während das Schlachtschiff den Anker auswarf.

Anastasia traute ihren Augen nicht.

Es war ein überwältigendes Bild, und immer noch schien es neue Überraschungen für sie zu geben.

Obwohl Capitan Aznar ihr bereits erzählt hatte, daß die Stadt einem Blumenmeer gleichen würde, brauchte Anastasia einige Zeit, bis sie die zahlreichen im Wind flatternden Fahnen und die in der Sonne leuchtenden Blumengirlanden sah.

»Es wird nicht nur die Woche Ihrer Hochzeit sein,

Ma'am«, hatte er gesagt. »Das Land feiert in diesen Tagen auch Karneval.«

»Und was geschieht auf Karneval?«

»Karneval ist das Fest der Blumen. Es wird begangen mit vielen Blumenkorsos und einer sogenannten Blumenschlacht.«

»Wie aufregend!« rief Anastasia aus. »Werde ich daran teilnehmen dürfen?«

»Ich denke, dem großen Blumenkorso werden Sie vom Balkon des Parlamentsgebäudes aus, das direkt an der Hauptstraße von Sergei liegt, zuschauen können, Ma'am.«

»Und was ist mit der Blumenschlacht?«

Capitan Aznar lachte leise.

»Die Teilnahme daran wird man Ihnen wohl nicht erlauben!«

»Welch eine Enttäuschung!« rief Anastasia und verzog schmollend den Mund. »Woher stammen die vielen Blumen eigentlich?«

»Mauronien ist bekannt für seinen Blumenreichtum, Ma'am. Vor allem züchten wir Nelken und alle Sorten von Frühlingsblumen. Es gibt riesige Felder davon überall im Land.«

»Werden diese Blumen verkauft?«

»Natürlich werden sie auch verkauft – auf dem Markt und in den Blumenläden«, erwiderte Capitan Aznar. »Aber der größte Teil davon dient der Herstellung von Duftstoffen.«

»Duftstoffen?« fragte Anastasia überrascht.

»Ja, die Nelken-, Rosen- und Veilchenduftstoffe, die wir herstellen, dienen als Grundbestandteile zahlreicher Parfüms, die in der ganzen Welt, vor allem aber in Frankreich, verkauft werden.«

»Wie interessant!« rief Anastasia.

»Von Leuten, die es wissen müssen, wurde mir erklärt, daß unsere Tuberosen die besten im ganzen Mittelmeergebiet sind, und die französischen Frauen sollen regelrecht verrückt nach ihrem Duft sein.«

Der Adjutant schwieg. Er hätte Anastasia noch sagen können, daß die Tuberosen die Blumen der sinnlichen Liebe seien und daß vor allem die Kurtisanen in Paris ihren Duft jedem anderen vorzogen. Doch irgendwie glaubte er, diese Information zurückhalten zu müssen, da sie für die Ohren einer zukünftigen Königin nicht geeignet war.

»Oh, ich würde gern einmal sehen, wie diese Duftstoffe gewonnen werden!« sagte Anastasia.

»Ja, das ist wirklich interessant«, antwortete Capitan Aznar. »Man sagte mir, es würden sage und schreibe tausendfünfhundert Blüten für einen einzigen Tropfen dieses kostbaren Stoffes benötigt. Dabei muß es sich bei der Gewinnung des Blütenöls um einen höchst komplizierten Vorgang handeln, dem oft uralte überlieferte Rezepte zugrunde liegen. Manche dieser Rezepte sollen bis in die Zeit der Renaissance zurückgehen.«

Er sah, mit welcher Aufmerksamkeit Anastasia ihm lauschte, und fügte hinzu:

»Falls es Sie wirklich interessiert, Ma'am, können Sie eine der Destillerien hier in Sergei besuchen. Es gibt diese Duftstoffabriken aber auch in Arcala, am Südhang der Berge.«

»O ja, dorthin werde ich auch gehen!« sagte Anastasia, und er sah sie dankbar an.

*

Kurze Zeit nachdem die Warrior vor Anker gegangen war, legte vom Kai eine schnittige weiße Barkasse ab und näherte sich in schneller Fahrt dem Schlachtschiff. Am Heck flatterte die Fahne Mauroniens, und auf dem Vorderdeck standen eine Anzahl festlich gekleideter Herren.

Nervös wandte sich Anastasia an den Adjutanten.

»Wird auch Seine Majestät an Bord kommen?« fragte sie mit einem leichten Beben in der Stimme.

Der Capitan schüttelte den Kopf.

»Es wurde vereinbart, Ma'am, daß der König Sie auf den

Stufen des Palastes begrüßt. Der Premierminister und die Mitglieder des Kabinetts werden Sie vom Schiff abholen. In ihrer Begleitung werden Sie dann durch die Stadt zum Schloß fahren!«

Er sah, daß die Barkasse bereits neben der Warrior beidrehte und setzte hinzu:

»Ich glaube, Ma'am, Sie sollten nun unter Deck gehen. Die Großherzogin und Baroneß Benasque warten sicherlich schon auf Sie!«

»Ja, natürlich!« erklärte Anastasia sich bereit.

Sie stiegen den Niedergang hinab und gingen zur Admiralskajüte.

Als Anastasia eintrat, erhob sich die Großherzogin mit einer ruckartigen Bewegung aus dem Sessel.

»Wo bist du gewesen, Anastasia?« fragte sie scharf.

»Ich war auf Deck, Mama. Ich wollte doch sehen, wie das Schiff in den Hafen einläuft.«

»Das hättest du mir ruhig sagen können, mein Kind!« Die Großherzogin reckte das Kinn. »Bitte, denke doch daran, Anastasia, dich ein wenig umsichtiger zu verhalten. Es ist sehr wichtig für dich, einen guten Eindruck zu machen. Du weißt, der erste Eindruck ist immer entscheidend.«

»Ich werde mir Mühe geben, Mama«, versprach Anastasia bereitwillig.

Es war beruhigend, zu wissen, daß das blaßblaue Kleid, das sie an diesem Tag trug, ihr ausgezeichnet stand. Und darüber hinaus war sie fest davon überzeugt, daß auch ihr Hut, der ebenso wie der zierliche Sonnenschirm mit pinkfarbenen Seidenschleifen besetzt war, sogar in Paris für Aufsehen gesorgt hätte.

Es war ihr jedoch unmöglich, das Gefühl der Beklemmung abzuschütteln, das sie befiel, als die höchsten Vertreter des Landes an Bord gepfiffen wurden und in Begleitung des Schiffskapitäns die Admiralskajüte betraten.

Der Premierminister war ein distinguiert aussehender Mann, kahlköpfig und mit klugen, durchdringenden Augen.

Er begrüßte Anastasia auf Französisch, aber als sie ihm in der Landessprache antwortete, schien er offensichtlich erfreut.

»Eure Königliche Hoheit sprechen unsere Sprache?« fragte er überrascht.

»Ich hatte einen sehr tüchtigen Lehrmeister«, erwiderte Anastasia. »Ich hoffe nur, ich mache ihm keine Unehre, indem ich zu oft gegen die Regeln der Grammatik verstoße.«

»Ich bin sicher, das wird Eurer Königlichen Hoheit niemals passieren«, gab der Premierminister zur Antwort.

Es folgte ein langer Wechsel von Vorstellungen und Begrüßungen, bevor man von Bord ging und die weiße Barkasse bestieg.

Nachdem man am Kai angelegt hatte und alle unter dem Jubel der Menge an Land gegangen waren, bestieg man die wartenden Kutschen, und der Zug setzte sich in Bewegung.

Zu Anastasias Entzücken waren nicht nur die Pferde, sondern auch die Wagen selbst mit Blumen geschmückt.

Sie lehnte sich in die Polster zurück; das Verdeck war zurückgeschlagen, und wurde von den kunstvoll gewundenen Girlanden fast völlig verdeckt.

Neben Anastasia hatte der Premierminister Platz genommen. Ihnen gegenüber saßen Capitan Aznar und Sir Frederick Falkland, der den traditionellen, mit weißen Hahnenfedern verzierten Botschaftshut trug.

Sir Frederick hatte sich, als sie Gibraltar erreichten, überschwenglich dafür entschuldigt, daß die Seekrankheit ihn so lange ans Bett gefesselt hatte.

Doch da Anastasia ihn sehr langweilig und uninteressant fand, war sie nicht traurig gewesen, daß der Sturm sie für die Dauer der Reise von seiner Gegenwart befreit hatte.

Sie fragte sich, warum man in England keinen intelligenteren und fähigeren Mann für diesen Posten gefunden hatte, wenn Mauronien schon für das Gleichgewicht in Europa von solcher Wichtigkeit war.

Nun gut, sie würde sich bemühen, den schlechten Eindruck, den England durch seinen Botschafter machte, nach besten Kräften zu tilgen.

Im Augenblick versuchte sie es bei dem Premierminister.

Keine einfache Aufgabe. Denn in dem Lärm, den die jubelnden Menschen verursachten, ließ sich kein vernünftiges Gespräch führen.

So begnügte sich Anastasia zunächst damit, der Menge rechts und links am Straßenrand zuzuwinken, während sich die Prozession der Wagen langsam in Bewegung setzte.

Wenn Anastasia aufblickte, erkannte sie das stattliche weiße Gebäude hoch über der Stadt, umgeben von grünen Bäumen, zwischen denen es aussah wie ein funkelndes Juwel auf einem dunklen Samtkissen.

Der Weg der Wagenkolonne war mit Bannern, Fahnen und Girlanden gesäumt.

Von den dicht mit Menschen besetzten Balkonen hingen leuchtende bunte Papierschlangen, Wimpel und Wappentücher.

Nelken, Rosen, Lilien und wilde Orchideen regneten auf die Wagen und ihre Insassen nieder, bis sie den Boden und die Decke über Anastasias Knien bedeckten.

Es herrschte ein unbeschreiblicher Jubel. Die Menschen lachten und winkten, und zwischen den Häusern brandeten die Hochrufe wie Donner auf.

Anastasia war gerührt. Und während sie lächelnd zurückwinkte, erfaßte sie eine immer stärker werdende Erregung.

»Sie wirken alle so heiter und glücklich«, sagte sie, und beugte sich zum Premierminister hinüber.

»Im großen und ganzen sind wir auch ein sehr lebensfrohes Volk«, erwiderte er, »und wenn ich das bemerken darf, Ma'am, Sie sehen genauso aus, wie wir es uns alle gewünscht haben.«

»Und wie ist das?« fragte Anastasia und sah ihn erstaunt an.

»Wie eine Prinzessin aus dem Märchen.«

Der Premierminister lächelte und setzte hinzu:

»Sie müssen mir vergeben, Ma'am, aber unsere allgemeine Vorstellung von den Engländern ist ein wenig anders. Wir denken da an übergroße, arrogant wirkende Ladys und Gentlemen mit vorstehenden Zähnen und in dieser unmöglichen Kleidung aus großgemusterten Schottenstoffen.«

Anastasia brach in helles Lachen aus.

»Ich weiß genau, was Sie meinen«, antwortete sie schließlich, »und einige Engländer sehen wirklich so aus. Allerdings hoffe ich, daß ich mich von dieser Vorstellung doch ein wenig unterscheide.«

»Das tun Sie wirklich, Ma'am«, sagte der Premierminister, und als Anastasia ihm das Gesicht zuwandte und ihn anlächelte, sah man seinem Gesichtsausdruck an, daß sie schon wieder eine Eroberung gemacht hatte.

Die Fahrt durch die Straßen wollte nicht enden. Ein wenig lag das wohl an den vielen Menschen, die sich alle irgendwie zu gleichen schienen, wie es Anastasia vorkam.

Schließlich jedoch fuhren die Wagen langsamer. Die Steigung begann, und die Pferde legten sich stärker ins Geschirr.

Dann unvermittelt sah Anastasia den Palast, der jetzt greifbar nahe vor ihr aufragte.

Es war ein gewaltiger Anblick, und als sie die riesigen, schmiedeeisernen Tore passierten, lag vor ihnen ein großes, rundes Blumenbeet, in dessen Mitte ein Springbrunnen seine gischtende Fontäne in den Himmel schickte.

Das Wasser glitzerte im Sonnenschein, und durch den Schleier der niederfallenden Tropfen sah Anastasia eine lange Flucht weißer Stufen, die zu dem prächtigen Hauptportal hinaufführten.

Ein roter Teppich war ausgerollt, rechts und links davon das Spalier der Ehrengarde. Und unter dem Dach der Säulenhalle hatte eine Schar elegant gekleideter Damen und Herren Aufstellung genommen.

Die Herren vorwiegend in ordensgeschmückten Uniformen, die Damen in weiten Krinolinen und mit kleinen gerüschten Sonnenschirmen, die sie aufgespannt in den Händen hielten.

Anastasias Kutsche umfuhr das Rondell mit dem Springbrunnen und kam am Fuß der Freitreppe zum Stillstand.

Als sie ausstieg, hob sie die Augen und erkannte eine hochgewachsene Gestalt in weißer Uniform, die im selben Moment aus dem Portal des Schlosses trat und sich der Treppe näherte.

Anastasias Herzschlag stockte, und eine Angst erfaßte sie, wie sie sie nie in ihrem Leben verspürt hatte.

Wer ihr da entgegenkam, war der strenge, dunkelhäutige Mann auf dem Porträt, das sie in der *Illustrated London News* gesehen hatte.

König Maximilian III. von Mauronien – ihr zukünftiger Gemahl.

IV

»Küß mich noch einmal, Chéri!« bettelte eine Frauenstimme leise in französischer Sprache.

Der Mann, der mit im Nacken verschränkten Händen auf dem Diwan lag, bewegte sich nicht.

»Du bist unersättlich, Yvette«, sagte er mit der Andeutung eines Lachens in seiner Stimme.

»Wenn ich unersättlich bin, bist du unwiderstehlich«, kam die Antwort.

»Es ist spät geworden. Du mußt gehen!«

»Zum ersten ist es noch sehr früh, und zum zweiten möchte ich, es würde den heutigen Tag niemals geben.«

Die letzten Worte hatte sie mit besonderem Nachdruck gesprochen, und König Maximilian gab einen Laut von sich, der sich wie ein Seufzer anhörte.

»Ich weiß«, sagte er. »Auch ich habe gehofft, daß dieser Tag niemals kommen würde.«

»Aber er ist gekommen«, antwortete die Frau hart. »Der Tag, an dem mein Mann aus Marseille zurückkehrt und deine deutsche Braut in Sergei eintrifft.«

Einen Augenblick herrschte Schweigen. Dann sagte der König, so als spreche er zu sich selbst:

»Ich wußte gar nicht, daß sie eine Deutsche ist. Bisher habe ich geglaubt, sie sei Engländerin.«

»Ob Deutsche oder Engländerin«, entgegnete die Frau verächtlich, »beide sind mir zuwider. Die Deutschen sind für uns Franzosen eine unablässige Bedrohung, und die Engländer ... Tja! Wie soll ich die Engländer beschreiben!«

»Ich sehe keine Veranlassung, warum du sie überhaupt beschreiben solltest, Yvette«, bemerkte der König und gähnte.

»Ich verabscheue diese ganze Rasse!« stieß Yvette le Granmont wild hervor. »Sie sind hochnäsig, eingebildet und arrogant. Und mit einer gewissen Genugtuung füge ich hinzu: Ihre Frauen sind abgrundtief häßlich.«

»Mir wurde gesagt, meine zukünftige Braut sei außergewöhnlich schön«, bemerkte König Maximilian wieder in einem Tonfall, als spreche er mit sich selbst.

»Und wer kann dir das gesagt haben?« fragte die Komteß schrill, um sich dann selbst die Antwort zu geben: »Diplomaten, Politiker oder diese unerträgliche, anmaßende und selbstherrliche Königin von England persönlich!«

Sie ließ ein Lachen hören, aber es klang freudlos und voller Haß.

»Ich weiß, was solche Aussagen wert sind, denn ich bin ja mit einem Diplomaten verheiratet. Glaub mir, was Henry denkt und was er redet, das sind zwei sehr verschiedene Dinge!«

»Hoffen wir, daß dein Mann, was uns beide betrifft, niemals etwas vermutet, Yvette!«

»Ich bin äußerst vorsichtig«, erwiderte die Komteß mit

leiser, schmeichelnder Stimme, »und ich kann nicht auf dich verzichten. Das weißt du.«

»Was glaubst du, wird meine Braut dazu sagen?«

Die Komteß lachte kehlig.

»Sie ist jung und vermutlich noch unschuldig. Und dem Reinen ist alles rein, wie es im Volksmund heißt. Wenn uns also niemand bei ihr anschwärzt – was ich für ausgeschlossen halte –, wird sie weiterhin in seliger Unwissenheit leben.«

»Wir sollten dennoch auf die Schicklichkeit achten, Yvette!«

»Und was verstehst du darunter?« wollte Yvette wissen. »Hast du etwa eine solche Angst vor dem britischen Löwen in Gestalt dieser dicken kleinen Königin? Was ist das für eine Frau, die sich das Recht anmaßt, bei jeder Hochzeit in Europa mitzureden und in alles und jedes ihre Nase hineinzustecken.«

Der König antwortete nicht, und nach einer Weile fuhr die Komteß fort:

»Wenn du nur etwas Willensstärke aufgebracht hättest, würdest du dich gegen diese Heirat zur Wehr gesetzt haben. Doch du hast sie dir aufdiktieren lassen, obwohl dich gefühlsmäßig nichts zu dieser Verbindung hinzog. Im Gegenteil, du weißt so gut wie ich, daß du bisher mit keinem Gedanken an eine Ehe gedacht hast – weder mit dieser noch mit einer anderen Frau.«

»Das ist unbestreitbar«, gab der König zu, »aber wie du eben sagtest, ich hatte nicht die Willenskraft und Energie, dem Druck zu widerstehen, der von britischer Seite auf mich ausgeübt wurde. Ich habe nachgegeben und mich bereit erklärt, die Frau zu heiraten, die man für mich ausgewählt hatte.«

»*Mon dieu*, es ist zu gemein und niederträchtig!« rief Yvette le Granmont. »Aber sie kann dich mit einem Erben versorgen, während ich weiter für deine Zerstreuung und dein Vergnügen dasein werde.«

»Ich habe das eigenartige Gefühl«, sagte der König, »daß die Engländer einen solchen Zustand als unfair bezeichnen würden.«

»Die Engländer! Immer wieder die Engländer!« Die Stimme Yvette le Granmonts klang gereizt. »Hah, sie machen mich ganz krank! Wenn du schon heiraten mußtest, hätte es wenigstens eine Französin sein können!«

»Unglücklicherweise gab es keine unverheiratete französische Prinzessin, die dafür in Frage gekommen wäre«, antwortete der König. »Und außerdem hätte Königin Viktoria nicht zugestimmt.«

Er sprach bewußt provozierend. Yvette le Granmont setzte sich mit einem Ausruf der Verärgerung auf.

Abgesehen von dem Smaragdhalsband, das mit den grünen Lichtern in ihren dunklen Augen wundervoll harmonierte, trug sie nur ein hauchdünnes Seidengespinst, das nichts von ihrem Körper verbarg.

Ohne den Kopf drehen zu müssen, sah der König die Wölbung ihrer festen Brüste und die anmutige Linie des langen schwanengleichen Halses. Darüber ein reizvolles, edelgeschnittenes Gesicht, das von einer Fülle seidigen schwarzen Haares umrahmt wurde.

Einen langen Augenblick betrachtete er sie, dann schwang er langsam seine Beine auf den Boden. Ohne Hast erhob er sich von dem Diwan, auf dem sie beide gelegen hatten.

Bedeckt mit zahlreichen Seidenkissen wirkte die Liegestatt sehr orientalisch, und tatsächlich hatte Seine Majestät etwas Ähnliches im Sultanspalast zu Marokko gesehen und von einem einheimischen Handwerker nachbilden lassen.

Die übrige Einrichtung des Raumes war typisch französisch mit den reichverzierten Kommoden, den vergoldeten Konsolentischen und den elegant geformten Spiegeln.

Über dem Kamin hing ein Gemälde von Boucher. Eine ländliche Szene in Blau, Pink und zarten Fleischtönen. Und die gegenüberliegende Wand schmückte ein Bild von Fragonard.

Der Raum selbst war nicht allzu groß und wirkte sehr intim. Es war der Privatsalon des Königs, in dem niemand ohne besondere Einladung empfangen wurde.

Der Salon lag am Ende des Westflügels, und von dort aus führte eine schmale Stiege direkt in das untere Stockwerk zu einer Tür, durch die man in den Garten gelangte.

Der König durchquerte das Zimmer, schlug die schweren Vorhänge zurück und blickte nach draußen.

»Es wird bald hell werden«, sagte er. »Du mußt gehen, Yvette!«

»Keine Sorge«, meinte sie beruhigend. »Meine Kutsche erwartet mich an der Schloßmauer, und meine Diener sind verschwiegen wie ein Grab. Ich kann mich ganz und gar auf sie verlassen!«

»Du meinst, sie haben dir in der Vergangenheit stets bei deinen amourösen Seitensprüngen geholfen. Und da sie weder versucht haben, dich zu erpressen noch deinen Gatten davon zu informieren, nimmst du an, daß sie auch jetzt nichts Derartiges im Sinn haben«, sagte der König lakonisch.

»Warum sollten sie?« fragte Yvette le Granmont.

»Weil ich augenblicklich sehr verwundbar bin, wie du sehr wohl wissen dürftest«, antwortete der König.

»Du machst dir zu viele Sorgen«, erwiderte die Komteß. »Denke an den Kaiser. In Paris gibt es keine schöne Frau, in deren Bett er sich nicht schon vergnügt hätte. Ich dagegen komme immerhin zu dir.«

»Wofür ich dir natürlich sehr dankbar bin«, sagte der König mit einem Unterton von Spott.

»Laß dir noch einmal sagen«, erklärte Yvette le Granmont leise, »Ich bin nicht bereit, dich aufzugeben, *mon chéri*. Noch nie hat eine Frau einen phantasievolleren und unwiderstehlicheren Liebhaber besessen!«

Ihre Stimme klang gurrend, und der König wandte sich vom Fenster ab und blickte zu ihr hinüber. Sie saß immer noch auf dem Diwan, und nur dies hauchdünne Gespinst aus smaragdgrünem Tüll hielt die Illusion aufrecht, daß sie zumindest dürftig bekleidet sei.

Der König stand da und schaute sie an.

Die Augen der Komteß forschten in seinen Zügen.

»Woran denkst du?« fragte sie nach einer Weile.

»Ich frage mich«, antwortete er, »was so erregend an dir ist. Du bist eine eingefleischte Nymphomanin, eine notorische Ehebrecherin und, wenn ich mich nicht täusche, wird dein Verstand immer die Herrschaft über dein Herz behalten. Was also ist es, das dich so reizvoll, so anziehend für mich macht.«

»Auf diese Frage kann ich dir eine ganz einfache Antwort geben«, entgegnete die Komteß.

»In mir brennt ein unstillbares Verlangen, eine unersättliche Gier und Leidenschaft. Was ich dir gebe, ist genau das, was deine deutsch-englische Frau dir niemals wird geben können.«

»Und woher willst du das so sicher wissen?« fragte der König amüsiert, während seine Augen immer noch forschend auf ihrem lebhaften Gesicht lagen.

»Deutsche Frauen sind langweilig, stumpfsinnig und ohne das kleinste bißchen Phantasie«, erwiderte sie. »Und die Engländerinnen sind kalt, frigide und sehr selbstbewußt – sowohl was ihren Körper als auch ihr Eigentum angeht. Wie, glaubst du wohl, sollte auf einem derart unfruchtbaren Boden die Leidenschaft gedeihen?«

Der König lachte.

»Du bist sehr wortreich, wenn es um dieses Thema geht, Yvette. In wenigen Stunden werden wir Gewißheit darüber haben, ob du mit deiner Annahme recht hast, oder ob Königin Viktoria nicht doch ein wenig klüger gewesen ist, als wir beide es vermuten.«

»Klüger?« fragte die Komteß agressiv. »Was meinst du mit klüger? Glaubst du etwa, deine Braut wäre auch nur einen Deut anders, als ich sie dir beschrieben habe! *Mon Dieu!* Ich weiß, daß die Engländer ein völlig gefühlloses

Volk sind. Männer wie Frauen. Schau dir doch die Leute an, die von der Insel nach Paris herüberkommen! Was suchen sie dort? Das körperliche Vergnügen und die Lust der Sinne, die sie in ihrem eigenen Land nicht finden können.«

»Vielleicht hast du recht«, erwiderte der König gutgelaunt. »Und ohne Zweifel bietet Paris – wie wir beide wissen – im Übermaß das, was du das körperliche Vergnügen und die Lust der Sinne nennst.«

»Soweit es dich betrifft, hast du es wirklich nicht nötig, deswegen nach Paris zu reisen«, sagte Yvette le Granmont leise.

Bei diesen Worten breitete sie ihre Arme aus, aber der König machte keine Anstalten, ihrer Einladung zu folgen.

»Es ist zu spät, Yvette. Du kannst nicht länger bleiben«, sagte er. »Geh jetzt! Du solltest nicht zu erschöpft sein, wenn dein Ehemann heimkommt und von dir erwartet, daß du ihm gefällig bist.«

»Ich bin Henry stets gefällig«, entgegnete die Komteß gereizt und ließ enttäuscht die Arme sinken. »Nur die Engländer beschwören Skandale herauf, wenn sie außerhalb ihrer Ehe noch ein Liebesverhältnis haben. Einfach weil sie nicht über genügend gesunden Menschenverstand verfügen, dann auch noch ihrem Ehepartner gefällig zu sein.«

»Ich stimme dir bei, das ist ein Fehler«, sagte der König. »Und deshalb sage ich dir nochmals, daß es höchste Zeit für dich ist, in die Botschaft zurückzukehren.«

Mit einem Seufzer erhob sich die Komteß le Granmont von dem Diwan. Sie strich das durchsichtige grüne Gewand glatt und stieß plötzlich einen kleinen gequälten Schrei aus. Sie lief quer durch das Zimmer auf den König zu.

Sie warf die Arme um seinen Hals und zog seinen Kopf zu sich hinunter.

»Ich bete dich an«, flüsterte sie leidenschaftlich.

Einen Moment lang lagen ihre Lippen auf den seinen, dann löste sich der König aus ihrer Umarmung.

Schmollend verzog sie den Mund, dann wandte sie sich von ihm ab und begann ihre Kleidungsstücke aufzuheben, die überall im Zimmer verstreut lagen.

Als sie schließlich ein Negligé übergezogen hatte, das die Nacktheit ihres Körpers kaum mehr bedeckte als das Gewand, das sie für die Liebesstunden mit dem König getragen hatte, nahm dieser von einem Sessel einen langen schwarzen Zobelumhang und legte ihn um ihre Schultern.

Die Komteß schlang einen grünen Schal um den Hals und zog die weite Kapuze über das dunkle Haar.

»Wann werde ich dich wiedersehen?« fragte sie, und das Zittern in ihrer Stimme war nicht zu überhören.

Der König zuckte die Achseln.

Dann wandte er sich beinahe gelangweilt ab.

»Ich denke, du wirst morgen früh bei der Begrüßung der Prinzessin durch das Diplomatische Corps dabei sein. Und auch während des Blumenkorsos werden wir vielleicht Gelegenheit haben, uns zu sehen.«

»Du weißt, daß ich diese Art von Gelegenheiten nicht gemeint habe.«

»Wenn sich eine Möglichkeit bietet, werde ich es dich auf die gewohnte Weise wissen lassen.«

»Du weißt, wie sehnsüchtig ich darauf warte, von dir zu hören«, erwiderte sie leise.

Sie machte eine Pause und fügte dann hinzu:

»Wie du verstehen wirst, bin ich mit Neid und Eifersucht erfüllt. Mein Gott, wie sehr wünschte ich, daß ich deine Braut wäre und nicht diese milchgesichtige Ausländerin, mit der dich nichts, aber auch gar nichts verbindet!«

»Auch du bist eine Ausländerin, meine liebe Yvette!«

»Aber vergiß nicht, wie vieles wir gemeinsam haben«, sagte sie hastig.

Er lachte.

Den Arm um ihre Schulter gelegt, drängte er die Komteß mit sanfter Nachdrücklichkeit zu einer Tür in der Ecke des Salons.

Als er sie öffnete, wurde der Blick frei auf eine schmale Treppe, über die sie nur hintereinander nach unten steigen konnten. Die Treppe endete in einer kleinen Halle, von der aus eine Tür in den Garten führte.

Bevor der König die Türklinke ergreifen konnte, schlang Yvette noch einmal die Arme um seinen Hals und zog ihn zu sich nieder. Bevor sie ihn küßte, flüsterte sie:

»*Bonne nuit, Roi de mon Coeur!* Träume nur von mir! Wenn ich schon sonst nichts beanspruchen kann, dann beanspruche ich wenigstens den Vorrang in deinen Träumen.«

»Gute Nacht, Yvette, und Dank für die entzückende Nacht.«

Er küßte sie. Dann machte er sich von ihr frei und hob ihre Hand an seine Lippen.

Er öffnete die Tür, und sie schlüpfte nach draußen.

Die Sterne waren schon verblaßt, und das erste diffuse Grau kündete den Morgen an.

Der schmale Weg, der zwischen hohen Zypressen auf die Schloßmauer zulief, war nur mit Mühe zu erkennen.

Nur schemenhaft sah der König die Gestalt des in einen langen Kutschermantel gehüllten Mannes, der neben der kleinen in die Mauer eingelassenen Pforte wartete.

»Kommst du zurecht?« fragte der König.

»Meine Diener sind ja da«, erwiderte die Komteß.

Winkend hob sie die Hand und wandte sich zum Gehen. Ihre Füße in den seidenen Schuhen verursachten ein leises, trippelndes Geräusch auf den Steinplatten des Weges.

Der König schaute ihr einige Sekunden nach, dann schloß er die Tür und kehrte über die enge Treppe wieder in den Salon zurück.

Die eingedrückten Kissen wirkten unordentlich und einladend zugleich, und in der Luft hing noch der Duft von Yvettes schwerem orientalischem Parfüm.

Einen Augenblick lang stand der König unbeweglich in der Mitte des Raumes. Er schien nachzudenken, schien sich zu bemühen, mit irgend etwas in seinem Innern fertig zu werden.

Dann gab er sich einen Ruck und ging auf die gegenüberliegende Tür zu. Er öffnete sie und betrat sein Schlafgemach.

Er war müde, und er würde einschlafen, sobald sein Diener ihm beim Ausziehen geholfen hatte und er in dem riesigen, mit einer Krone geschmückten Himmelbett lag, in dem die Könige von Mauronien seit über zweihundert Jahren geschlafen hatten.

Doch der Schlaf mied ihn. Er dachte an Yvette und an das, was sie über seine zukünftige Braut gesagt hatte.

Ob sie mit ihren Worten recht behalten würde?

All der Ärger und Zorn, den er gespürt hatte, als man ihm sagte, daß die englische Königin seine Heirat mit einer ihrer Verwandten wünsche, schlug erneut wie eine Woge über ihm zusammen. Und es geschah mit einer Heftigkeit, gegen die er machtlos war.

Gewiß, früher oder später hätte er heiraten müssen. Er wußte, daß man dies von ihm erwartete. Schließlich brauchte er einen Stammhalter. Einen Sohn und Erben der Krone, der den Bestand der Monarchie in Mauronien gewährleisten würde.

Aber er hatte nicht damit gerechnet, daß man ihn dazu zwingen könnte und daß er sich einmal in einer Lage befinden würde, in der es ihm unmöglich war, sich den Weisungen einer ausländischen Macht zu widersetzen.

Ja, sein Land war auf Englands Unterstützung angewiesen. Wirtschaftlich und politisch. Und der Preis, den England dafür verlangte, war seine Vermählung mit einer Prinzessin aus Viktorias Verwandtschaft. Die Queen hatte es sich in den Kopf gesetzt, eine Engländerin auf den Königsthron von Mauronien zu erheben.

»Ich weigere mich! Ich weigere mich ganz entschieden gegen eine solche Nötigung!« hätte Maximilian am liebsten ausgerufen, als man ihn zum erstenmal vom Wunsch der englischen Königin in Kenntnis setzte.

Doch in den langen Jahren der Herrschaft seines Vaters

hatte er gelernt, seine Gefühle unter Kontrolle zu halten. Er hatte gelernt, auf die Argumente zu achten, die man ihm vorlegte und ohne Vorurteile an diese Argumente heranzugehen. Sie unvoreingenommen zu prüfen und sachlich darauf zu antworten.

Sein scharfer, kristallklarer Verstand hatte von Anfang an erkannt, daß es in dieser Sache keinen Ausweg für ihn gab.

Und doch verdroß und ärgerte ihn dieser Plan so sehr, daß es eine Qual für ihn war, festzustellen, auf welche Begeisterung das Bündnis allerorten stieß, und die Glückwünsche entgegenzunehmen, mit denen er von allen Seiten überhäuft wurde.

Niemand würde auf ihn gehört haben, wenn er im Staatsrat erklärt hätte, daß dem Land von Frankreich her keine Gefahr drohe.

Hatte ihm nicht der Kaiser persönlich versichert, daß er kein Interesse an weiteren Eroberungen oder Annexionen in Europa habe!

»Frankreich ist in der Tat groß genug«, hatte Napoleon III. zu Maximilian gesagt, während dieser als sein Gast in Paris weilte. »Das jetzige Territorium ist schon schwer genug zu regieren. Die Erhaltung des inneren Friedens wird um so schwieriger, je größer das Land ist. Und außerdem bedarf der wirtschaftliche Aufstieg Frankreichs meiner ganzen Aufmerksamkeit und Energie. Was soll ich mit England oder mit Mauronien?«

»Man verdächtigt Sie, es auf beide Länder abgesehen zu haben«, hatte der König mit der Offenheit eines Freundes geantwortet.

»Man hat mich schon so vieler Verbrechen beschuldigt und verdächtigt, daß mir ein Verdacht mehr oder weniger nichts mehr ausmachen sollte.« Der Kaiser hatte gelächelt und war fortgefahren: »Doch reden wir nicht von Politik, mein lieber Maximilian. Für die Zeit, die Sie in Paris weilen, wüßte ich einige Dinge, die ganz sicher interessanter und kurzweiliger für Sie sein werden als Gespräche über Befürchtungen, die jeder Grundlage entbehren.«

»Sie haben also keine Absichten auf meinen Thron?« hatte der König noch einmal in scherzhaftem Ton gefragt.

»Gott bewahre!« hatte der Kaiser in gespieltem Entsetzen ausgerufen. »Ich habe an meinem eigenen schon genug!«

Sie waren beide in Lachen ausgebrochen, und seitdem war der König hundertprozentig davon überzeugt, daß die Furcht seines Kabinetts völlig unbegründet und lächerlich war – ähnlich wie die Furcht derer, die in England ein Freiwilligenheer aufgestellt und entlang der Kanalküste zur Abwehr eines französischen Überfalls gepanzerte Festungen errichtet hatten.

Er dachte an die Vergnügungen, die man ihm in Paris geboten hatte, und ein Lächeln umspielte seine Lippen, während er schlaflos in den Kissen lag.

Niemals hätte er einen solchen Luxus und solche Extravaganzen für möglich gehalten. Nie geglaubt, einmal solch verführerischen und hinreißenden Frauen zu begegnen, wie er sie in der »Stadt der Liebesfreuden« gefunden hatte.

Wenn er daran dachte, daß er bis zu seinem dreiundzwanzigsten Lebensjahr praktisch niemals aus Mauronien herausgekommen war, ein Gefangener an Europas langweiligstem und sittenstrengstem Königshof, dann versetzte es ihm jetzt noch einen Stich in die Herzgegend wegen der vielen verlorenen und vergeudeten Jahre.

Richtig, sein Vater hatte ihn zum Zweck der Ausbildung und des Studiums ins Ausland geschickt. Aber er war immer umgeben gewesen von Erziehern, Privatlehrern, politischen Ratgebern, Adjutanten und Dienern. Und alle diese Leute hatte sein Vater persönlich ausgewählt. Und jeder von ihnen – daran gab es für ihn keinen Zweifel – fungierte gleichzeitig als Spitzel und Zuträger.

Niemals war es ihm auch nur einen Augenblick lang möglich gewesen, irgend etwas allein zu unternehmen oder das zu tun, wonach er Lust verspürte. Niemals hatte er sich die Menschen, mit denen er zusammen war, selbst aussuchen können.

Menschen war er immer nur auf hochoffiziellen Partys begegnet, die sein diplomatischer Ratgeber für ihn arrangiert hatte. Dort traf er die Leute, die seinem Vater genehm waren. Und bei Maximilians Rückkehr wurden die Gästelisten aller Gesellschaften, an denen er teilgenommen hatte, vom Vater aufs sorgfältigste überprüft.

Wenn sich Maximilian nun an diese Zeit erinnerte, wenn ihm bewußt wurde, wie monoton und voller Zwang sein Leben gewesen war, konnte er nur fassungslos den Kopf schütteln.

Es war nicht auszudenken, und doch entsprach es haargenau der Wahrheit: Seit seiner Kindheit war er auf Schritt und Tritt beaufsichtigt, kontrolliert und gegängelt worden.

Nicht einmal das Spiel mit gleichaltrigen Freunden hatte man ihm gestattet. Es sei denn, sein Vater wäre dabei höchstpersönlich zugegen gewesen.

Sein Vater hatte zwar Treffen mit den Söhnen des Adels angesetzt, aber niemals waren sie dabei unter sich gewesen. Diese Treffen hatten ausschließlich darin bestanden, daß der König die Geladenen in einem Raum versammelte, mit ihnen Konversation machte oder antike Dramen mit ihnen las, die er selbst ausgewählt hatte.

So war es nicht zu verwundern, daß Maximilian, sobald er den Thron bestiegen hatte, die Welt sehen wollte – und zwar eine andere Welt als die, die man ihm bis dahin zu sehen erlaubt hatte.

Drei Monate nach seiner Proklamation zum König reiste er nach Paris, und im Laufe der Jahre wurden seine Besuche dort immer häufiger.

Er weilte beim russischen Zaren in St. Petersburg und genoß die Vergnügungen der Metropole des russischen Weltreiches. Er war zu Gast beim König von Griechenland und beim Sultan von Marokko.

Er hatte die Erfahrung gemacht, daß Etikette und Protokoll im Schloß Schönbrunn bei Wien fast genauso steif und förmlich waren wie im Palast zu Sergei während der langen Regierungszeit seines Vaters. Aus diesem Grund hatte er Österreich nie wieder besucht, obwohl man ihn des öfteren dorthin einlud.

Einen Besuch Englands hatte er abgelehnt in der Befürchtung, dort die gleiche Enttäuschung zu erleben wie in Wien.

Als junger Mann war er einmal in London gewesen, und an diesen Aufenthalt konnte er nur mit Entsetzen zurückdenken. Prinz Albert war ihm langweilig und verkniffen erschienen, und Königin Viktoria hatte er kaum zu Gesicht bekommen, da sie wieder einmal mit der Niederkunft eines ihrer zahlreichen Kinder beschäftigt gewesen war.

England, sagte er sich nun, ist zum großen Teil wirklich so, wie Yvette es beschreibt. Und das konnte nur heißen, daß seine zukünftige Frau ihn bis zum Wahnsinn anöden würde.

Seine Stirn zog sich in Falten, als er an Anastasia dachte.

Ihre Ankunft hatte sich verzögert. Ein Sturm in der Biskaya trug die Schuld daran. Einige Schäden an den Aufbauten hatten das englische Schlachtschiff zwei Tage im Hafen von Gibraltar festgehalten. Wegen notwendiger Instandsetzungsarbeiten, so hatte man ihm mitgeteilt.

»Schade, daß der Sturm nur die Aufbauten beschädigt hat«, murmelte der König. »Er hätte das Schiff zum Kentern bringen müssen! Mein Gott, welch ein unausdenkbares Glück, wenn es jetzt auf dem Boden des Meeres läge. Mit Mann und Maus. Ohne daß auch nur ein einziger der Katastrophe entkommen wäre. Dann wäre ich wenigstens während des Trauerjahres vor ihnen sicher gewesen. Ein ganzes Jahr lang hätte niemand versuchen können, mir eine neue Braut aufzuzwingen!«

Die Falten auf seiner Stirn vertieften sich.

Wie konnte er nur seine Hoffnung auf eine derartige Illusion setzen!

So leicht ging ein englisches Schlachtschiff nicht unter.

Die Engländer waren eine starke und erfolgreiche Seefahrernation.

Er wußte das.

Und auch seine Untertanen wußten es, und viele von ihnen klammerten sich an dieses Wissen wie an einen Rettungsring.

Es waren die Menschen aus dem Süden des Landes, deren Sympathien eher bei Spanien und nicht bei Frankreich lagen.

Für sie war das englische Kriegsschiff, das seine Braut nach Sergei brachte, ein Mittel der Einschüchterung und der Warnung gegenüber den Franzosen.

In den Augen des Königs jedoch war es eine Beleidigung des Kaisers, den er als seinen Freund ansah.

Maximilian wußte, daß er mit seiner Überzeugung ziemlich allein dastand. Das Kabinett und an dessen Spitze der Premierminister waren für eine engere Bindung Mauroniens an England, während sie dem riesigen französischen Nachbarn mißtrauten und von jeder Annäherung abrieten.

»Warum haben Sie denn eigentlich solche Angst?« hätte der König bei der gestrigen Sitzung des Kronrats gerne gefragt. »Was haben Sie von Frankreich eigentlich zu befürchten? Nichts, meine Herren. Was uns gefährlich werden kann, ist nicht Frankreich, sondern Ihre Furcht davor.«

Er hatte die Worte zurückgehalten, obwohl sie ihm bereits auf der Zunge gelegen hatten. Aber im stillen mußte er daran denken, daß der Premierminister und diejenigen, die dessen Politik unterstützten, wie Kinder waren. Kleine, verängstigte Kinder, die sich vor dem schwarzen Mann fürchten, der nicht wirklicher war als ein Schatten auf der Wand.

Kaiser Napoleon hatte ihm sein Wort gegeben.

Er hatte kein Interesse an Mauronien.

Was also wollten diese Angsthasen noch?

Welchen Grund gab es, England mit in die Sache hineinzuziehen und – was noch viel schlimmer war – auch ihn, den König persönlich!

Die Sonne ging über der Bucht auf und überflutete sie mit ihrem Licht, als der König endlich einschlief. Aber einige Stunden später wurde er von seinem Diener wieder aus dem Schlaf gerissen, und er hatte das Gefühl, erst vor wenigen Sekunden die Augen geschlossen zu haben.

»Ein wundervoller Tag, Majestät«, sagte der Leibdiener des Königs heiter, nachdem er die Vorhänge beiseite gezogen hatte. »Die ganze Stadt ist auf den Beinen. Fast ist sie zu klein für all die vielen Menschen, die heute nacht hier eingetroffen sind.«

»Eingetroffen wozu?« fragte der König verschlafen.

»Um die Prinzessin zu begrüßen, Majestät. Der diensthabende Offizier hat soeben gemeldet, daß das englische Kriegsschiff bereits gesichtet wurde. Es wird gegen elf Uhr in der Bucht vor Anker gehen.«

Der König reagierte nicht, doch einige Augenblicke später schlug er die Decken zurück und erhob sich in denkbar schlechter Laune.

Auch während des Frühstücks änderte sich an der düsteren Stimmung nichts, in der er sich befand. Er hatte keinen Appetit, und die wenigen Bissen, die er aß, schmeckten ihm nicht. Ergrimmt und voller Bitterkeit starrte er auf die Tageszeitung, die auf der Titelseite ein Porträt von ihm und eine Zeichnung von der Prinzessin brachte. Beide Köpfe waren mit einem herzförmigen Blumenmuster umgeben.

Ohne die geringste Anteilnahme betrachtete der König das Bild Anastasias. Die Zeichnung war nicht sehr deutlich, und außerdem war der Druck schlecht. Haare und Augen wirkten dunkel, und das Gesicht erschien grob und breit.

Es war schwer zu sagen, ob die Beschreibung ihrer Schönheit nicht doch eine diplomatische Übertreibung war, wie Yvette vermutete.

Yvette wird recht haben, dachte der König. Diese Engländerin wird häßlich sein! Wir werden uns nichts zu sagen haben, und es wird sicherlich nichts geben, was uns miteinander verbindet.

Widerwillig zog er, nachdem er mit seinem Sekretär die Korrespondenz erledigt hatte, die Galauniform an.

»Wenn du mir jetzt noch mehr Orden anhängst, werde ich aussehen wie ein Weihnachtsbaum«, fuhr er seinen Diener wütend an.

»Aber Sie müssen unbedingt den Orden der mauronischen Märtyrer tragen, Majestät«, sagte der Diener mit leisem Vorwurf in der Stimme.

Der König verzog das Gesicht zu einem spöttischen Lächeln.

»Genau das bin ich«, sagte er zu seinem Spiegelbild. »Ein mauronischer Märtyrer.«

Aber abgesehen von der Heirat, die er nicht verhindern konnte, würde er sich von seiner zukünftigen Gemahlin weder beeinflussen noch gefügig machen lassen. Das jedenfalls dürfte die Absicht der englischen Queen gewesen sein, als sie den Plan zu dieser Verbindung gefaßt hatte.

Falls sie herrschsüchtig und anmaßend sein sollte, wird sie ihr blaues Wunder erleben, dachte er verärgert. Ich bin entschlossen, der Herr in meinem Palast zu bleiben, sogar auf die Gefahr hin, daß es Schwierigkeiten geben sollte, der Herr im eigenen Land zu bleiben.

Er war voller Ingrimm und Zorn, und deshalb wartete er bis zum letzten Augenblick, ehe er sein Arbeitszimmer verließ und über die Große Treppe nach unten ging.

Er wußte, daß seine Adjutanten schon beunruhigt sein würden. Nicht nur, weil der König die Ungeduld vermissen ließ, die man bei einem Bräutigam eigentlich voraussetzen durfte, sondern auch weil er sein Erscheinen in der Halle so lange hinauszögerte, bis die Wagen bereits vorgefahren waren.

»Der Zug hat soeben das Palasttor passiert, Sire«, meldete einer von ihnen, und die Nervosität in der Stimme des Mannes war offensichtlich.

Jedermann wußte, wie beleidigend das Verhalten des Königs gegenüber seiner Braut wirken würde, wenn die

Prinzessin ihre Kutsche verließ und sich anschickte, die Stufen der Freitreppe hinaufzusteigen, ohne daß der Bräutigam überhaupt in Sicht war.

Maximilian sah die forschenden Blicke der versammelten Ehrengäste, während er durch das Portal des Palastes nach draußen trat. Es geschah zur selben Sekunde, als unten am Fuß der Freitreppe der Wagenschlag geöffnet wurde und Anastasia der Kutsche entstieg und ihren Fuß auf den roten Läufer setzte.

Einen Moment lang war der König stehen geblieben. Sein Ärger war noch immer nicht verraucht. Etwas in seinem Inneren, das er nicht greifen konnte, hinderte ihn daran, weiterzugehen.

Schließlich setzte er sich langsam und zögernd in Bewegung, erreichte den Rand der obersten Stufe und schritt durch das Spalier der Ehrengarde die Treppe hinunter.

Verwischt und unscharf bemerkte er auf den untersten Stufen den hellblauen Schimmer einer Gestalt, die viel zierlicher zu sein schien, als er es erwartet hatte.

Schritt um Schritt stieg er weiter nach unten, und nun setzte sich diese Gestalt auf ihn zu in Bewegung.

Anastasia wandte den Kopf nach rechts und links, um den Menschen, die ihren Weg säumten und sie mit freundlichen Zurufen begrüßten, zuzunicken.

Sie sah die Damen, die in ihren weiten Krinolinen zu Boden sanken, während die Herren die Hüte zogen und die Köpfe neigten.

Auch der König wurde auf diese Weise begrüßt, aber er schien keine Notiz davon zu nehmen. Er blickte starr geradeaus und vermochte seine Augen nicht von der mädchenhaften Gestalt loszureißen, die jetzt greifbar nahegekommen war.

Es sah nach einer fast perfekten Einstudierung aus, denn König Maximilian und Anastasia begegneten einander genau auf der Mitte der Treppe.

Ihr Blick fiel auf die funkelnden Orden an seiner Brust,

verharrte dort sekundenlang. Dann hob sie den Kopf und schaute zu ihm auf.

Er war viel größer, als sie gedacht hatte. Und als ihre Augen sich nun begegneten, entrang sich ihrer Kehle ein leiser Ausruf des Erstaunens.

Ganz gegen ihren Willen brach es aus ihr hervor:

»Oh, Sie sehen viel hübscher aus, als ich erwartet hatte!«

Einen Moment lang war der König zu überrascht, um auf ihre Worte eine Erwiderung zu finden.

Dann erschien ein Lächeln auf seinem Gesicht und vertrieb die tiefe Falte des Unmuts zwischen seinen Augen.

»Darf ich Eure Königliche Hoheit auf das herzlichste in Mauronien willkommen heißen!« sagte er. »Ich fühle mich tief geehrt, daß Sie in unser Land gekommen sind, und ich kann nur zu Gott beten, daß er unsere Verbindung segnen und Sie hier glücklich machen möge!«

Er ergriff, während er sprach, ihre Hand und führte sie flüchtig an seine Lippen. Aber die ganze Zeit über ließen seine Augen ihr Gesicht nicht los.

Bisher war er der Meinung gewesen, nur ein Stück Dresdner Chinaporzellan könne so pfirsichfarben, weiß und golden sein.

Ein ungewöhnliches Geschöpf, diese Engländerin!

Ihre Augen besaßen das Blau der wilden Vergißmeinnicht, die nur auf den einsamen Hochebenen der Alpen oder Pyrenäen wuchsen. Und ihre Lippen lächelten, als sie – anstatt auf seine formelle Begrüßung zu antworten – voller Verlegenheit sagte:

»Verzeihen Sie meine Worte von vorhin! Und, bitte, sagen Sie Mama nichts davon!«

»Sie wäre sicherlich nicht damit einverstanden, wie?« fragte der König amüsiert.

»Sie würde sehr ärgerlich sein. Ich hatte für unsere erste Begegnung eine offizielle Rede vorbereitet und sie sogar auswendig gelernt. Das dumme ist nur, daß sie mir nun vollkommen entfallen ist.«

»Ich werde Sie nicht verraten«, versprach der König gutgelaunt.

»Ich bitte Sie darum«, bat Anastasia. »Sie können sich nicht vorstellen, wie entsetzt sie darüber wäre.«

Dann war die Gelegenheit zu einem weiteren privaten Austausch vorüber.

Die Großherzogin und neben ihr der britische Botschafter hatten die Brautleute erreicht, und Sir Frederick sagte, zum König gewandt, mit steifer Höflichkeit:

»Darf ich Eurer Majestät die Großherzogin von Hohlenstein vorstellen?«

Der König beugte sich über die Hand der Großherzogin, nachdem diese sich von einem tiefen Hofknicks erhoben hatte. Dann bot er Anastasia den Arm.

Mit einer anmutigen Bewegung legte sie ihre Finger darauf, und er geleitete sie die Stufen hinauf in die Halle des Palastes.

»Was werden wir nun tun?« fragte sie ihn mit einer Stimme, die nur er hören konnte.

»Ich werde Sie dem Kabinett vorstellen, den Mitgliedern des Hofes, dem Diplomatischen Corps und anderen bedeutenden Leuten des Landes.«

»Ich hoffe nur, ich mache keinen Fehler dabei«, flüsterte Anastasia.

»Sie brauchen nur zu lächeln, dann können Sie eigentlich nichts falsch machen«, gab der König freundlich zurück.

Sie durchquerten die Halle, gingen einen riesigen Korridor entlang und gelangten in einen Saal von gewaltigen Ausmaßen. Er erinnerte Anastasia an den Spiegelsaal von Versailles, und sie wußte, daß dies der Thronsaal war. Sie hatte Bilder von Versailles gesehen, und die Ähnlichkeit war frappierend.

»Wie ich hörte, hatten Sie eine rauhe Überfahrt«, sagte der König höflich, als sie sich in die Mitte des Raumes begaben. Anastasia sah, daß die Spiegel rechts und links von ihnen ihr Spiegelbild bis ins Unendliche widergaben.

Ganz in der Ferne sah man es zu einem winzigen Punkt zusammenschrumpfen.

»Für Mama war es ganz schrecklich«, erwiderte Anastasia. »Außer mir und Capitan Aznar waren alle seekrank und mußten das Bett hüten.«

»Ich hoffe, Sie fanden den Capitan unterhaltsam«, sagte der König.

»Er war sehr nett und erwies sich außerdem als ein ausgezeichneter Lehrer«, gab Anastasia zur Antwort. »Er unterrichtete mich in der mauronischen Sprache.«

»Ich werde mich freuen, Sie in unserer Landessprache reden zu hören«, sagte der König auf Mauronisch.

»Und ich hoffe, Eure Majestät werden nicht allzu enttäuscht oder kritisch sein!« entgegnete Anastasia ebenfalls auf Mauronisch.

»Aber das ist ja gut!« rief er erstaunt. »Sehr gut sogar! Wie ist es möglich, daß Sie meine Sprache in dieser kurzen Zeit erlernen konnten?«

»Das war nicht besonders schwierig«, erwiderte Anastasia. »Ich hielt es für ungeheuer wichtig, die Menschen Ihres Volkes gleich von Anfang an verstehen zu können.«

Wieder lag ein Ausdruck der Überraschung auf den Zügen des Königs, als Anastasia ihn mit leiser Stimme fragte:

»Bin ich so, wie Sie es erwartet haben?«

»Überhaupt nicht!«

»Das Bild von Ihnen, das ich in einem Londoner Magazin sah, war auch nicht besonders gut. Sie wirkten darauf so streng, so unnahbar und ... sehr inhuman.«

»Ich kann nur hoffen, daß Sie in Wirklichkeit nichts dergleichen an mir finden.«

Anastasia lächelte ihn entwaffnend an, und er bemerkte das Grübchen auf ihrer linken Wange.

»Ich war entsetzt, als ich Sie eben oben auf der Treppe stehen sah«, bekannte sie.

»Und jetzt?« fragte er.

»Ich bin nur noch halb so nervös wie vorhin!«

Er lachte, und Anastasia blickte sich verstohlen um. Sie war sicher, daß ihre Mutter mißbilligend die Stirn runzelte.

Stolz straffte sie die Schultern, um etwas größer zu erscheinen. Dann hatten sie die goldenen Thronsessel am Ende der Halle erreicht.

Da der König keine Anstalten machte, sich niederzulassen, blieb auch Anastasia stehen. Die Großherzogin mit dem Premierminister und einige Adjutanten nahmen hinter ihnen auf dem Podest Aufstellung.

Anastasia hob den Blick und schaute in den Raum. Sie sah die Prozession der Ehrengäste, die ihnen durch den Palast bis in den Thronsaal gefolgt waren.

Ein feierlich gekleideter Zeremonienmeister betrat das Podium und stellte sich an ihre rechte Seite. Und während die Notabeln einer nach dem anderen auf sie zu schritten, rief er mit Stentorstimme ihre Namen und Titel auf.

Der Premierminister an der Spitze des Kabinetts eröffnete die Vorstellung.

Obwohl Anastasia ihn bereits begrüßt hatte, knickste sie ein zweitesmal vor ihm. Er hob ihre Hand an seine Lippen und sagte:

»Ich heiße Sie, Ma'am, nun mit noch größerer Herzlichkeit und Freude willkommen, als ich das vorhin getan habe.«

Anastasia lächelte ihm zu.

»Sind Sie sicher, daß die Menschen nicht von mir enttäuscht sind?«

»Sie haben ihren Jubel und ihre Hochrufe gehört«, antwortete er. »Alle werden jetzt ganz bestimmt wieder an die Existenz von Märchenprinzessinnen glauben!«

Er machte dem Außenminister Platz.

»Ich erhielt heute morgen einen Brief von Lord John Russel, Ma'am«, sagte der. »Er schrieb mir, wie schön Sie seien. Aber Worte sind nur ein armseliger Ersatz für die Wirklichkeit.«

»Machen alle Mauronier solche charmanten Komplimente?« fragte Anastasia.

»Ja, Ma'am, wenn jemand so charmant ist wie Sie«, erwiderte der Außenminister. Dann verneigte er sich und ging weiter.

Es war schwierig für Anastasia, sich in diesem Meer von Gesichtern jedes einzelne zu merken.

Darum lächelte sie, wie der König es ihr empfohlen hatte, und verließ sich darauf, daß sie damit nichts falsch machen konnte.

Nach den Mitgliedern des Kabinetts folgten die Angehörigen des Diplomatischen Corps.

»Seine Exzellenz, Don Alfonso Serona, der Botschafter Spaniens, und Madame Serona!«

Anastasia betrachtete das Ehepaar mit Interesse.

Die beiden sprachen ihr auf Spanisch ihre Glückwünsche aus, und Anastasia antwortete in derselben Sprache.

Dabei hatte sie den Eindruck, daß der König sich ihr einen Moment lang anerkennend zuwandte. Doch der Zeremonienmeister hatte bereits das nächste Paar aufgerufen.

»Comte Henri le Granmont, Botschafter Seiner Kaiserlichen Majestät Napoleons III. von Frankreich, und seine Gattin, die Comtesse le Granmont.«

Der Name versetzte Anastasia in plötzliche Alarmbereitschaft.

Sie erinnerte sich an das, was Christopher Lyncombe ihr erzählt hatte. Und noch während sie vor dem Botschafter knickste, warf sie aus den Augenwinkeln einen Blick auf die Komtesse.

Sie sah eine ungewöhnlich elegant gekleidete Dame, die den König mit einem fast überschwenglich wirkenden Kniefall begrüßte, während ihre dunklen Augen ihn unter langen Wimpern regelrecht herausfordernd anschauten.

Das alles wäre Anastasia gewiß nicht aufgefallen, wenn sie nicht auf ein solches Zeichen der Vertraulichkeit zwischen der Komteß und dem König geachtet hätte.

Die Stimme des Königs bei dem kurzen Dialog klang äußerst förmlich, und er zeigte keine Gefühlsregung, obwohl der einschmeichelnde Tonfall in den Worten der Komteß unüberhörbar war.

Der Botschafter trat zurück und gab seiner Gattin den Platz frei. Die Komteß knickste vor Anastasia, aber es bestand nicht der geringste Zweifel, daß sich ihr Gesichtsausdruck jäh veränderte und harte Lichter in ihre Augen traten.

»Ich muß Sie in Mauronien willkommen heißen, Ma'am«, sagte die Komteß le Granmont, und Anastasia dachte ungerührt, daß die Stimme der Frau ihre Worte Lügen strafte.

»Ich bin sehr erfreut, Sie kennenzulernen, Madame«, erwiderte Anastasia in perfektem Französisch. »Ich habe schon so vieles über Sie gehört.«

Sie sah die plötzliche Überraschung auf den Zügen der Komteß, doch bevor diese an eine passende Erwiderung denken konnte, hatte sich Anastasia bereits dem italienischen Botschafter zugewandt, der soeben dem König die Hand geschüttelt hatte.

Die lange Reihe der Ehrengäste schien kein Ende zu nehmen, aber schließlich war es soweit.

Der König bot Anastasia erneut seinen Arm, und sie verließen den Thronsaal, um sich unter die Gäste zu mischen, denen in den angrenzenden Räumlichkeiten Getränke und ein kleiner Imbiß gereicht wurde.

Sie sprachen mit diesem und jenem einige Worte, begleitet von Capitan Aznar, der sich diskret zwei Schritte hinter ihnen hielt.

Dann erblickte Anastasia die Komteß le Granmont, die wie zufällig näherkam und offensichtlich dafür sorgte, daß der König ihr nicht ausweichen konnte.

Die Komteß knickste.

»Wir hoffen, Majestät, daß es möglich sein wird, Sie zusammen mit Ihrer Königlichen Hoheit im Salon der französischen Botschaft begrüßen zu dürfen. Es wäre sicherlich für Madame ein Erlebnis, den Festzug von einem unserer Balkone aus anzusehen. Der Blick von dort ist ganz gewiß besser als der vom Parlamentsgebäude aus.«

Die Komteß sah dem König unverwandt in die Augen, während sie sprach. Und Anastasia, die sie beobachtete, hatte das Gefühl, daß sich hinter den Worten dieser Frau eine bestimmte Absicht verbarg.

Vielleicht war es der Versuch, den König zu einer neuen Sympathiekundgebung gegenüber Frankreich und dessen Kaiser zu veranlassen.

Aber bevor Maximilian noch zu einer Entgegnung ansetzen konnte, sagte Anastasia:

»Das klingt ganz entzückend, Madame. Aber da es sich um mein erstes Auftreten in der Öffentlichkeit handelt, sollte ich mich wohl besser auf mauronischem Boden befinden.«

Sie lächelte gewinnend und fuhr fort:

»Ich mag mich irren, doch ich bin sicher, irgendwo gelesen zu haben, daß eine Botschaft nicht nur das eigene Land repräsentiert, sondern daß sie gewissermaßen ein Teil dieses Landes ist. Daher würde ich mich in der französischen Botschaft in der Tat auf französischem Boden bewegen.«

Anastasias Worte hatten ruhig und sehr unschuldig geklungen, und niemand konnte bei dem, was sie sagte, auch nur den kleinsten Hintergedanken vermuten.

Dennoch beschattete sich das Gesicht der Komteß.

Anastasia geflissentlich übersehend, wandte sie sich an den König.

»Ich hoffe, Sie werden unsere Einladung nicht ablehnen, Sire«, sagte sie mit leiser Stimme.

»Ich denke, daß die Entscheidung doch bei Ihrer Königlichen Hoheit liegen sollte«, antwortete er. »Ich könnte mir vorstellen, daß sie zu erschöpft ist, um heute noch weitere Verpflichtungen anzunehmen. Sie hat schließlich eine sehr strapaziöse Reise hinter sich.«

»Vielleicht könnten wir später darüber reden«, sagte

Anastasia. »Ich würde mir den Festzug und die Blumenschlacht nur allzu gerne anschauen.«

Wieder sprach Anastasia sehr natürlich, doch die Lippen der Komteß preßten sich zu einer harten, schmalen Linie zusammen, als Anastasia und der König sich abwandten und weitergingen.

Anastasias Blick streifte Capitan Aznar, der die Unterhaltung mit angehört hatte, und sie sah, daß er seine Genugtuung über die Abfuhr Yvette le Granmonts nicht verbergen konnte.

Sie hatte den Eindruck, der König betrachte sie mit einem fragenden Ausdruck in den Augen. So als habe er den Verdacht, sie könnte für ihre ausweichende Reaktion gegenüber dem Drängen der Komteß einen bestimmten Grund haben.

Es waren noch viele, die auf ein Wort oder eine Geste der Beachtung von dem hohen Paar warteten. Aber endlich – Anastasia fühlte sich bereits schwach vor Hunger – zog der König sie aus dem Salon. Sie gingen einen langen Korridor hinunter in einen anderen Teil des Palastes.

»Ich glaube, es ist Zeit zum Lunchen«, sagte er.

Er blickte sie von der Seite her an und fuhr fort:

»Übrigens muß ich Ihnen gratulieren. Die erste Prüfung haben Sie mit Glanz und Gloria bestanden.«

»Wirklich?« fragte Anastasia. »Alle waren so charmant zu mir. Ich wünschte, ich könnte all die netten Dinge glauben, die man mir sagte!«

»Warum wollen Sie daran zweifeln?« fragte er, schwieg einen Augenblick und räusperte sich, bevor er weiter sprach:

»Verzeihen Sie mir meine Nachlässigkeit. Ich hätte Ihnen schon längst sagen müssen, daß ich Sie sehr schön finde – sehr viel schöner, als ich es zu erwarten wagte.«

Anastasia wußte, daß er mit dieser Bemerkung auf die ersten Worte anspielte, die sie an ihn gerichtet hatte.

Sie errötete und sagte:

»Ich schäme mich wegen der Äußerung, die ich vorhin auf der Freitreppe machte. Sie entfuhr mir unüberlegt, gewissermaßen ohne daß ich vorher nachgedacht hatte.«

»Passiert Ihnen das häufiger?«

»Beinahe immer«, gestand sie. »Sie sehen so völlig anders aus, als ich mir Sie vorgestellt hatte, daß ich regelrecht überrascht war und es im ersten Moment gar nicht glauben konnte.«

»Und wie sehe ich Ihrer Meinung nach nun wirklich aus?« erkundigte er sich neugierig.

Sie schaute unter dem Rand ihres Hutes mit großen Augen zu ihm auf.

Noch nie im Leben, dachte sie, habe ich ein so anziehendes, männlich-schönes Gesicht gesehen.

Seine Züge waren von klassischem Ebenmaß – genauso wie auf dem Porträt in den *Illustrated London News*. Die Nase mochte griechisch oder römisch sein, die breite Stirn vermutlich ebenfalls.

Seine Augen dagegen blickten wild und kühn. Es waren die Augen eines Piraten oder Abenteurers. Eines Mannes, der voller Hunger in die Welt schaute. Der bereit war, zu rauben und zu plündern.

Seltsamerweise aber wurde dieser Ausdruck der Herrschsucht und der Gier durch einen anderen Zug seines Gesichtes wieder aufgehoben oder wenigstens gemildert.

Es war ein bestimmter Schwung der kraftvoll geformten Lippen, der seinem Gesicht etwas Spöttisches verlieh und an eine Persönlichkeit denken ließ, die den Dingen des Lebens mit einer starken Distanz und Skepsis gegenübersteht.

Ja, Maximilian glich keinem der Männer, die Anastasia bisher kennengelernt hatte. Mit den breiten Schultern, den schlanken Hüften und der sportlich-athletischen Gestalt wirkte er sehr männlich und attraktiv.

»Nun?« fragte der König und schreckte sie aus ihren Gedanken. »Ich warte auf Ihre Antwort. Und, lassen Sie mich hinzufügen, ich erwarte sie fast schon ein wenig besorgt.«

»Das ist nicht nötig«, erwiderte Anastasia. »Ich glaube, Sie sehen genauso aus, wie ein König aussehen sollte. War Alexander einer Ihrer Vorfahren?«

»Alexander der Große?« fragte der König. »Wollen Sie, daß ich die Welt erobere?«

»Ich meine, das Wort ›Welt‹ hat für jeden Menschen eine andere Bedeutung«, gab Anastasia zur Antwort. »Für den einen kann es das Haus und der Garten sein, für den anderen der halbe Kontinent.«

Sie machte eine Pause und fügte hinzu:

»Und manchmal ist es eine Frage des Eroberns oder des Erobertwerdens.«

Sie bemerkte das Erstaunen in den Augen des Königs, doch bevor er etwas auf ihre Worte erwidern konnte, hatten sie die große State Banqueting Hall erreicht.

V

»Du brauchst mich jetzt wohl nicht mehr«, sagte die Großherzogin und wandte sich zum Gehen. »Ich werde dich also verlassen und mir das Diadem aufsetzen.«

Anastasia konnte nicht antworten, da Olivia ihr in diesem Augenblick das Brautkleid über den Kopf zog. Erst nachdem der schwere faltenreiche Rock über dem weiten Fischbeingestell saß und sie ihre Arme durch die Öffnungen des winzigen, eng sitzenden Oberteils gesteckt hatte, vermochte sie wieder zu reden.

»Ja, tu das, Mama. Ich möchte nicht, daß wir uns verspäten.«

»Aber du möchtest doch auch nicht zu früh dasein, nicht wahr?« gab die Großherzogin zurück, die stets das letzte Wort haben mußte.

Sie verließ den Raum, und Anastasia blickte ihr lächelnd nach, während Olivia das Kleid im Rücken zuknöpfte.

Anastasia wandte den Kopf, blickte in den großen Spiegel und musterte sich kritisch. Das Ergebnis machte sie glücklich. Das Hochzeitskleid, das sie und ihre Mutter mit solcher Sorgfalt ausgewählt hatten, rechtfertigte die maßlos hohe Geldausgabe in jeder Beziehung.

Das miederartige Satinoberteil war mit winzigen Brillantsplittern besetzt, und auch auf dem weiten, dreifach gestuften Rock aus Honitoseide mit den kunstvoll aufgestickten Apfelsinen- und Myrtenblüten funkelten zahllose Brillanten wie Tautropfen in der Morgensonne.

Anastasia lächelte selig ihr Spiegelbild an, bevor ihr Blick zum Bett wanderte, auf dem die lange Mantelschleppe lag, die sie erst zuletzt anlegen würde.

Der Hermelinbesatz daran und die kostbare Stickerei machten sich prachtvoll, und Anastasia hoffte, die vier Pagen, die die Schleppe tragen sollten, würden unter dem Gewicht nicht zusammenbrechen.

»Sie sehen wundervoll aus, Königliche Hoheit«, flüsterte Olivia andächtig.

Im Augenblick waren sie allein im Zimmer, denn das zweite Zimmermädchen, das Anastasia beim Ankleiden half, war gegangen, um den Brautstrauß zu holen.

»Ich hoffe, die Menschen draußen denken genauso«, erwiderte Anastasia.

»Alle sagen, daß Sie genau die Königin sind, die sie sich gewünscht haben«, antwortete Olivia.

»Die ganze Stadt spricht schon davon, wie Sie gestern nachmittag ihrem Bouquet die roten Nelken hinzugefügt haben.«

Anastasia lächelte.

Sie war glücklich bei dem Gedanken, einer unangenehmen Situation entgangen zu sein.

Oder war es sogar eine Falle gewesen?

Sie und der König, ihre Mutter und eine große Zahl von

Ehrengästen waren vor dem Parlamentsgebäude eingetroffen, um den Blumenfestzug zu sehen.

Anastasia, ein wenig besorgt, der König könne ungehalten darüber sein, daß sie die Einladung der Komteß in die französische Botschaft abgelehnt hatte, gab sich alle Mühe, charmant und begeistert zu wirken.

Sie hoffte, der König sei nicht auf die Idee gekommen, daß sie einen Verdacht gegenüber der Frau des französischen Botschafters hegte oder daß es für ihre Erklärung, sich den Blumenkorso von mauronischem Boden aus anschauen zu wollen, einen tieferen Grund gab, als es bei oberflächlicher Betrachtung den Anschein hatte.

Sie wußte, daß Capitan Aznar ihre Absicht sofort durchschaut hatte. Nur so nämlich ließ sich der Ausdruck der Genugtuung auf seinem Gesicht deuten.

Ob sie ihn bitten sollte, mit niemandem über diesen Vorfall zu reden?

Anastasia verwarf diesen Gedanken sofort wieder, da sich zu einem persönlichen Gespräch keine Gelegenheit bieten würde.

Es blieb ihr also nichts anderes übrig, als auf die Diskretion des Adjutanten zu vertrauen. Eine Überlegung, die ihre Unsicherheit, was den König betraf, nicht beseitigte.

Nach dem offiziellen Lunch in der großen State Banqueting Hall war Anastasia nur noch die Zeit geblieben, auf ihr Zimmer zu gehen und sich dort eine knappe halbe Stunde auszuruhen, dann hatte sie sich für die Fahrt zum Parlamentsgebäude umkleiden müssen.

Die Großherzogin hatte zu diesem Anlaß ein weißes Kleid vorgeschlagen.

»Die Leute erwarten von dir, daß du wie eine Braut aussiehst«, sagte sie.

Das ausgewählte Kleid war exquisit und sehr vorteilhaft. Waagerecht über das weite Unterteil liefen schmale Volants, und jedes dieser Volants war mit kleinen blaßrosa Schleifen besetzt. Die gleichen Schleifen schmückten auch Anastasias zierlichen Hut, der unter dem Kinn von einem rosafarbenen Band gehalten wurde.

Sie wirkte jung und lieblich, als sie die Treppe herunter in die Halle kam, wo der König, umgeben von Höflingen, Adjutanten und festlich gekleideten Würdenträgern, bereits auf sie wartete.

Er hob ihre Hand an die Lippen, und Anastasia fand keinen Namen für den Ausdruck, den sie in seinen Augen sah.

Sie hoffte, daß es Bewunderung sei, war sich jedoch nicht sicher.

Mit leisem Bedauern glaubte sie nämlich eine Spur von Spott um seine Mundwinkel erkennen zu können.

»Sind Sie stets so pünktlich?« fragte er, als sie die mit roten Läufern ausgelegten Stufen hinunterschritten, um die schon vorgefahrenen Kutschen zu besteigen. »Ich hatte mich schon darauf eingestellt, auf meine Braut warten zu müssen.«

»Zweifellos voller Unmut und ungeduldig mit den Füßen stampfend, wie?«

Anastasia lachte, dann fuhr sie neckend fort:

»Für diesen Fall sollte ich höllisch auf der Hut sein. Ich könnte mir vorstellen, daß höchste Gefahr im Anzug ist, wenn Eure Majestät den Boden mit den Füßen bearbeiten.«

»Das klingt ja so, als hätten Sie einige Erfahrung mit ungeduldigen Männern«, erwiderte der König.

»Mama hat mir erzählt, wie zornig mein Vater werden konnte, wenn ihn jemand warten ließ«, antwortete Anastasia. »Das habe ich mir gemerkt – mit dem Ergebnis, daß ich immer die Befürchtung habe, überpünktlich zu sein und feststellen zu müssen, daß niemand da ist, der mich erwartet.«

Sie erreichten den Wagen, stiegen ein und nahmen Seite an Seite darin Platz.

Nachdem der Wagenzug sich in Bewegung gesetzt hatte, war es unmöglich, auch nur noch ein einziges Wort miteinander zu sprechen. Die jubelnden und winkenden Menschen, die rechts und links die Straße säumten, nahmen sie voll und ganz in Anspruch.

Bis zum Parlamentsgebäude war es nur eine kurze Strecke, dennoch genoß Anastasia die Fahrt aufs höchste.

Immer wieder brandeten Hochrufe auf, und unablässig regnete es Blumen, so daß Boden und Sitze der Kutsche über und über mit Blüten bedeckt waren. Viele Menschen hielten ein Bild von Anastasia in der Hand und schwenkten es an hastig improvisierten Stöcken wie ein Banner durch die Luft. Andere hielten kleine Fahnen in den Händen, und Anastasia stellte voller Freude fest, daß der Union Jack mindestens ebensooft vertreten war wie die Farben Mauroniens.

»Werden Sie in Ihrer Metropole immer so begeistert begrüßt?« fragte Anastasia den König.

»Sehr selten«, entgegnete er. »Sie allein sind es, der die Begeisterung und die Hochrufe gelten.«

»Nicht mir allein«, sagte Anastasia. »Sie gelten uns beiden. Schließlich sitzen wir zusammen in dieser Kutsche!«

Einen Moment lang glaubte sie, er werde mit Spott auf ihre Worte reagieren. Doch er lächelte, sagte aber dann mit einer Spur von Skepsis in der Stimme:

»Sie haben wohl auf alles die richtige Antwort. Ich kann mich des Eindrucks nicht erwehren, daß man Sie gründlich für Ihre Aufgabe in Mauronien vorbereitet hat.«

»Das ist nicht sehr schmeichelhaft für mich«, erwiderte Anastasia ernst. »Ihre Bemerkung klingt ja beinahe so, als hielten Sie mich für einen besonders gut dressierten Tanzbären.«

Der König lachte, aber Anastasia hörte die unterschwellige Bewunderung, die dabei mitschwang. Irgendwie schien er überrascht zu sein. Vermutlich hatte er von seiner zukünftigen Frau so viel Witz und Scharfsinn nicht erwartet.

Vor dem Portal des Parlamentsgebäudes wurden sie mit

großem Pomp empfangen. Dann geleitete man sie durch das altehrwürdige und ziemlich düstere Gebäude hinauf in den kleinen Sitzungssaal. Von hier aus gelangte man auf den Balkon, der direkt über der Hauptstraße lag.

Bei der Begrüßung vor dem Parlamentsgebäude hatte ein Kind – wahrscheinlich die Tochter eines der Abgeordneten – Anastasia einen Blumenstrauß überreicht.

Sie hatte den Strauß entgegengenommen, mit dem Mädchen einige Worte gewechselt und war dann – den Strauß in der Hand – die Treppe hinaufgegangen.

Im kleinen Sitzungssaal gab es weitere Begrüßungen. Vor allem die Frauen verschiedener Abgeordneter und Höflinge wurden ihr vorgestellt. Dann – nachdem mehrere Diener neben den hohen Fenstern, die auf den Balkon hinausführten, Aufstellung genommen hatten, hörte Anastasia neben sich die Stimme Capitan Aznars.

»Weiße Nelken«, flüsterte er kaum hörbar, »werden von den Angehörigen des französischen Volksteils getragen, rote von den Spanischstämmigen.«

Zum erstenmal betrachtete Anastasia den Strauß, den sie in der Hand hielt, genauer.

Sie hatte nicht auf die Farbe der Blumen geachtet und mußte nun feststellen, daß der Strauß ausschließlich aus weißen Nelken bestand.

Was sollte sie tun?

Sollte sie das Bouquet einfach auf einem der Tische im Sitzungssaal liegen lassen?

Nein, dachte sie, das wäre nicht sicher genug. Einer der Diener oder der Gäste konnte annehmen, sie habe den Strauß vergessen und ihn ihr wiederbringen.

Unauffällig blickte sich Anastasia im Raum um.

Viele der Frauen hielten Blumen in den Händen. Auch der Saal war mit Blumen dekoriert. Auf allen Tischen standen herrliche Blumenarrangements. Blumen in allen Farben. Rosen, Lilien, Nelken.

Auch rote Nelken!

Anastasia ging auf eine Vase mit roten Nelken zu, die auf einem der Tische stand, wandte sich an einige in der Nähe stehende Damen und rief entzückt:

»Welche wundervollen Blumen! Ich kann Ihnen nicht sagen, wie wohltuend und bezaubernd sie für jemanden sind, der aus der Kälte und Öde des englischen Winters kommt!«

Inzwischen hatte sie den Tisch erreicht, lächelte einer der Ladys zu und sagte: »Ich freue mich schon sehr auf den Besuch Ihrer Parfümeriefabrik. Man hat mir gesagt, wie wundervoll die Duftstoffe sind, die in Sergei hergestellt werden.«

»Wir hoffen sehr, Ma'am, daß Ihre Erwartungen nicht enttäuscht werden.«

Anastasias Blick ruhte auf dem Strauß roter Nelken.

»Ich frage mich«, sagte sie leise und in verschwörerischem Ton, »ob ich mir nicht einige von diesen Nelken nehmen soll. Sie duften so herrlich!«

Sie wartete die Antwort ihrer Gesprächspartnerin nicht ab, sondern entnahm der Vase einige der roten Nelken und steckte sie zu den weißen in ihrem Bouquet.

»Macht es sich nicht hübsch!« rief sie, und ihre Stimme klang so begeistert, daß jedermann, der ihr zugesehen hatte, ihr Tun für eine ganz spontane Reaktion halten mußte.

»Es macht sich tatsächlich sehr hübsch, Ma'am«, bemerkte eine Dame in der Nähe, »und wir alle sind glücklich, daß unsere Blumen Sie so erfreuen!«

»Sie sind so schön wie Ihr Land«, sagte Anastasia, »und ich wüßte wirklich nicht, wie ich meine Bewunderung für Mauronien auf eine treffendere Weise zum Ausdruck bringen könnte.«

In diesem Augenblick wurden die Fenster geöffnet, die auf den Balkon hinausliefen. Anastasia wandte sich um und ging auf den König zu, der ihr nicht gefolgt war, als sie auf die Vase mit den roten Nelken zuging.

Der König warf einen Blick auf den rotweißen Strauß, den sie nun in den Händen hielt, und wenn er die Bedeutung ihres Tuns erkannt und Anastasias Absicht durchschaut hatte, so zeigte er es nicht.

Es gab allerdings keinen Zweifel, daß Anastasias Geste der wartenden Menge nicht verborgen blieb.

Als sie die schmale Plattform mit den beiden Sesseln für sie und den König betrat, brandete der Jubel der Menge zu ihr empor.

Am Anfang unterschied sich die Ovation in der Lautstärke nicht von dem Jubel, der sie auf dem Weg zum Palast begleitet hatte.

Doch dann schwollen die Hochrufe zu Orkanstärke an, und wie auf ein Zauberwort hin, schien die Straße plötzlich in scharlachfarbenes Rot getaucht: rot die Fähnchen, rot die Tücher, rot die Blumen, die die Menschen winkend hin und her schwenkten.

Überrascht stellte Anastasia fest, daß plötzlich nur noch vereinzelte weiße Tupfer in dem riesigen scharlachroten Teppich unter ihr zu sehen waren.

Sie und der König winkten freundlich lächelnd zurück und bedankten sich für die Ovationen.

Anschließend nahmen sie in ihren Sesseln Platz, und Sekunden später bog die Spitze des Festzuges in die Hauptstraße ein.

Der Zug bot ein farbenfrohes, überwältigendes Bild. Wagen aller Art, große und kleine, vier- und zweirädrige, von Pferden oder Menschen gezogen, bewegten sich auf das Parlamentsgebäude zu. Sie waren mit unzähligen Blüten besteckt. Junge Mädchen in malerischen Trachten erinnerten an die verschiedenen Epochen in der Geschichte Mauroniens und des Mittelmeergebietes.

Es gab riesige Triumphbögen, Muscheln, Füllhörner, Sterne und Herzen, alle aus Blumen zusammengesetzt. Dem eigentlichen Festzug folgten weitere Wagen mit Männern und Frauen in bunten, phantastischen Kostümen. Wie

Anastasia vom König erfuhr, handelte es sich bei ihnen um die Akteure der Blumenschlacht.

Blüten flogen durch die Luft – von den Wagen in die Menge, von der Menge in die Wagen.

Eine Zeitlang vermochte Anastasia keine Einzelheiten mehr zu erkennen. Die Straße hatte sich in einen einzigen Blumenregen verwandelt. Ein betäubender Duft wehte zum Balkon des Parlamentsgebäudes empor. Die ausgelassenen Schreie der Menschen brachen sich tausendfach an den Häuserwänden.

Es war ein rauschhafter, fast ein wenig gewaltsamer Ausbruch der Freude, und Anastasia genoß das Fremdartige und Verwirrende dieses Erlebnisses mit einem nie gekannten Vergnügen.

Als sie dann schließlich wieder neben dem König zum Schloß zurückfuhr, sagte sie aus ehrlichem Herzen:

»Es war wundervoll. Ich habe mich amüsiert wie noch nie in meinem Leben.«

»Es hat Ihnen also gefallen?« fragte der König.

»Ja, sehr. Ich bin ganz traurig, daß es zu Ende ist«, antwortete Anastasia. »Was werden die Leute heute abend machen?«

»Heute abend findet das traditionelle Feuerwerk statt, und überall in Sergel wird getanzt und getrunken«, entgegnete der König.

Anastasia seufzte.

»Das klingt wundervoll. Ich wünschte, wir könnten auch zum Tanz gehen!«

»Ich fürchte, das wird nicht möglich sein«, sagte der König.

»Und wenn wir uns verkleiden und eine Maske aufsetzen?«

»Ich kann mir beim besten Willen nicht vorstellen, daß Ihre Mutter von dieser Idee begeistert wäre«, gab der König zu bedenken.

»Da mögen Sie recht haben«, gab Anastasia zögernd zu.

»Weshalb haben die einfachen Leute eigentlich viel mehr Freuden im Leben als wir?«

»Ich frage mich, ob das wirklich der Fall ist«, erwiderte der König. »Die meiste Zeit des Jahres haben sie viel und hart zu arbeiten.«

»Wie wir auch – wenn wir unsere Aufgaben ernst nehmen«, gab Anastasia zur Antwort.

»Und worin, glauben Sie, würde Ihre Aufgabe bestehen?« fragte er. »Ich meine abgesehen von den üblichen Repräsentationspflichten, wie etwa die Eröffnung einer Stadthalle, die Taufe eines Schiffes oder der Besuch eines Hospitals?«

Sie hatte das Gefühl, daß er sich über sie lustig machte, und antwortete:

»Ich kann mir nicht vorstellen, daß sich die Aufgaben eines Herrscherpaares in solchen Dingen erschöpfen sollten.« Sie sah den König an und lächelte. »Auf jeden Fall halte ich es für wichtig, die Menschen Ihres Landes kennen und verstehen zu lernen.«

»Und Sie glauben, das sei möglich?« fragte der König.

»Warum nicht!« rief Anastasia enthusiastisch. »Ich bin fest davon überzeugt, daß die Menschen sich trotz aller Klassen- und Rangunterschiede im letzten doch sehr ähnlich sind. Sie alle haben ihre Sorgen und Probleme, und sie alle sehnen sich nach etwas Glück und Liebe.«

Die Kutsche näherte sich dem Schloß. Der König wandte sich Anastasia zu und sagte:

»Sie sind so ganz anders, als ich es erwartet hatte.«

»Und was hatten Sie erwartet?« fragte Anastasia. »Irgendeine dumme Gans, scheu, eingebildet und hohlköpfig?«

Sie erinnerte sich an die Worte, die der Premier zu ihr gesagt hatte und fügte hinzu:

»Und natürlich mit vorstehenden Raffzähnen!«

Der König lachte.

»Soll ich Ihnen jetzt sagen, daß Ihre Zähne wie Perlen sind?«

»Das klingt ein wenig nach den Phrasen aus den Romanen, die Mama mir immer zu lesen verbot. Doch wenn es als Kompliment gemeint ist, akzeptiere ich es mit dem größten Vergnügen.«

»Man wird Sie in England sicherlich mit Komplimenten überhäuft haben, nicht wahr?« forschte der König.

»Eigentlich nicht«, antwortete Anastasia der Wahrheit entsprechend. »Aus diesem Grund bin ich auch so begierig danach.«

Wieder lachte der König.

In diesem Moment hielt die Kutsche vor der Freitreppe, die zum Schloß hinaufführte, und damit war die Gelegenheit zu einer persönlichen Unterhaltung beendet.

Anastasia erfuhr, daß sie an diesem Abend nicht mit dem König dinieren würde, sondern daß sie ihre Mahlzeit allein auf ihrem Zimmer einzunehmen habe. Am Vorabend der Hochzeit sah die Etikette eine solche Regelung für das königliche Brautpaar vor.

Nur die Großherzogin als Brautmutter durfte ihr Gesellschaft leisten.

Der Großherzogin kam eine solche Vorschrift natürlich sehr gelegen. Sie benutzte diese Zeit ausgiebig, um mit Anastasia über ihre zukünftigen Pflichten zu sprechen und ihr Maßregeln für ihr Verhalten zu geben – im besonderen und im allgemeinen.

»Ganz allgemein, Anastasia, mußt du versuchen, mehr Umsicht walten zu lassen«, dozierte sie. »Du weißt selbst, wie impulsiv du bist. Vor allem sagst du immer genau das, was du gerade im Kopf hast – ohne daran zu denken, welche Konsequenzen das Gesagte haben kann. Von einer Königin erwartet man größere Selbstbeherrschung und Klugheit, verstehst du?«

»Ich werde mich bemühen zu denken, bevor ich rede, Mama«, versprach Anastasia.

Doch während die Großherzogin auf sie einredete, hörte Anastasia nur mit halbem Ohr hin.

Ihre Gedanken weilten beim König. Sie fragte sich, ob er

diese Nacht wieder mit der Komteß le Granmont verbringen würde.

Ein Gefühl der Niedergedrücktheit breitete sich in ihr aus.

Die Komteß war sehr attraktiv, und Anastasias Erscheinung stand in einem krassen Gegensatz zu der dieser Frau.

Anastasia begriff sehr gut, daß ein Mann die dunklen, ausdrucksvollen Augen der Komteß hinreißend und die vollen roten Lippen einladend fand.

Sie stellte sich vor, wie der König diesen Mund mit seinen Lippen berührte, und sie erkannte in jähem Entsetzen, welch eine Farce, welch ein Fehlschlag ihre Heirat sein würde. Was hatte sie im Vergleich mit der Komteß einem Mann zu bieten, der so erfahren, so gutaussehend und anspruchsvoll war.

Der König und die Komteß, dachte sie, passen zueinander. Beide sind kultiviert, beide ohne moralische Bindungen – ein Mann und eine Frau von Welt.

Und sie selbst war nur ein dummes, kleines Ding, das nichts wußte und noch nichts gesehen hatte. Über die Grenzen von Hampton Court Palace war sie im Grunde nie hinausgekommen.

Plötzlich verspürte sie den Impuls, die Arme um den Hals ihrer Mutter zu schlingen und sie um Hilfe und Schutz zu bitten.

Aber sie wußte: Die Herzogin würde für die Probleme der Tochter nicht das geringste Verständnis haben und nur die Gelegenheit benutzen, um ihre Litanei der Verhaltensmaßregeln noch einmal zu wiederholen.

Alles, was man von mir verlangt, dachte Anastasia, ist, daß ich mich dem König bedingungslos unterwerfe. Daß ich vor allem die Augen verschließe, was mich nach Meinung der Queen und meiner Mutter nichts angeht.

Aber genau das war ja die Schwierigkeit für Anastasia!

Es gab Dinge, die konnte man nicht einfach hinunterschlucken.

Sie dachte an die Szene während der Begrüßung im

Spiegelsaal. Die Komteß hatte den König mit ihren Blicken geradezu verschlungen, und der einschmeichelnde Klang ihrer Stimme hatte Anastasia die Schamröte ins Gesicht getrieben. Nein, da bestand gar kein Zweifel: Die Komteß liebte den König, und der König liebte sie.

Diese Vorstellung war entsetzlich, und Anastasia litt furchtbar darunter. Tiefe Schwermut befiel sie, wenn sie nur daran dachte.

Dabei wußte sie, daß sie diesen Gedanken und Bedrükkungen auf keinen Fall nachgeben durfte. Man würde ihr die schwermütige Stimmung ansehen. Man würde nach dem Grund dafür forschen und vielleicht sogar noch den König verdächtigen.

Das aber durfte unter keinen Umständen geschehen.

Also würde sie sich zusammennehmen.

Besonders jetzt – in diesem Augenblick.

Du mußt lächeln, befahl sie sich.

Die Menschen wollen, daß eine Braut glücklich aussieht und nicht so, als ob sie Sorgen hätte.

Anastasia reckte ihre schlanke Gestalt und trat zum Ankleidetisch. Vorsichtig ließ sie sich auf dem Hocker nieder, damit Olivia ihr das Haar ordnete und den Brautschleier aufsteckte.

Das Mädchen arbeitete mit geschickten Fingern. Ganz zum Schluß setzte sie Anastasia den Myrthenkranz auf.

Er war mit Brillanten durchsetzt, die bei jeder Bewegung des Kopfes funkelten wie Sterne.

Während Olivia den Kranz feststeckte, blickte sie mehrmals verstohlen zur Tür, und schließlich sagte sie mit leiser Stimme:

»Ich muß Ihnen etwas sagen, Königliche Hoheit.«

Anastasia war plötzlich hellwach.

»Was denn?« fragte sie.

»Ich habe es Eurer Königlichen Hoheit bisher noch nicht erzählt, aber der junge Mann, den ich heiraten werde, ist bei der französischen Botschaft angestellt.«

Anastasia schwieg. Sie wandte den Kopf und schaute die Zofe fragend an.

»Als ich nach England reiste, Königliche Hoheit, war Pedro der zweite Kammerdiener Seiner Exzellent, des französischen Botschafters. Während meiner Abwesenheit wurde er befördert, und nun ist er erster Kammerdiener.«

Anastasia schwieg immer noch.

»Er reiste mit seiner Exzellenz nach Marseille«, fuhr Olivia fort, »und er ist gerade erst wieder zurückgekommen. Der Botschafter traf sich in Marseille mit hohen Regierungsbeamten aus Paris. Die Besprechungen waren streng geheim. Die Öffentlichkeit wurde nicht davon unterrichtet.«

»Weiß Pedro, was bei dieser Zusammenkunft besprochen wurde?« erkundigte sich Anastasia.

»Nein, Königliche Hoheit, aber er vermutet, daß man über unser Land verhandelte.«

»Und wie kommt er zu dieser Annahme?«

»Er hat in den vergangenen Monaten vieles gehört, was an und für sich harmlos ist. Und doch wuchs in ihm immer stärker die Überzeugung, daß etwas Schlimmes im Gange ist, wenn er alles zusammennimmt. Pedro meint, Mauronien drohe eine Gefahr.«

»Und was glaubst du, könnte geschehen?« fragte Anastasia alarmiert. Olivia atmete tief.

»Die Franzosen haben vor, in Mauronien einzumarschieren, Königliche Hoheit. Sie wollen unser Land annektieren. Pedro ist felsenfest davon überzeugt.«

Anastasia wandte sich dem Spiegel zu und starrte hinein. Ihr Gesicht blickte ihr entgegen, weiß und ernst. Und dahinter Olivias Augen, weit aufgerissen und voller Angst.

»Wir werden absolute Sicherheit gewinnen müssen«, sagte Anastasia nach kurzem Schweigen.

»Natürlich, Eure Hoheit, Pedro weiß das. Aber er glaubt, daß nichts geschieht, bis das britische Schiff, das Sie hierherbrachte, die Bucht wieder verlassen hat.«

»Das wäre heute abend«, sagte Anastasia leise zu sich selbst.

»Heute abend?« wiederholte Olivia fragend.

»Ja«, erwiderte Anastasia. »Die Großherzogin wird unmittelbar nach der Hochzeit auf das Schiff zurückkehren. Der Commander ist mit den in Gibraltar ausgeführten Reparaturen nicht zufrieden. Er will in Marseille ein Dock anlaufen, und es wurde vereinbart, daß die Großherzogin bis dort mitreist und von Marseille aus per Zug durch Frankreich fährt.«

Da Olivia schwieg, fuhr Anastasia fort:

»Bitte deinen Freund, dir auf der Stelle mitzuteilen, was er Neues erfährt.«

Bei diesen Worten fragte sie sich besorgt, was sie tun konnte, wenn Pedro eine alarmierende Nachricht für sie hatte.

Dann fiel ihr Capitan Aznar ein, und sie wußte, daß er ihr helfen würde.

»Da... da ist noch etwas, Königliche Hoheit«, flüsterte Olivia stockend.

»Obwohl ich nicht weiß, ob es klug ist, wenn ich Ihnen darüber berichte.«

»Ich habe dir gesagt, Olivia, daß alles, was die Zufunft deines Landes betrifft, für mich von äußester Wichtigkeit ist«, antwortete Anastasia. »Bitte sprich! Was weißt du? Ich habe dich bereits an Bord der Warrior gebeten, Vertrauen zu mir zu haben.«

Olivia zögerte. Immer wieder blickte sie nervös zur Tür.

»Pedro hörte von den Dienern in der Botschaft, daß die Komteß le Granmont in der Nacht vor Eurer Königlichen Hoheit Ankunft beim König gewesen ist.«

Anastasia sog hörbar den Atem ein.

»Wo haben sie sich getroffen?«

»Im Privatsalon Seiner Majestät. Man kann ihn vom Garten aus über eine Treppe erreichen. Die Tür zu dem kleinen Treppenaufgang wird sonst von niemanden benutzt. Es gibt noch eine zweite Tür, die sich in der Schloßmauer befindet, und nur der König hat einen Schlüssel dazu.«

»Danke, daß du es mir gesagt hast.« Anastasias Stimme war ruhig und ausdruckslos. »Ich hoffe, du stehst mit deinem Freund in ständigem Kontakt und siehst ihn sofort nach den Hochzeitsfeierlichkeiten.«

»Ich werde es versuchen, Königliche Hoheit«, antwortete Olivia, »aber ...«

Sie verstummte, denn in diesem Augenblick kehrte die Großherzogin ins Zimmer zurück.

»Bist du immer noch nicht fertig, Anastasia?« fragte sie scharf. »Die Zeit drängt. Du solltest längst angekleidet sein.«

»Oliva muß nur noch den Kranz befestigen«, erwiderte Anastasia.

Olivia machte die letzten Handgriffe, dann trat sie einen Schritt zurück und betrachtete Anastasia mit bewunderndem Ausruck.

Anastasia zog die weißen Seidenhandschuhe mit den hohen Stulpen über die Hände. Dann nahm sie den Blumenstrauß, den die zweite Zofe ihr reichte. Das Mädchen war noch ganz außer Atem, so sehr hatte es sich beeilt.

Erleichtert stellte Anastasia fest, daß es ein Strauß mit weißen Lilien, nicht mit weißen Nelken war.

Als letztes kam der Mantel mit der langen Schleppe an die Reihe. Behutsam legten die beiden Dienerinnen ihn um Anastasias Schultern. Nachdem die vier Pagen hereingerufen worden waren und die Schleppe aufgehoben hatten, verließ Anastasia mit der Großherzogin das Zimmer.

Gefolgt von den Pagen schritten sie die Treppe hinunter in die Halle des Palastes.

Da Anastasias Vater nicht mehr lebte, um sie in die Kirche zu geleiten, oblag diese Aufgabe Sir Frederick Falkland, dem britischen Botschafter.

Die Großherzogin fuhr in einem geschlossenen Wagen voraus. Anastasia und Sir Frederick bestiegen die Staatskutsche, die mit der Königlichen Krone geschmückt und mit besonders großen Fenstern versehen war.

Das Gefährt wurde von vier Apfelschimmeln gezogen, und dahinter ritt eine Schwadron der mauronischen Kavallerie.

In ihren funkelnden goldenen Helmen mit den im Wind wehenden Federbüschen, in ihren glänzenden Brustpanzern und den hohen schwarzen Stulpenstiefeln, boten die Reiter ein herrliches Bild.

Beinahe wie aus einem Bilderbuch, dachte Anastasia unwillkürlich, und auf der Fahrt zur Kirche verstärkte sich dieser Eindruck immer mehr.

Die Straßen, durch die sie fuhren, waren von Soldaten gesäumt, und die Zahl der Menschen zu beiden Seiten war noch größer als am Vortag bei Anastasias Ankunft.

Viele von ihnen hielten Fähnchen in den Händen, und in den meisten Fällen war es der Union Jack – was den Botschafter zu der Bemerkung veranlaßte:

»Die Begrüßung, die man Ihnen zuteil werden läßt, Ma'am, ist geradezu triumphal. Ganz offensichtlich, daß die Mauronier eine Sympathie für die Briten haben. Ich glaube, Ihre Majestät, die Queen, wird sehr erfreut sein, wenn ich ihr berichte, mit welcher Begeisterung die Menschen Ihnen zugejubelt haben.«

»Die Mauronier scheinen ein glückliches Volk zu sein«, erwiderte Anastasia. »Hoffen wir, daß dies auch in Zukunft so bleibt!«

»Das wird zu einem großen Teil von Ihnen abhängen«, bemerkte der Botschafter.

»Ich weiß«, antwortete Anastasia. »Aber dazu benötige ich Gelegenheiten, das Volk besser kennenzulernen. Hoffentlich geschieht nicht irgend etwas, das mich daran hindert.«

Sie hatte gesprochen, ohne über ihre Worte nachzudenken.

»Was sollte Ihrer Meinung nach denn geschehen?« fragte

Sir Frederick scharf. »Gibt es irgendeinen bestimmten Grund, weshalb Sie sich Sorgen machen, Ma'am?«

Anastasia bereute ihre Unbesonnenheit.

Dies war nicht der Augenblick, Sir Frederick von ihren Befürchtungen zu sprechen. Außerdem hatte sie das Gefühl, der Botschafter würde keine große Hilfe sein, falls dem Land tatsächlich eine Konfrontation mit Frankreich bevorstand.

»Ich komme aus England, Sir Frederick. Dort ist in den letzten Wochen viel von Krieg geredet worden. Es ist eine Zeit voller Unruhe, und es gehen einem so manche Gedanken und Sorgen durch den Kopf – besonders beim Anblick dieser heiteren, fröhlichen Menschen.«

»Ja, natürlich, das kann ich verstehen, Ma'am«, erwiderte Sir Frederick, und Anastasia hütete sich noch ein zweitesmal Anlaß zu derart verfänglichen Fragen zu geben.

Zum Glück erreichten sie kurz danach die Kathedrale.

Als sie aus der Prachtkutsche stieg, war der Jubel der Menge so gewaltig, daß er sogar das Dröhnen der Kirchenglocken übertönte. Doch im Gegensatz zu den Hochrufen und dem festlichen Geläute der Glocken, wirkte die Kathedrale still und feierlich.

Die vier Pagen standen schon bereit, und als Anastasia ausgestiegen war, nahmen sie neben der Schleppe Aufstellung. Da Anastasia in Mauronien keine Freundinnen besaß, hatte sie auch keine Brautjungfern, sondern nur eine Ehrendame.

Es war die Tochter des Premierministers. Ein hübsches, dunkelhaariges Mädchen in einem pinkfarbenen Kleid. Der Blumenstrauß, den sie trug, bestand aus jenen Rosen, die in Sergei zur Herstellung des kostbaren Parfüms verwendet wurden.

Der kleine Brautzug setzte sich in Bewegung. Unter dem Portal wartete der Erzbischof in vollem Ornat, umgeben von einer großen Zahl in prachtvolle liturgische Gewänder gekleideter Geistlicher.

Der Erzbischof entbot Anastasia seinen Gruß und geleitete sie dann an der Spitze seiner Kleriker in das Gotteshaus.

Während sie durch das Schiff der Kathedrale schritten, sanken die Damen knicksend zu Boden. Gemäß den Anweisungen ihrer Mutter schaute Anastasia nicht auf, sondern sie hielt die Augen niedergeschlagen.

Erst als sie im Chor angelangt waren, wagte Anastasia einen raschen Blick unter den Augenlidern auf die im Chorgestühl versammelten Majestäten.

Sie hatte bereits eine Liste mit den Namen derer gesehen, die ihre Teilnahme an der Hochzeit zugesagt hatten. Doch es war niemand dabeigewesen, den sie schon einmal auf Windsor Castle gesehen hatte.

Großes Interesse las sie nicht auf den Gesichtern dieser Teilnehmer, und sie ertappte sich bei dem Wunsch, wenigstens einige Verwandte zu haben, die diesen wichtigsten und größten Tag mit ihr feierten.

Dann sah sie vor sich an den Stufen des Altars den König.

Er wirkte noch beeindruckender und prächtiger als bei ihrer Ankunft am gestrigen Tag. Er trug seine Paradeuniform, die ihm so ausgezeichnet stand, daß Anastasia glaubte, noch nie einem so anziehenden und gutaussehenden Mann begegnet zu sein.

Dann tauchte der Gedanke in ihr auf, daß auch die Komteß le Granmont anwesend war. Sie würde gewiß keinen Blick von ihm lassen, und vielleicht dachte auch er an nichts anderes als an diese Frau.

Dann begann die Trauungszeremonie. Der König und Anastasia knieten nieder und tauschten die Ringe und das Eheversprechen.

Als der Erzbischof ihnen den Segen gab, betete Anastasia:

»Bitte, lieber Gott, hilf mir, den König glücklich zu machen. Es wird nicht einfach sein – aber ich werde mein Bestes tun. Hilf mir also! Bitte, bitte, hilf mir!«

In der Staatskutsche, die sie von der Kathedrale zurück zum Palast brachte, sagte der König, während ihre Hände wie mechanisch der begeisterten Menge zuwinkten:

»Ein Segen, Anastasia, daß wir das nicht noch einmal über uns ergehen lassen müssen!«

»Sind Sie nicht glücklich?« fragte Anastasia konsterniert.

»Wenn Sie die Wahrheit hören wollen: Ich finde diesen Pomp und alles, was mit einer solchen Zeremonie verbunden ist, mehr als langweilig.«

»Es tut mir – leid«, sagte Anastasia vage.

»Warum sollte es? Es war falsch von mir, davon zu sprechen. Unser Hochzeitstag sollte durch keine Mißstimmung getrübt werden.«

Seine Stimme klang spöttisch und voller Zynismus.

Dann bemerkte er den Ausdruck der Trauer auf Anastasias Gesicht. Er streckte die freie Hand aus und fand die ihre.

»Vergeben Sie mir«, bat er sanft in einem völlig veränderten Tonfall. »Ich möchte, daß Sie glücklich sind. Oft vergesse ich, wie jung Sie noch sind und wie neu und aufregend das alles für Sie ist.«

»Ja, ich finde es schrecklich aufregend«, gestand Anastasia, und sie wußte selbst nicht, ob sie die Hochzeitszeremonie und die Fahrt durch die Straßen meinte oder die Tatsache, daß sie seine Hand auf der ihren spürte.

Das Bankett, das nach ihrer Ankunft im Palast auf sie wartete, dehnte sich endlos aus. Gang folgte auf Gang, und die kostbaren Kristallgläser neben den Tellern der Tafelgäste wurden immer wieder bis zum Rand mit auserlesenen Weinen gefüllt.

Anastasia begann sich ein wenig müde zu fühlen. Der Brautkranz mit dem üppigen Brillantschmuck lag schwer auf ihrem Kopf, und die Luft in der riesigen State Banqueting Hall mit den vielen Menschen war verbraucht und stickig.

Aber sie wußte, daß sie alles tun mußte, auf die anwesenden Majestäten einen guten Eindruck zu machen. Und so nahm sie sich zusammen.

Es war nicht schwierig für sie, die Herren für sich einzunehmen, doch sie spürte, daß die Königinnen und Prinzessinnen sie mit einer gewissen Herablassung betrachteten. Vielleicht waren diese Damen der Meinung, Anastasia sei noch viel zu jung und unreif, um in ihren Kreis aufgenommen werden zu können. Vielleicht bildete sie sich das auch alles nur ein. Vielleicht war sie nur besonders empfindlich, weil die Aufregungen und Anstrengungen der letzten Wochen doch ein wenig über ihre Kräfte gegangen waren.

Anastasia rief sich zur Ordnung. Auch dieser Tag würde ein Ende nehmen, und sie durfte sich jetzt auf keinen Fall gehen lassen.

Lange Reden wurden gehalten, alle auf Französisch. Und schließlich erhob sich der König, um sich für die vielen guten Wünsche zu bedanken.

Anastasia war froh, daß er sich kurz faßte und daß er es fertigbrachte, die erlauchte Tischgesellschaft immer wieder zum Lachen zu bringen.

Er sagte, wie sehr er sich darüber freute, daß die Geladenen gekommen seien, um den Tag mit ihm und seiner Gattin zu verbringen. Er sagte, daß er sich glücklich schätze, eine so schöne und liebenswürdige Lebensgefährtin gefunden zu haben, und daß es nicht leicht sei, sich vorzustellen, es könne in der Welt einen Mann geben, den das Schicksal ebenso verschwenderisch beschenkt habe wie ihn.

Er glaubt nicht ein Wort von dem, was er da sagt, dachte Anastasia.

Unablässig zog es ihren Blick zu jenem Tisch hinüber, an dem die diplomatischen Vertreter der einzelnen Länder saßen.

Sie sah die Komteß le Granmont, und wie groß auch die Zahl der Gäste war, diese Frau konnte man einfach nicht übersehen.

Die Komteß trug ein Kleid aus smaragdgrüner Seide.

Aufwendiger, ausladender und eleganter als das irgendeiner der anwesenden Damen.

Ihr Diadem war kostbarer und größer als der Stirnschmuck aller übrigen Diplomatenfrauen, und ihre Smaragde und Brillanten funkelten in einem solchen Feuer, daß sogar die kristallenen Kronleuchter davor verblaßten.

Doch es waren nicht das Kleid und der Schmuck, die Anastasias Blicke magnetisch anzogen. Es war das Gesicht dieser Frau, die Faszination ihrer dunklen, leidenschaftlichen Schönheit.

Sie ist hinreißend, dachte Anastasia bedrückt. Hinreißend auf eine Art und Weise, mit der ich mich niemals werde messen können.

Sie sah das gestenreiche Spiel der schlanken Hände, mit dem Yvette le Granmont ihre Worte begleitete. Die Augen der Komteß sprühten vor Leben, die langen seidigen Wimpern fächelten verführerisch, und die Blicke der Herren an ihrem Tisch hingen gebannt an ihren Lippen.

Anastasia fragte sich, ob der König ebenfalls zu Yvette le Granmont hinüberblickte. Sie konnte zwar nicht feststellen, daß er den Kopf einmal in Richtung Diplomatentafel wandte, doch es war unvorstellbar für sie, daß er für soviel strahlende Schönheit kein Auge haben sollte, selbst wenn er nicht den Wunsch in sich verspürte, sie zu anderen Gelegenheiten allein zu sehen.

Nachdem das Bankett beendet war, gab es einen Empfang im Spiegelsaal, zu dem eine große Anzahl anderer Gäste geladen waren.

Ein sechsstufiger Hochzeitskuchen wartete hier darauf, angeschnitten zu werden, und Lakaien in gepuderten Perücken boten Champagner an.

In einer Ecke des Saales spielte eine Kapelle, und wieder sah Anastasia ihr Bild inmitten der Gäste endlos vervielfältigt auf der Spiegelwand.

Hier mußte sie ihre Aufmerksamkeit wieder den Menschen widmen, die auf ein freundliches Wort von ihr und dem König warteten. Ein Meer von Gesichtern bewegte sich vor ihren Augen, und es gelang ihr nicht, sich auch nur ein einziges davon einzuprägen. Sie erschienen ihr wie vorbeihuschende Schemen.

Capitan Aznar brachte Anastasia ein Glas Champagner.

»Ich glaube, Sie können es gebrauchen, Ma'am.«

»Danke, Capitan!« sagte Anastasia aufatmend.

Dreimal während des Empfangs traten Anastasia und der König hinaus auf den Balkon, um der Menschenmenge zuzuwinken, die sich draußen vor dem Tor des Palastes versammelt hatte.

Orkanartiger Jubel drang zu ihnen hoch, während sie auf ihre begeisterten Untertanen niederblickten.

Schließlich lag auch das hinter ihnen, obwohl Anastasia das Gefühl gehabt hatte, daß der Empfang niemals enden würde.

Aber nun hieß es Abschied nehmen von ihrer Mutter.

Zum Glück reiste die Großherzogin nicht allein.

Mehrere europäische Majestäten nahmen die Chance wahr, einen Teil der Reise auf der Warrior zurückzulegen, und sie waren dankbar dafür, daß die langweilige Fahrt auf dem Landweg auf diese Weise wenigstens zum Teil abgekürzt wurde.

»Leb wohl, liebste Mama«, sagte Anastasia schweren Herzens und hätte sie am liebsten gebeten, zu bleiben.

»Leb wohl, mein liebes Kind«, erwiderte die Großherzogin. »Der heutige Tag war ein sehr glücklicher Tag für mich. Ich wünschte nur, dein Vater hätte ihn zusammen mit uns erleben können.«

»Ich bin sicher, es wäre eine große Freude für ihn gewesen, Mama.«

Die Großherzogin und ihre Mitreisenden verließen den Palast durch eine Seitentür, um der Menge auszuweichen. Anastasia und der König winkten hinter den davonfahrenden Wagen her, bis sie hinter einer Biegung verschwunden waren.

Plötzlich – sie waren auf dem Weg zurück in den Hauptsaal – überkam Anastasis ein Gefühl schrecklicher Verlassenheit.

Das letzte Band mit der Heimat war zerrissen. Sie war allein. Niemand mehr, der zu ihr gehörte, der ihr vertraut war und bei dem sie Halt finden konnte. Alle waren ihr fremd – außer vielleicht der König.

Besorgt und voller Unruhe blickte sie zu ihm auf.

»Sind Sie müde?« fragte er. »Haben Sie den Wunsch, sich ein wenig auszuruhen? Ich fürchte, ich muß mich von so vielen Verwandten verabschieden, daß es noch etwas dauern wird, bis ich endlich ›dienstfrei‹ habe.«

»Wenn niemand daran Anstoß nimmt«, sagte Anastasia, »würde ich gerne den Brautkranz abnehmen. Er ist doch sehr schwer, und ich habe leichte Kopfschmerzen.«

»Wie unaufmerksam von mir!« rief der König. »Ich hätte daran denken müssen. Meine Mutter sprach oft davon, wie qualvoll es für sie war, den schweren Kranz lange tragen zu müssen. Vielleicht können Sie ihn gegen etwas Leichteres austauschen.«

»Dazu ist es wohl schon zu spät«, sagte Anastasia mit einem Lächeln, »aber wenn Sie glauben, daß niemand mich vermißt, würde ich mich gern auf mein Zimmer zurückziehen.«

»Tun Sie das«, erwiderte der König. »Ich werde zu Ihnen kommen, sobald ich kann. Im übrigen möchte ich Ihnen danken, Anastasia, daß sie zu allen unseren Gästen so reizend waren.«

Als er ihre Hände an die Lippen hob, bemerkte Anastasia Capitan Aznar, der, nur wenige Schritte von ihnen entfernt, darauf wartete, sie nach oben zu geleiten.

Sie schritt auf ihn zu, und gemeinsam gingen sie die Treppe hinauf. Als sie außer Hörweite der Dienerschaft waren, fragte sie:

»Habe ich alles richtig gemacht?«

»Ja, Ma'am, Sie waren absolut erstaunlich.«

Nachdem sie einige Stufen höhergestiegen waren, fuhr er fort:

»Die Geste mit dem Blumenbouquet am gestrigen Tag fand die begeisterte Zustimmung aller. Die Zeitungen sind voll davon.«

»Schade, daß ich noch nicht die Zeit hatte, einen Blick hineinzuwerfen«, sagte Anastasia.

»Das war Ihnen ja noch nicht möglich«, meinte er. »Aber Sie haben unserem Volk gezeigt, daß Sie sich seinetwegen Gedanken machen. Und genau das ist es, was ich mir erhofft hatte.«

»Ich verdanke Ihnen so vieles«, sagte Anastasia.

Sie bemerkte ein freudiges Aufblitzen in seinen Augen. Inzwischen waren sie an ihrem Zimmer angekommen. Sie wünschte ihm gute Nacht und trat ein.

Olivia wartete auf sie.

Aufatmend ließ Anastasia sich auf einen Stuhl nieder, und Olivia nahm ihr sofort den Brautkranz ab.

Anastasia warf einen Blick auf die kleine goldene Uhr, die auf ihrem Ankleidetisch stand. Überrascht stellte sie fest, daß es schon spät war.

»Möchten Majestät, daß ich Ihnen etwas zu essen oder zu trinken bringe?« fragte Olivia.

Anastasia schüttelte den Kopf.

»Nein, Olivia, nur das nicht«, sagte sie. »Ich fürchtete schon, das Bankett würde nie mehr enden.«

»Diese festlichen Mahlzeiten werden immer in die Länge gezogen«, sagte Olivia. »Aber wenn Seine Majestät allein speist, geht alles sehr schnell. Meist begnügt er sich mit nur wenigen Gängen.«

»Oh, das höre ich gern«, bemerkte Anastasia. »Ich hasse diese üppigen und nicht endenwollenden Gelage.«

»Möchten Sie gleich zu Bett gehen, Majestät?« fragte Olivia.

»Nein, noch nicht«, erwiderte Anastasia. »Aber ich werde mich wohl schon auskleiden. Die wenigsten Gäste sind bereits aufgebrochen, und es wird wohl noch einige Zeit dauern, bis der König sich zurückziehen kann.«

»Ich würde sagen, es dürfte eine bis anderthalb Stunden dauern«, meinte Olivia. »Majestät hatten einen sehr anstrengenden Tag, aber Sie sahen wundervoll aus. Mauronien hat noch nie eine so schöne Königin gehabt wie Sie, Majestät.«

Anastasia nahm ein Bad, und anschließend brachte Olivia ihr eins der entzückenden Nachtgewänder, die Anastasia mit ihrer Mutter in der Bond Street erworben hatte. Es war aus feinster Seide, und darüber zog Anastasia einen blaßblauen Satinmantel, dessen weite Ärmel einen Besatz aus flaumweichem Kaschmir hatten.

Es war ein Hauch von einem Kleidungsstück, das Anastasia umhüllte wie eine duftige blaue Wolke.

Mit ihrem blonden, seidigen Haar und den großen blauen Augen wirkte sie wie ein Engel, der mitten aus dem Sommerhimmel auf die Erde gefallen war.

Es war gegen halb zwölf, als Olivia sie verließ, aber Anastastia ging noch nicht zu Bett; sie setzte sich in einen Armsessel beim Kamin. Tagsüber war es angenehm warm gewesen, doch nun, da die Sonne gesunken war, brachte der Wind von den schneebedeckten Gipfeln der Berge eine spürbare Kühle in die Bucht.

Anastasia saß da und blickte nachdenklich in die Flammen. Die Uhr auf dem Kaminsims hatte schon Mitternacht geschlagen, als das Geräusch einer sich öffnenden Tür sie zusammenfahren ließ.

Es war die Tür, die zu den Gemächern des Königs führte, und als Anastasia den Kopf wandte, sah sie im Türrahmen Maximilians hohe Gestalt.

»Noch nicht im Bett?« fragte der König, während er die Tür hinter sich schloß und sich dem Kamin näherte. »Ich glaubte, Sie seien müde nach einem so anstrengenden Tag.«

»Ja, ich bin sehr müde«, erwiderte Anastasia. »Aber ich hatte den Wunsch, mit Ihnen zu – reden.«

Der König lächelte.

»Ist es nicht schon reichlich spät für eine Unterhaltung?«

»Nicht für das, was ich Ihnen zu sagen habe«, erwiderte Anastasia.

Er sah sie an, und Anastasia glaubte einen forschenden und zugleich erstaunten Ausdruck in seinen Augen zu erkennen.

Er ließ sich ihr gegenüber in dem zweiten Sessel nieder und blickte erwartungsvoll zu ihr hin.

Der Schein des Feuers spiegelte sich auf Anastasias Haar und verwandelte es in flüssiges Gold, er legte sich auf das kleine, ernste Gesicht mit den ausdrucksvollen Augen und verlieh ihm einen Reiz, der fast etwas Unirdisches hatte.

Im Raum brannten nur noch die Kerzen auf zwei hohen Kandelabern, die rechts und links von dem großen, seidenverhangenen Himmelbett standen.

»Wir hatten bisher noch keine Gelegenheit, allein miteinander zu sein«, sagte der König, als Anastasia schwieg. »Ich bedaure, daß Ihre Ankunft durch den Sturm so sehr verzögert wurde. Ich wäre froh gewesen, wir hätten die Gelegenheit gehabt, uns vor unserer Hochzeit noch etwas näher kennenzulernen.«

Er machte eine Pause und fügte hinzu:

»Darf ich Ihnen sagen, wie glücklich ich bin, Sie zur Frau zu haben. Ich glaube, Anastasia, daß noch viele Jahre der Zufriedenheit und der Harmonie vor uns liegen.«

Anastasia atmete tief, dann sagte sie mit leiser Stimme:

»Werden Sie nicht böse sein, wenn ich Ihnen jetzt sage, was ich denke?«

»Ich glaube, es würde mir sehr schwerfallen, Ihnen böse zu sein«, erwiderte der König.

»Das können Sie jetzt noch nicht wissen. Nicht eher, als bis Sie gehört haben, was ich Ihnen zu sagen habe.«

»Ich kann mir zwar nicht vorstellen, worum es sich handelt, aber wenn es Sie erleichtert, will ich Ihnen gerne versprechen, nicht böse zu werden.«

Anastasia schaute ihn aus ernsten Augen an.

»Ich ... ich glaube«, sagte sie mit stockender Stimme, »daß Sie heute nacht erwarten – nun da wir verheiratet sind – und die anderen ... erwarten dies wohl auch, daß Sie mich ... mich lieben werden ...«

»Zwischen Braut und Bräutigam ist das eigentlich so üblich«, entgegnete der König.

»Da Mama es mir nicht erklären wollte«, fuhr Anastasia fort, »weiß ich nicht, was geschieht, wenn ein Mann eine Frau liebt. Ich weiß nur, daß es in unserem Fall ein Fehler wäre.«

Es gab keinen Zweifel, daß ihre Worte den König in höchstes Erstaunen versetzten.

Er hatte sich in seinem Sessel zurückgelehnt und blickte Anastasia verwundert an. Dann setzte er sich mit einem Ruck auf, und sekundenlang war das Lächeln auf seinen Lippen erloschen.

»Warum glauben Sie, daß es ein Fehler wäre?« fragte er.

»Weil ich der Überzeugung bin«, erwiderte Anastasia, »daß zwei Menschen, die miteinander Liebe machen, sich auch lieben sollten.«

Der König schwieg verblüfft.

Schließlich sagte er:

»Wir hatten leider nicht die Möglichkeit, uns in einander zu verlieben.«

»Ich ... ich weiß«, antwortete Anastasia, »und da ich glaube, daß Sie jemand anders lieben, möchte ich nicht, daß Sie mir etwas vorspielen.«

Die Haltung des Königs versteifte sich.

»Wer hat mit Ihnen darüber gesprochen?« fragte er scharf.

Als Anastasia keine Antwort gab, fügte er hinzu:

»Wenn ich erfahren sollte, daß es einer aus meiner Umgebung war – Capitan Aznar zum Beispiel –, werde ich ihn auf der Stelle seines Amtes entheben.«

»Nein, nein! Capitan Aznar würde nie so indiskret sein«,

erwiderte Anastasia. »Man sagte mir bereits vor meiner Abreise aus England, daß Sie gebunden sind.«

»Aber das ist doch unmöglich!« stieß der König hervor. »Wer könnte es wagen ...«

Er verstummte. Dann sagte er leise, wie zu sich selbst: »Wer hätte davon wissen können?«

»Das ist doch unwichtig«, antwortete Anastasia. »Wichtig ist nur eins: Ich weiß, es gibt in Ihrem Leben einen Menschen, den Sie – verehren.«

»Und dennoch waren Sie einverstanden, mich zu heiraten?« forschte der König.

»Ich hatte keine Wahl ... Nein, das ist nicht ganz richtig ...«

»Es gab also jemanden, der Sie heiraten wollte?« fragte der König.

»Ja, es gab jemanden«, gestand Anastasia. »Aber man hätte es uns nicht erlaubt. Wir wären gezwungen gewesen, aus England zu fliehen.«

»Und dazu fehlte Ihnen der Mut?«

Der zynische Zug um seinen Mund war nicht zu übersehen.

»Nein, das war es nicht«, erwiderte Anastasia. »Wenn ich ihn geliebt hätte, wäre ich mit ihm geflohen – wie tadelnswert dieses auch gewesen wäre und wie sehr ich meine Mutter und die Queen dadurch auch erzürnt hätte. Doch ich liebte ihn nicht.«

»Aber er liebte Sie?«

»Ja.«

»Haben Sie denn nie mit dem Gedanken gespielt, es sei unter den gegebenen Umständen besser, mit einem Mann, der Sie liebte, aus England zu fliehen, als England zu verlassen, um in einem fremden Land einen Mann zu heiraten, der – wie Sie glauben – eine andere liebt?«

»Ich habe ernsthaft darüber nachgedacht«, antwortete Anastasia. »Doch als ich mir darüber klar wurde, daß ich Christopher nicht liebe, hielt ich es für töricht, noch an

Flucht zu denken und allerhand unnötigen Wirbel zu veranstalten.«

»Sind Sie ganz sicher, daß Sie ihn nicht lieben?« erkundigte sich der König neugierig.

»Als er versuchte, mich zu küssen, habe ich ihn – zurückgestoßen. Es widerstrebte mir, von ihm geküßt zu werden.«

Anastasia schüttelte den Kopf.

»Nein, ich liebe ihn nicht. Und das ist auch der Grund, weshalb ich nicht möchte, daß Sie mich küssen – während Sie an jemand anderen denken, den Sie küssen möchten.«

»Aber das würde nicht der Fall sein«, sagte der König mit seiner dunklen Stimme. »Ich würde wirklich nur den Wunsch haben, Sie zu küssen und niemanden sonst!«

»Ich glaube, das können Sie gar nicht so sicher wissen«, erwiderte Anastasia. »Außerdem stünde die andere stets zwischen uns. Ich könnte den Gedanken an sie nicht loswerden.«

Der König erhob sich aus dem Sessel und wanderte unruhig im Zimmer auf und ab.

Er wirkte aufgewühlt, und die Falte zwischen seinen Augen verriet, daß er angestrengt nach einer Antwort suchte.

»Ich will offen zu Ihnen sein, Anastasia«, sagte er schließlich. »Ich hätte niemals daran gedacht, daß ich in unserer Hochzeitsnacht mit Ihnen eine solche Unterhaltung führen würde. Ich weiß natürlich, was Sie mir klarzumachen versuchen, dennoch halte ich es für notwendig, daß wir alles daransetzen, ein sogenanntes normales Eheleben zu führen.«

Er machte eine Pause, bevor er fortfuhr:

»Wenn ich Sie also lieben werde, wie Sie es nennen, werde ich nicht an eine andere denken. Dann wird es nur Sie geben, und ich hoffe, Sie werden zu der Überzeugung kommen, daß wir uns auf diese Weise manch schöne und beglückende Stunde bereiten können.«

Anastasia blickte ihn aus großen Augen an, dann sagte sie:

»Ich bin in diesen Dingen sehr unerfahren, doch mir wurde von den eleganten – Ladys in Paris berichtet und darüber, daß Gentlemen wie Sie und der Kaiser sie besuchen und ihnen die kostbarsten und prächtigsten Geschenke machen ... wenn ...«

Sie verstummte, und nach einer Weile sagte der König interessiert:

»Sprechen sie weiter!«

»Ich habe keine Ahnung von dem, was dort geschieht. Und ich begreife auch nicht, weshalb diese Ladys von Männern so verschwenderisch bezahlt werden. Aber ich dachte mir – irrtümlich vielleicht –, daß es eigentlich nur einen Unterschied geben kann zwischen dem, was sie einem Mann geben und dem, was ich ihm geben könnte. Und dieser Unterschied besteht darin, daß ich es aus Liebe geben würde ...«

Der König blieb plötzlich stehen, als sei er gegen eine unsichtbare Wand geprallt.

»Sie mögen mich belächeln, weil ich so denke«, fuhr Anastasia nach kurzem Schweigen mit kleiner, ängstlicher Stimme fort, »aber ich meine, das, was zwischen Mann und Frau geschieht, wenn sie einander lieben, müßte durch alle Zeiten hindurch das gleiche geblieben sein – seit Adam und Eva gewissermaßen.«

Da der König nicht antwortete, sprach sie weiter:

»Und deshalb kann der Unterschied meiner Meinung nach nicht körperlicher, sondern nur seelischer Natur sein. Oder ist das falsch?«

Sie wartete nervös auf seine Antwort, und nach einer Weile sagte der König ruhig:

»Nein, Anastasia, Sie haben recht. Doch ich bin überrascht, daß Sie ganz allein zu solch einer Erkenntnis gekommen sind.«

»Ich dachte daran, daß die Liebe in der Vergangenheit so viele Menschen zu den kühnsten Taten und Gedanken beflügelt hat«, antwortete Anastasia. »Ich dachte an Helena von Troya, an die Ritter und Minnesänger des Mittelalters, die für die Dame ihres Herzens nicht nur die schönsten Lieder ersannen, sondern oft genug für sie in den Tod gegangen sind ...«

Sie machte eine kleine nervöse Handbewegung und fuhr fort:

»Ich dachte an Romeo und Julia, an Dante und Beatrice, an die vielen anderen berühmten Liebenden der Weltgeschichte und kam zu dem Schluß, daß nur eines wichtig für den Menschen ist, der in der Ehe das Glück sucht: die Liebe.«

Der König blickte sie gebannt an, und Anastasia setzte hinzu:

»Seien Sie mir nicht böse. Aber Sie werden verstehen, daß ich Sie bitten muß, erst dann Ihr Recht als Ehemann von mir zu fordern, wenn es – vielleicht – dazu kommt, daß wir einander lieben.«

»Ich bin ganz bestimmt nicht böse, Anastasia«, sagte der König nach kurzem Schweigen.

»Ich bin nur erstaunt.«

»Ich habe den festen Willen, eine gute Königin zu sein«, sagte Anastasia feierlich. »Und ich wäre ebenfalls gern eine gute Ehefrau. Und ich glaube, wenn ich Sie etwas besser kennen werde, wäre es nicht schwer für mich, Sie zu lieben.«

Sie stieß einen hilflosen Seufzer aus, setzte mehrmals zum Sprechen an und sagte schließlich:

»Aber vielleicht wird es nie geschehen, daß Sie ... mich ... lieben.«

Ein langes Schweigen folgte.

Dann sagte der König:

»Ich glaube, darauf gibt es nur eine Antwort. Wir müssen abwarten und sehen, wie die Dinge sich entwickeln. Sie haben mir Ihre Einstellung klargemacht, Anastasia, und ich muß sagen: Als man mir lange vor Ihrer Ankunft in Mauronien Ihre Vorzüge beschrieb, vergaß man zu erwähnen, daß

Sie über einen außergewöhnlich scharfen Intellekt verfügen.«

»Ich bin glücklich, daß Sie mir nicht böse sind.«

»Ich bedaure zutiefst, daß Ihnen Gerüchte über meine Unbesonnenheiten zu Ohren kamen«, fuhr der König fort. »Das ist etwas, was nie hätte geschehen dürfen.«

Anastasia lächelte.

»Alle Welt spricht über Könige. Ich bezweifle, daß es Ihnen jemals gelingen könnte, Ihre Liebesabenteuer völlig geheimzuhalten. Gleichgültig, wie sehr Sie es auch versuchen würden.«

Der König blickte erschreckt.

»Wollen Sie damit sagen, daß alles, was ich tue, der Öffentlichkeit bekannt ist?«

»Ich will nicht behaupten, daß jedermann Kenntnis davon hat«, erwiderte Anastasia. »Aber die Menschen reden und klatschen. Und obgleich es unwahrscheinlich klingen mag, Skandale sprechen sich rund – mit Windeseile. Selbst Landesgrenzen sind keine Hindernisse. Überall gibt es Leute, die eine Schwäche für Sensationen haben. Besonders wenn es sich um junge, gutaussehende Monarchen handelt.«

Anastasia dachte bei diesen Worten an Lady Walters.

Der König lachte gepreßt.

»Ich sehe, ich habe meine eigene Wichtigkeit unterschätzt. Und das ist etwas, dessentwegen mein Volk mich in der Vergangenheit nur selten angeklagt hat.«

Er schwieg einen Moment lang. Dann sagte er:

»Wenn das, was Sie soeben gesagt haben, richtig ist, Anastasia, dann würde das wohl auch heißen, daß alle unsere Bewegungen und alles was wir tun oder lassen, von unseren Untertanen registriert wird, nicht wahr?«

»Ja, so wird es sein«, stimmte Anastasia ihm nachdenklich zu.

»Das würde also heißen: Wenn ich Sie jetzt verlasse, um in meinem eigenen Bett zu schlafen, wäre dies schon morgen früh in aller Munde. Und das wäre zweifellos nicht nur ein Leckerbissen für die Mauronier, sondern ein Skandal, der der Krone großen Schaden zufügen könnte.«

Anastasia sah in aufmerksam an, und er fuhr fort:

»Aus diesem Grunde mache in den Vorschlag, daß ich wenigstens für ein paar Stunden in Ihrem Zimmer bleibe und diese Zeit sogar in Ihrem Bett verbringe.«

Er bemerkte den seltsamen Ausdruck in ihren Augen und fügte rasch hinzu:

»Sie können mir vertrauen, Anastasia. Ich gebe Ihnen mein Wort, daß ich keinen Versuch machen werde, Sie anzurühren. Ich werde Sie weder küssen noch ihnen irgendwie zu nahe treten – so gern ich das auch tün würde. Ich werde warten, bis von Ihrer Seite aus eine Einladung dazu kommt.«

Lächelnd fügte er hinzu: »Zufrieden?«

Anastasias Gedanken jagten sich.

Sie begriff die Argumente des Königs. Seine Untertanen erwarteten von ihm, daß er die Hochzeitsnacht bei seiner jungvermählten Frau verbrachte. Sollte er dies jedoch nicht tun und sollte es im Volk bekanntwerden, daß er die Nacht allein in seinem Schlafgemach verbracht hatte, so konnte es dafür nur eine Erklärung geben.

Alle Mauronier würden ein solches Verhalten nur so auslegen, daß seine Leidenschaft für die Komteß le Granmont den König blind gemacht hatte für die Schönheit und den zauberhaften Liebreiz Anastasias.

Der Vorschlag des Königs war klug und überzeugend.

»Sie haben recht«, sagte sie. »Wir sollten uns so verhalten, daß bei niemandem der Verdacht aufkommt, in unserer Ehe stimme irgend etwas nicht.«

»Ja«, erwiderte der König. »Ich werde mich genauestens nach Ihren Wünschen richten, und ich hoffe, daß der Tag nicht mehr fern ist, an dem Sie mich lieben werden.«

Sein Lächeln war so verführerisch, daß Anastasia einen Moment lang versucht war, zu antworten:

»Ich glaube fast, daß es schon soweit ist. Bitte, küssen Sie mich, damit ich feststellen kann, daß es wirklich so erregend ist, wie ich es mir erhoffe und vorstelle!«

Aber dann sah sie die Szene im Spiegelsaal vor sich. Sie sah den Blick aus den dunklen, vor Liebe glühenden Augen der Komteß. Sie erinnerte sich daran, daß der König mit dieser Frau die vergangene Nacht verbracht hatte, und sie spürte, wie es ihr die Kehle zuschnürte und ein leises Zittern sie durchlief.

Nein, sie würde ihn nicht bitten!

Der König mochte sie amüsant finden. Er mochte sie vielleicht so anziehend und verführerisch finden wie die extravaganten Ladys in Paris. Doch das war es nicht, was sie sich von ihm wünschte.

Was sie sich von ihm wünschte, war Liebe.

Die Liebe, von der der Erzbischof im Traugottesdienst gesprochen hatte. Die Liebe, von der in den Werken der großen Dichter die Rede war. Die Liebe, die ein Teil von Gott selbst war.

»Ich... ich danke Ihnen, daß Sie so gütig und verständnisvoll zu mir sind«, sagte sie stockend. Dann erhob sie sich aus dem Sessel und schaute den König an.

Er stand nur zwei Schritte von ihr entfernt. Es wäre ein leichtes für sie gewesen, sich an seine Brust zu werfen und zu fühlen, wie er sie in seine Arme nahm.

Dann hätte sie feststellen können, ob sie ihm gegenüber anders empfand als bei Christopher.

In ihren flachen Pantöffelchen kam sie sich sehr klein vor, er schien sie um Haupteslänge zu überragen.

»Sie sind müde, Anastasia. Sie sollten sich nun hinlegen«, sagte der König.

»Gehen Sie zu Bett! Ich werde mich für kurze Zeit zu Ihnen legen und mich dann wieder in meine Gemächer zurückbegeben.«

Anastasia gehorchte. Sie ging auf das Bett zu, während der König sich damit beschäftigte, im Kamin ein Holzscheit nachzulegen. Sie zog den blauen Satinmantel aus, legte ihn über einen Stuhl und schlüpfte zwischen die seidenen Laken.

Der König wandte sich zu ihr um und betrachtete sie nachdenklich.

Sie wirkte so schutzlos und einsam in dem großen Bett mit dem riesigen gedrechselten Baldachin, den geschnitzte Putten und eine goldene Krone schmückten.

»Soll ich die Kerzen löschen?« fragte er.

»Ja, das wäre sehr freundlich von Ihnen.«

Der König drückte die Kerzen auf ihrer Seite des Bettes aus, ging um das Bett herum und löschte auch die Kerzen in den anderen Leuchtern.

Nachdem er sich auf der Bettkante niedergelassen hatte, blieb er dort eine Weile sitzen. Dann ließ er sich in die Kissen zurücksinken.

»Fürchten Sie sich nicht, Anastasia. Versuchen Sie zu schlafen«, sagte er. »Ich liege sehr bequem, und es ist nicht unmöglich, daß auch ich ein wenig schlafen werde.«

»Was haben wir morgen vor?« fragte sie schlaftrunken.

»Wenn Sie Lust haben, werden wir eine Fahrt mit der Kutsche unternehmen«, sagte er. »Ich schlage vor, wir brechen früh auf und nehmen den Lunch in meinem Jagdhaus ein, das einige Meilen außerhalb der Stadt liegt. Danach kehren wir auf einem Umweg nach Sergei zurück, so daß Sie noch ein wenig von der Umgebung zu sehen bekommen.«

»Das klingt wunderbar.« Aus Anastasias Stimme war die Müdigkeit verschwunden. »Vielleicht könnten wir auch noch an eine kleine Hochzeitsreise denken.«

»Natürlich«, gab der König bereitwillig zur Antwort. »Aber da Sie eine so anstrengende Seereise hinter sich haben, dachte ich, es sei gut, wenn Sie sich zunächst einmal zwei bis drei Tage ausruhen würden. Danach könnten wir dann die Küste entlang zu einem kleinen Landsitz in der Nähe der französischen Küste fahren. Das Haus gehört mir, und es besitzt einen wunderschönen Garten und einen ausgedehnten Park. Zu dieser Jahreszeit ist es herrlich dort.«

»O ja, das würde mir gefallen«, rief Anastasia begeistert.

Dann folgte eine Pause, bis sie leise und unsicher weitersprach:

»Befürchten –Sie nicht, daß Sie sich ... daß Sie sich allein mit mir – langweilen könnten?«

Sie hätte gern hinzugefügt: »... weil wir uns ja nicht lieben werden!«, denn Sie war der Meinung, für zwei Jungvermählte auf der Hochzeitsreise sei das nun einmal das wichtigste.

»Wenn sie weiter so viele Überraschungen für mich bereithalten wie bisher, Anastasia, ist kaum anzunehmen, daß ich mich mit Ihnen langweile.«

»Das macht mich froh«, erklärte Anastasia aufatmend. »Das war die größte Sorge, die ich hatte, daß Sie mich langweilig und fade finden könnten.«

»Nein, diese Möglichkeit ist so abwegig, daß mir der Gedanke nicht einmal im Traum käme«, entgegnete der König. »Dazu sind Sie viel zu unberechenbar.«

Jetzt war der spöttische Ton in seiner Stimme nicht mehr zu überhören.

Anastasia schwieg, und auch der König fügte seinen letzten Worten nichts hinzu.

Endlich sagte Anastasia mit leiser, schläfriger Stimme:

»Sind sie sehr – schön?«

»Wer?«

»Die Ladys – in Paris?«

Der König brauchte einige Zeit, um eine Antwort zu finden.

»Sie sind hübsche Spielzeuge – bunt und farbenprächtig.«

Er schwieg nachdenklich.

Anastasia hatte das Gefühl, daß er noch nicht fertig war mit seiner Antwort und wartete geduldig.

Schließlich fuhr der König fort:

»Ja, bunt und farbenprächtig. Aber ihr Inneres besteht

aus Granit. Und sie besitzen einen eigens eingebauten Mechanismus, um den Männern die Goldmünzen aus der Tasche zu ziehen.«

Anastasia antwortete nicht.

Nach einer Weile drehte der König den Kopf und blickte zu ihr hinüber.

Sie war eingeschlafen.

Im Schein des Kaminfeuers wirkte sie sehr jung, sehr unschuldig, sehr verletzlich.

Der König betrachtete sie eine lange Zeit.

VI

Als Anastasia erwachte, war sie allein.

Einen Augenblick lang war es schwierig für sie, sich an das, was in der vergangenen Nacht geschehen war, zu erinnern.

Dann fiel ihr ein, daß sie sich mit dem König unterhalten hatte, aber es war ihr immer schwerer gefallen, dem, was er sagte, zu folgen. Schließlich mußte sie mitten im Gespräch eingeschlafen sein.

Jetzt drehte sie den Kopf.

In dem schwachen Sonnenlicht, das zwischen den Vorhängen ins Zimmer drang, sah sie das Kissen, auf dem sein Kopf geruht hatte.

Es war eine gute Idee von ihm gewesen, eine Zeitlang in meinem Zimmer zu verweilen, dachte Anastasia.

Zweifellos hatten die Diener im Schloß sich davon täuschen lassen. Dennoch – seltsam war das Ganze schon.

Anastasia fragte sich, ob es jemals ein jungvermähltes Paar gegeben hatte, das seine Hochzeitsnacht auf diese Weise verbringen mußte.

Sie war unvorstellbar erleichtert gewesen, als sie gemerkt hatte, daß der König nicht böse mit ihr war.

Mein Gott, was hatte sie für eine Angst ausgestanden, während sie ihm erklärte, wie sie zu ihm stand.

Nun, da sie in dem mächtigen Bett lag, in dem vor ihr schon so viele andere regierende Königinnen geschlafen hatten, fragte sie sich, wie viele von ihnen wohl das gleiche Problem gehabt haben mochten.

Ja, wie viele ihrer Vorgängerinnen mochte es gegeben haben, die wußten, daß der Mann, der mit ihnen vor den Traualtar trat, eine andere liebte.

Wieder stand das Bild der Komteß le Granmont vor ihrem geistigen Auge. Sie sah die leicht schräggestellten dunkelbraunen Augen, den geschwungenen Kirschmund, der – wenn sie zu einem Mann sprach – mehr mitteilte, als Worte es auszudrücken vermochten. Sie sah den langen, schwanengleichen Hals, den wohlgeformten, biegsamen Körper.

Sie ist so elegant, so mondän, so absolut selbstsicher, dachte Anastasia unglücklich und wurde sich aufs neue bewußt, wie jung und unerfahren sie war.

Aber der König war freundlich und verständnisvoll gewesen, als sie ihm erklärt hatte, daß es ihr widerstrebte, unter den gegebenen Umständen das Lager mit ihm zu teilen.

Welche Angst hatte sie vor diesem Augenblick gehabt!

Ohne es vor sich selbst zuzugeben, hatte sie gefürchtet, er könnte ihre Überlegungen und Argumente einfach beiseiteschieben. Nicht mit Worten, sondern so, daß er auf seinen Rechten als ihr Ehemann bestand.

Sie wußte, daß sie in diesem Fall nichts hätte tun können. Sie hätte ihm zu Willen sein müssen, und niemand wäre dagewesen, der ihr hätte helfen können.

Aber nun fragte sie sich, ob das wirklich so unerträglich, so entsetzlich gewesen wäre, wie sie es bisher angenommen hatte.

Schließlich kannte sie ihn inzwischen ein wenig, und er war gar nicht dieser strenge, gefühllose und hartherzige Charakter, für den sie ihn gehalten hatte.

Ihre Einstellung zu ihm hatte sich gewandelt, seit sie ihn

zum ersten Mal gesehen, die ersten Worte mit ihm gewechselt hatte.

Wie stand sie also jetzt zu ihm?

Was wollte sie wirklich?

Diese Frage brach mit jäher Gewalt in ihr auf, und sie hatte das Gefühl, die Antwort darauf schon längst zu kennen.

Sie wünschte nichts mehr, als daß der König sich in sie verliebte. Sie wünschte und ersehnte es mit jeder Faser ihres Herzens.

Er sollte sie, seine Ehefrau, lieben! Nicht diese hinreißend schöne französische Komteß.

Wenn er das tat, dann – Anastasia wußte es mit absoluter Sicherheit – würde sie gar nicht mehr anders können, als ihn zu lieben.

Als Olivia ins Zimmer kam, um ihre Herrin zu wecken, sah sie, daß Anastasia schon wach war. Sie knickste lächelnd, ging zum Fenster und zog die Vorhänge zurück.

Helles Sonnenlicht durchflutete den Raum.

»Ich habe gehört, Eure Majestät werden heute morgen ausfahren«, sagte sie. »Der Tag ist wunderschön, und in der Sonne wird es warm sein. Dennoch wäre es klug, ein leichtes Jackett oder einen Schal mitzunehmen!«

»Frühstücke ich heute mit Seiner Majestät?« fragte Anastasia.

Sie verspürte ein Gefühl der Verlegenheit bei dieser Frage und wünschte, sie hätte den König in der Nacht gefragt, was in diesem Punkt von ihr erwartet wurde.

»Sie haben lange geschlafen«, erwiderte Olivia. »Ich glaube, Seine Majestät hat bereits gefrühstückt.«

»In diesem Fall würde ich den Morgenkaffee gern auf meinem Zimmer einnehmen.«

Nachdem Olivia gegangen war, verließ Anastasia das Bett. Sie trat ans Fenster und blickte hinaus in den Schloßpark.

Wie mag sich der König heute morgen fühlen? fragte sie

sich. Ob er sich ein wenig darauf freut, daß wir diesen Tag gemeinsam verbringen, oder ob er lieber mit der Komteß le Granmont zusammen ist?

Aber es erübrigte sich, dieser Frage nachzuhängen. Olivia kehrte zurück und teilte Anastasia mit, daß der König Anordnung gegeben habe, in einer Stunde den Wagen vorzufahren.

»Ich darf Seine Majestät nicht warten lassen!« sagte Anastasia rasch.

Und wirklich: Fünf Minuten vor der angegebenen Zeit stieg sie die Treppe hinunter, denn sie glaubte, der König warte bereits auf sie.

Doch in der Halle traf sie nur auf einen der Adjutanten, der sie davon in Kenntnis setzte, Seine Majestät sei draußen, um die Pferde in Augenschein zu nehmen.

Anastasia schritt die Treppe hinunter und sah ein schnittiges Kabriolett neuester Bauart, das – wie sie später erfuhr – von allen modebewußten Gentlemen in Paris gefahren wurde.

Der König hatte den Wagen bei seinem letzten Besuch in der französischen Metropole gekauft, doch bis zur Auslieferung waren einige Wochen vergangen, und so war dies der Tag, an dem er seine Neuerwerbung einzuweihen gedachte.

Das Gefährt wurde von zwei herrlichen Rappen gezogen. Es war schwarz und gelb lackiert und paßte, wie Anastasia registrierte, ausgezeichnet zu seinem Fahrer, denn der König sah sehr beeindruckend aus.

Anastasia sah ihn heute zum erstenmal in Zivilkleidung, und sie stellte fest, daß er darin noch besser wirkte als in Uniform.

Als sie näherkam, zog er den Hut, und ein bewundernder Ausdruck trat in seine Augen.

Anastasia ahnte nicht, wie entzückend sie in dem blaßgelben Kleid ausschaute, das sie und Olivia mit großer Sorgfalt ausgewählt hatten.

Das Kleid besaß einen raffiniert einfachen Schnitt, obwohl es sehr kostspielig gewesen war.

Anastasia erschien darin noch mädchenhafter als sie war. Der weite Rock betonte die zierliche Taille, und der Hut war mit kleinen Butterblumen aus feinstem Satin besetzt. Das zarte Grün der Blätter bildete dazu einen hübschen Kontrast.

»Sie sehen aus wie ein Frühlingssonnenstrahl«, bemerkte der König und hob ihre Hände an die Lippen.

Diener halfen Anastasia in den Wagen, und der König ergriff die Zügel, während die Stallknechte die Pferde losließen und zur Seite sprangen.

Die Fahrt begann.

Aus den Augenwinkeln bemerkte Anastasia, daß sich zwei Kavalleristen aus dem Schatten der Bäume lösten und ihnen in immer gleichbleibender Entfernung folgten.

Der König mußte ihren Blick bemerkt haben, denn er sagte:

»Wir werden einige Begleiter haben. Doch sie werden uns nicht belästigen und so weit wie möglich zurückbleiben. Sie wissen, daß ich es hasse, beschattet zu werden.«

»Ja, ich glaube, es muß bisweilen störend sein«, erwiderte Anastasia.

Bei diesen Worten fragte sie sich, ob er eine Ahnung davon hatte, daß die Diener von den heimlichen Besuchen der Komteß le Granmont im Palast wußten.

Für ihn war es unmöglich, zu ihr zu gehen, denn es war nicht denkbar, daß der König das Schloß ohne Begleitung verließ.

Der König wandte den Kopf und lächelte ihr zu. Mit einem Schlag hatte Anastasia alle ihre Sorgen vergessen. Ein Glücksgefühl überflutete sie.

Sie saß neben ihm. Sie würden den ganzen Tag zusammen verbringen. Allein. Niemand würde sie stören oder voneinander ablenken.

Unmittelbar nachdem sie das Schloßtor passiert hatten,

war der König in eine Straße eingebogen, die in die waldbedeckten Vorberge hinaufführte.

In Serpentinen stieg die Straße bergan, und nachdem sie eine Weile gefahren waren, blickte Anastasia zurück. Sergei lag tief unter ihnen.

Es war ein wunderschöner Anblick – die weißen Häuser und Villen, die grünen, alleenartigen Bänder der Straßen und das tiefe Blau des Wassers in der Bucht. Doch bald entschwand die Stadt ihrem Blick, und sie befanden sich inmitten von Weinbergen und riesigen Tulpenfeldern.

Wieder dauerte es eine Zeitlang, bis das Bild wechselte. Nadelbäume umgaben sie. Pinien und schlanke Zypressen und immer häufiger die blühenden Mimosenbäume, deren Blüten von dem gleichen Goldgelb waren wie Anastasias Kleid.

Während der Fahrt erklärte der König ihr die Gegend, und Anastasia stellte fest, daß er über die landwirtschaftlichen Unterschiede und Probleme seines Volkes genauestens informiert war. Außerdem besaß er eine gründliche und ausgedehnte Kenntnis der mauronischen Geschichte.

Die Landschaft änderte aufs neue ihren Charakter. Die Besiedlung wurde dünner. Man sah weniger Felder. Wildblumen traten an die Stelle der riesigen Nelkenteppiche. Ihr Duft erfüllte die Luft und nahm Anastasia fast den Atem. Die schneebedeckten Gipfel der Pyrenäen schienen näher zu rücken.

Anastasia war entzückt von dem kaleidoskopartigen Wechsel der Farben – rosa, blau, gelb und weiß. Hinzu kam das starke Rot der Mohnblumen, vermischt mit dem sanften Pink der wilden Orchideen und dem tiefen Blau des Enzian.

»Wie wundervoll das alles ist«, sagte Anastasia andächtig. »Es ist mir einfach unbegreiflich, weshalb nicht viel mehr Menschen nach Mauronien kommen, sei es auch nur, um hier ihren Urlaub zu verleben!«

»Ich glaube, das ist etwas, worum Sie und ich uns in der Zukunft bemühen sollten«, sagte der König. »Sergei müßte ein Anziehungspunkt für Touristen werden. Es ist bedeutend schöner als Nizza, und doch strömen die Reichen im Winter dorthin, allen voran die Engländer. Kein Wunder, daß die Stadt es zu einem solchen Wohlstand gebracht hat.«

Ohne zu überlegen, erwiderte Anastasia:

»Vielleicht ist das auch der Grund, weshalb der Kaiser Nizza annektieren möchte.«

»Das ist nicht wahr«, gab der König überraschend heftig zurück. »Wer hat Ihnen solche Lügen erzählt? Der Kaiser versicherte mir noch kürzlich, daß er auf Nizza keine Absichten habe, und ich glaube ihm – genauso, wie ich ihm glaube, daß er nicht an Mauronien interessiert ist.«

Am liebsten hätte Anastasia ihm geantwortet, daß dies seine Meinung sei, daß jedoch sehr viele Menschen in diesem Punkt ganz anders dächten.

Doch sie unterließ es.

Sie besaß zu wenig Fakten, um den König von der Stichhaltigkeit ihrer Befürchtungen zu überzeugen.

Da sie schwieg, fuhr der König fort:

»Ich weiß genau, was Ihr Außenminister Lord John Russel glaubt. Die gleichen düsteren Prophezeiungen habe ich von den Spaniern gehört. Aber der Kaiser ist mein Freund, und ich vertraue ihm. Ich kann Ihnen also hoch und heilig versichern, Anastasia, daß solche Unwahrheiten über ihn nur verbreitet werden, weil es eine ganze Reihe von Nationen gibt, die auf ihn regelrecht eifersüchtig sind.«

»Sicherlich werden Sie recht haben«, sagte Anastasia. »Andererseits wünschte Königin Viktoria unsere Verbindung gerade deshalb, weil sie auf diese Weise einen Beitrag zur Unabhängigkeit Mauroniens zu leisten hoffte.«

»Das hat sie ja auch zweifellos getan«, antwortete der König fest. »Es besteht also künftighin keine Notwendigkeit mehr, uns wegen der Absichten der Franzosen den Kopf zu zerbrechen.«

Er machte eine Pause und fügte mit sanfterer Stimme hinzu:

»Eines Tages werde ich Sie mit nach Paris nehmen. Sie werden meinen Freund, den Kaiser, und seine wunderschöne Gemahlin, Kaiserin Eugénie, kennenlernen. Spätestens dann werden Sie erkennen, wie völlig unbegründet Ihre Befürchtungen sind.«

»Bitte, vergeben Sie mir, daß ich davon gesprochen habe«, bat Anastasia.

»Da ist nichts zu vergeben«, gab er zur Antwort. »Wir sollten stets offen und ehrlich zueinander sein, Anastasia. So offen und ehrlich, wie Sie in der vergangenen Nacht zu mir waren. Nichts könnte verhängnisvoller für uns sein, als wenn einer vor dem anderen Vorbehalte oder Geheimnisse hätte.«

Anastasia fühlte sich bei seinen Worten schuldbewußt. Sie hatte bereits Geheimnisse vor ihm – mit Olivia und Capitan Aznar, dessen Ratschlag sie gefolgt war.

Doch dann sagte sie sich, daß solche Geheimnisse nicht zählten. Sie versuchte auf diese Weise ja nur ihr Bestes zu tun – nicht nur für Mauronien, sondern auch für den König selbst.

Außerden gab es keinen Zweifel, daß auch er seine persönlichen Geheimnisse hatte, was die Komteß le Granmont betraf.

Der Gedanke an die hinreißende Französin genügte, um in Anastasia das Gefühl hervorzurufen, als habe sich eine Wolke vor die Sonne geschoben.

Nein, sie würde sich den herrlichen Tag von dieser Frau nicht verderben lassen!

Alles hatte so wunderbar begonnen. Sie wollte nicht, daß die fröhliche Stimmung des Morgens einen Dämpfer bekam.

So begann sie von den Weihnachtsfesten auf Windsor zu erzählen. Sie beschrieb die Kälte, die auf dem Schloß herrschte, die steife Förmlichkeit der Höflinge, das Mißfallen der Queen, wenn es einmal beim Kartenspiel zu laut oder bei den Tänzen zu ausgelassen wurde.

Gebannt hörte der König ihr zu, und sein Lachen war wie Balsam für Anastasia.

»Das hört sich genauso an, wie das, was ich zu erleiden hatte, als mein Vater noch lebte«, sagte der König.

»War es so schlimm?«

»Es war unerträglich«, erwiderte er. »Man wagte kaum zu atmen, ohne vorher meines Vaters Erlaubnis einzuholen. Und jede Form einer persönlichen Äußerung stieß auf unerbittliches Mißfallen.«

Anastasia erkannte am Ton seiner Stimme, wie sehr er unter diesem Zustand gelitten hatte, und sagte eifrig:

»Wir sollten alles tun, damit es bei uns am Hof anders wird. Wir sollten allen das Gefühl geben, daß sie im Schloß willkommen sind. Vor allem müßten wir jede Art von Begabung fördern. Schriftsteller, Künstler, Musiker und Wissenschaftler. Jedenfalls stelle ich es mir wunderbar vor, wenn nicht nur Menschen mit blauem Blut in den Adern uns umgeben, sondern auch die mit Geist, Witz und Schönheitssinn!«

»Ich glaube fast, Sie sind viel zu clever für mich!« entgegnete der König lachend.

»Zu clever?« fragte Anastasia.

»Ja«, sagte er. »Sie beängstigen mich. Eine so schöne Frau sollte nicht auch noch geistig interessiert sein und an die Ausbildung ihrer intellektuellen und musischen Fähigkeiten denken.«

»Eine solche Auffassung ist längst überholt, wie Sie wohl wissen dürften«, widersprach Anastasia. »Wenn man den Zeitungen Glauben schenken kann, gibt es überall in der Welt immer mehr Frauen, die auch als denkende Wesen ernstgenommen werden wollen und das Recht für sich beanspruchen, ihre Meinung zu sagen.«

»Und wer, glauben Sie, wird auf sie hören?« fragte der König mit leisem Spott in der Stimme.

»Eines Tages wird man gar nicht mehr anders können«, entgegnete Anastasia. »Ich weiß, im Augenblick haben wir

Frauen noch keinerlei Rechte. Wir sind einfach nur der Besitz unserer Ehemänner. Aber ich bin sicher, es wird der Tag kommen, an dem wir mehr Macht und Einfluß besitzen werden, als das heute der Fall ist.«

»Gott stehe uns armen Männern bei«, sagte der König und stöhnte übertrieben.

Dann fragte er ernster werdend:

»Warum seid ihr Frauen nicht zufrieden mit eurem Äußeren, mit eurer anmutigen Erscheinung, eurer Schönheit? Hübsche Blumen, von Gott zur Freude der Männer erschaffen!«

»Weil hübsche Blumen welken«, entgegnete Anastasia. »Wir möchten leben und das Leben in all seinen Möglichkeiten und all seiner Fülle auskosten!«

Der König nahm den Blick von den Pferden und schaute Anastasia an.

»Ich habe das Gefühl, daß Sie dies früher oder später tatsächlich tun werden«, antwortete er. »Aber ich weiß nicht, ob das von meinem Gesichtspunkt aus etwas sehr Zufriedenstellendes sein wird.«

Anastasia verstand nicht ganz, was er damit sagen wollte, und um das Thema zu wechseln, wies sie auf eine Burg, die in der Ferne zu sehen war, und bat den König, ihr etwas darüber zu erzählen.

Sie erreichten die Jagdhütte, ein kleines Haus mitten in einem hohen Tannenwald, und erstaunt stellte Anastasia fest, daß das Luncheon bereits auf sie wartete.

Das Dienerehepaar, das ihnen servierte, trug die Nationaltracht der Mauronier. Die Speisen waren zwar einfach, aber gut und schmackhaft.

Die Weine, die gereicht wurden, stammten von einem in der Nähe gelegenen Weingut.

Anastasia und der König saßen in einem kleinen Speiseraum an einem Tisch, dessen einziger Schmuck ein Tonkrug mit Feldblumen war.

Anastasia war glücklich, allein mit dem König speisen zu

können, und sie empfand es als äußerst wohltuend, daß weder seine Kleidung noch die Umgebung daran erinnerten, daß er ein regierender Monarch war.

»Woran denken Sie?« fragte der König, nachdem sie eine Zeitlang schweigend nebeneinander gesessen hatten.

»Ich dachte daran, wie viel leichter es ist, sich in dieser Umgebung mit Ihnen zu unterhalten. Sie wirken hier nicht so furchteinflößend auf mich wie im Schloß.«

»Wollen Sie damit ausdrücken«, sagte er mit seiner dunklen Stimme, »daß Sie hier in mir mehr den Mann sehen?«

»Ja, das wollte ich sagen.«

Sie lächelte ihn bei diesen Worten an.

Dann begegneten ihre Augen den seinen, und einen Moment lang vermochte sie sich nicht mehr zu rühren.

Ein Bann lag über ihr, für den sie keine Erklärung hatte.

Fast war es, als gehe eine Art magnetische Kraft von ihm aus, der sie nur schwer widerstehen konnte.

Er hatte sich nicht bewegt, und doch hatte Anastasia das Gefühl, als strecke er die Arme nach ihr aus und ziehe sie an sich.

Ihr Atem ging heftig, und das Herz klopfte ihr bis in den Hals.

Ein unbekanntes Gefühl, wie sie es nie zuvor empfunden hatte, erfüllte sie.

Verschämt senkte sie den Blick.

»In der vergangenen Nacht haben Sie mich herausgefordert, Anastastia«, sagte der König leise.

Überrascht hob Anastasia den Kopf.

»Es war eine Herausforderung, die ich angenommen habe«, fuhr der König fort. »Ich werde alles tun, damit Sie mich lieben!«

Die Erregung, die Anastasia befiel, bildete rote Flecken auf ihren Wangen.

»Ich glaube nicht«, murmelte sie, »daß ich es so gemeint habe.«

»Was Sie sagten, war, daß der Mann, den Sie lieben

werden, Ihre Seele für sich gewinnen muß«, antwortete der König und ließ seine Augen nicht von ihrem Gesicht. »Ich bin entschlossen, genau das zu tun!«

Anastasias Herz machte einen Sprung.

Sie empfand Freude und Schmerz zugleich.

»In der Vergangenheit«, fuhr der König fort, »habe ich immer nur den Körper einer Frau begehrt und geliebt. Es ist eine völlig neue Erfahrung für mich, zu erkennen, daß ich auch ihre Seele umwerben muß – die Seele einer sehr klugen und unberechenbaren Frau, die mich zugleich fasziniert und in Erstaunen versetzt.«

In seiner Stimme war ein Klang, der Anastasia erschauern ließ.

Der König beobachtete sie, und nach einer Weile sagte er sanft:

»Aber erlauben Sie mir, Ihnen zu sagen, daß es nicht nur Ihre Seele, Ihr Geist ist, der mich fasziniert, sondern auch Ihre Schönheit. Sie sind hinreißend, Anastasia, und sehr – begehrenswert.«

Wieder brachte es Anastasia nicht fertig, ihn anzuschauen.

In seinem Blick lag ein Ausdruck, der ihr Inneres aufwühlte. Auf dem Grund dieser dunklen Augen schien ein Feuer zu lodern, doch Anastasia war sich dessen nicht ganz sicher.

»Können Sie lieben, Anastasia?« wollte der König wissen.

Er wartete.

Und wie unter einem unwiderstehlichen Zwang antwortete Sie nach einem Moment des Zögerns:

»Läßt Sie irgend etwas annehmen, ich könnte es nicht?«

»Man sagt, viele englische Frauen seien kalt und frigide«, erwiderte der König. »Und Sie verstehen etwas anderes unter dem Wort ›Liebe‹ als ich.«

»Und was bedeutet dieses Wort für Sie?« fragte Anastasia wie in Hypnose.

»Ich bin ein Mensch, der die Sonne braucht«, antwortete

der König. »Für mich ist die Liebe ein unauslöschliches Feuer, das in jeder Ader und in jedem Muskel meines Leibes brennt. Das mich durchglüht und läutert, bis es das Wunder vollbracht hat, einen neuen Menschen aus mir zu machen.«

Seine Stimme ließ Anastasia erneut erschauern, als er weitersprach und zu dem vertrauten Du überging.

»Würdest du dich fürchten, Anastasia, vor einem solchen Feuer, oder könntest du dich der Gewalt einer derartigen Liebe rückhaltlos ausliefern?«

Ein langes Schweigen folgte.

Ein Sturm der Gefühle schüttelte Aanastasia.

Schließlich erwiderte sie stockend:

»Mama sagte, daß ... daß eine Lady sich stets zurückhaltend und selbstbeherrscht verhält, denn ... denn das genau verlange ihr Ehemann von ihr.«

»Das ist der Standpunkt deiner Mutter«, antwortete der König sanft. »Von ihr habe ich nichts anderers erwartet. Aber was ist mit dir, Anastasia? Du bist anders als sie. Glaubst du, daß du dich so verhalten möchtest, wenn du plötzlich weißt, daß du liebst und daß es jemanden gibt, dem dein ganzes Herz gehört?«

Noch während er sprach, war sich Anastasia bewußt, daß sie mit ihrer Mutter nicht übereinstimmte. Das Verhalten, das die Großherzogin von einer Ehefrau erwartete, war nicht das, was Anastasia sich vorstellte, wenn sie sich in Gedanken mit der Begegnung zwischen Mann und Frau befaßte.

Von der Liebe, die sie eines Tages zu finden hoffte, hatte sie, weiß Gott, eine andere Vorstellung.

Liebe, das war für sie eine Brandfackel, die ihr ganzes Sein in Flammen aufgehen ließ.

Das hatte sie zu empfinden erwartet, als Christopher sie in die Arme nahm und küssen wollte. Aber enttäuscht hatte sie feststellen müssen, daß sich nichts, aber auch gar nichts in ihr regte.

Liebe, das war Ekstase, von der man erfaßt wurde, wenn man auch nur an den Kuß eines Mannes dachte.

Der Sturm der Gefühle mußte sich auf ihrem Antlitz widerspiegeln, und Anastasia zuckte zusammen wie eine ertappte Sünderin, als der König nach einer Weile fragte:

»Ich warte auf eine Antwort, Anastasia.«

Schweigen.

Dannn endlich sagte sie zögernd:

»Ich sehne mich nach der wirklichen Liebe, und ich weiß, sie wird sehr – erregend und beglückend sein.«

Sie machte eine Pause, dann fügte sie leise hinzu:

»Wie ein Flug zu den Sternen oder das Eintauchen in die Tiefe des Meeres.«

Ihre Augen begegneten denen des Königs, und Anastasia fühlte, wie ein Zittern ihren Körper durchlief.

»Das ist es, was du empfinden wirst!« sagte er.

Wieder folgte ein langes Schweigen.

Ein Schweigen, das von einem wunderbaren und unerklärlichen Zauber erfüllt war.

Dann – mit einer fast schmerzhaften Plötzlichkeit – erhob sich der König.

»Ich denke, es ist Zeit, an die Heimfahrt zu denken«, sagte er in einem völlig veränderten Tonfall.

»Auf dem Hinweg sind wir durch die Berge gefahren, doch zurück möchte ich dir die Täler zeigen. Die Strecke ist sehr viel länger, aber du wirst zahlreiche Dörfer kennenlernen und die Menschen sehen, deren Königin du nun bist!«

»Ich freue mich darauf«, sagte Anastasia leise.

Sie war innerlich so aufgewühlt, daß es ihr nicht möglich war, mit normaler Stimme zu sprechen.

Auch sie erhob sich vom Tisch und trat ans Fenster,um einen Blick auf die herrliche Landschaft zu werfen.

Ganz in der Ferne sah sie die glitzernde Oberfläche des Mittelmeeres. Davor dehnten sich die Vorberge. Sanft geschwungen, staffelten sie sich abwärts wie gewaltige bunte Stufen, die zum blauen Spiegel des Wassers hinunterführten.

Eine Zeitlang genoß Anastasia das imponierende Bild zu ihren Füßen. Dann bemerkte sie,daß der König dicht hinter ihr stand.

Sie hatte den Hut abgenommen, und der Sonnenschein lag auf ihrem Haar. Als sie sich nun zu ihm umwandte und ihn mit ihren großen blauen Augen anschaute, sagte sie:

»Es ist Ihre Welt!«

Sein Blick ließ den ihren nicht los, als er antwortete:

»Aber gestern sagtest du mir, daß ich sie noch erobern oder noch von ihr erobert werden müsse.«

»Es ist schwer in Worten zu fassen, aber vielleicht gibt es keinen besseren Weg, ein Land zu erobern, als über die Herzen seiner Bewohner.«

Die Lippen des Königs verzogen sich zu einem leicht zynischen Lächeln.

»Ich habe mich schon oft gefragt, was die Herzen der Menschen taugen, wenn es hart auf hart kommt. Halten ihre Gefühle auch einer Belastung stand? Ist ihre so oft beschworene Treue zur Krone so stark, daß sie bereit wären, in der Stunde der Gefahr dafür zu kämpfen und zu sterben?«

Anastasia dachte nach, bevor sie antwortete.

»Ich glaube, es ist unerläßlich, ihre Treue zu gewinnen. Menschen, besonders das sogenannte einfache Volk, brauchen Vertrauen in die, die es regieren. Und sie müssen davon überzeugt sein, daß ihre Regenten gerecht sind – gerecht in ihren Entscheidungen und gerecht in ihren Handlungen.«

»Wer lehrte dich diese Dinge?« fragte der König scharf.

»Niemand«, antwortete sie. »Ich sage nur das, was ich denke und was mir mein Herz eingibt. Vielleicht ist es töricht, aber ich habe niemals zuvor die Gelegenheit gehabt, mit einem Menschen über meine Gedanken zu reden.«

»Ist das wahr?« fragte der König.

»Warum sollte ich Ihnen die Unwahrheit sagen?«

»Weil das, was du sagst, sich anhört, als seist du von Politikern unterwiesen worden, die mir mit deiner Hilfe ins Gewissen reden wollen.«

Anastasia lachte.

»Ich wünschte, ich könnte Ihnen begreiflich machen, daß sich bis vor wenigen Wochen kein Politiker dazu herabgelassen hat, auch nur ein Wort mit mir zu wechseln.«

Sie schenkte ihm ein unschuldiges Lächeln, ehe sie fortfuhr:

»Lord John Russel verbrachte eine halbe Stunde in unserem Apartment auf Hampton Court Palace, nachdem man mir mitgeteilt hatte, daß ich nach Mauronien zu gehen habe. Und der Premierminister, Lord Palmerston, sagte mir ein paar sehr nette Komplimente, als ich mit Mama auf einem Empfang in Downing Street zehn war. Abgesehen davon – das schwöre ich Ihnen – verlief mein Leben äußerst langweilig und ruhig. Und Mama verschwendete ihre Zeit damit, mir immer wieder vorzuwerfen, ich benähme mich nicht umsichtig genug.«

Der König lachte.

»Du zeichnest ein sehr trauriges Bild von deinem Leben in der Vergangenheit, Anastasia. Ist es möglich, daß der Schmetterling eben erst die Puppenhülle verlassen hat, und ich der erste bin, der seine Schönheit bewundern darf?«

»Zuerst haben Sie mich mit einer Blume verglichen, jetzt bin ich ein Schmetterling«, sagte Anastasia in gespielter Entrüstung.

»Dabei wünsche ich nichts sehnlicher, als daß mich endlich jemand wirklich ernst nimmt!«

Wieder lachte der König.

»Ich verspreche, daß man dir nach deinem Tod ein Denkmal setzen wird. Am Tag der Flottenparade wird es enthüllt werden, und jedermann wird den Hut ziehen, wenn er daran vorbeigeht.«

»Dafür werden die Seemöven und die Tauben es um so

respektloser behandeln, nicht wahr?« fragte Anastasia, und ihre Augen sprühten Funken.

Der König lachte immer noch, als er sagte:

»Komm, ich bringe dich nach Hause. Für heute reicht die Lektion, die du mir erteilt hast!«

»Es war nicht meine Absicht, Ihnen eine Lektion zu erteilen«, erwiderte Anastasia rasch. »Bitte, glauben Sie mir das! Ich habe nur meinen Gedanken freien Lauf gelassen und gesagt, was ich meine.«

»Das ist es ja, wovor mir angst und bange wird«, erwiderte der König.

Anastasia verspürte ein Gefühl von Unsicherheit. Sie wußte nicht, ob der König sich von dem, was sie gesagt hatte, belästigt fühlte oder ob er trotz allem davon beeindruckt war.

Auf der Rückfahrt gab es so viele Dinge zu sehen, daß an eine intensive Unterhaltung nicht mehr zu denken war.

Doch was auch immer an neuen Bildern und Eindrücken auf sie einstürmen mochte, Anastasia war sich in jeder Sekunde der Gegenwart des Mannes an ihrer Seite bewußt – eines Mannes, der entschlossen war, ihre Seele für sich zu gewinnen.

Als sie wieder im Schloß waren, warteten eine Reihe von Aufgaben auf den König, und er empfahl sich höflich.

Anastasia zog sich in ihre Gemächer zurück.

Ihr Boudoir war voller Blumen, Geschenke von Leuten, die sie am Tag zuvor kennengelernt hatte.

Und die Flut der Hochzeitsgaben war – wie Olivia ihr freudestrahlend mitteilte – noch weiter angewachsen.

Ich werde mir das alles morgen anschauen, dachte Anastasia und ging in ihr Schlafgemach, um ihr Kleid auszuziehen.

Sie legte sich ein wenig hin, ohne jedoch einzuschlafen. Sie hatte einfach nicht die innere Ruhe dazu.

Nachdem sie wieder aufgestanden war, nahm sie ein Bad und kleidete sich mit Olivias Hilfe an, um mit dem König in dessen privatem Speisezimmer in der Königssuite zu Abend zu essen.

Zur Suite des Königs und der Königin gehörten zahlreiche Räume. Jede Suite besaß einen Salon, ein Speisezimmer, einen kleinen Empfangssaal, Schlafgemach, Leseraum und Musikzimmer. Es gab Räume für die Sekretäre, Kammerfrauen, Adjutanten und Diener.

Das Speisezimmer des Königs war ganz im französischen Stil eingerichtet. Es gab einige sehr wertvolle Gemälde an den Wänden, außerdem ein paar vergoldete Louis-XIV.-Wandtische, die, wie Anastasia erfuhr, aus dem Schloß von Versailles stammten.

Sie hätte zu gern gewußt, ob der Kaiser der Franzosen sie noch nie zurückverlangt hatte, sagte sich jedoch, daß es wohl zu indiskret sei, danach zu fragen.

Außerdem hätte sie den König damit auf falsche Gedanken bringen können.

Also gab sie sich damit zufrieden, den Eßtisch zu bewundern, der im Gegensatz zu dem einfachen Tisch in der Jagdhütte mit goldenen Ornamenten verziert und mit exotischen Blumen dekoriert war.

»Ich sagte schon, daß wir uns während der Flitterwochen nach Möglichkeit von jeglicher Etikette dispensiert fühlen wollen«, bemerkte der König, als sie an der Tafel Platz nahmen. »Ich weiß, daß diese Regelung ganz in deinem Sinne ist, Anastasia. Du wirst noch früh genug mit dieser lästigen Hofsitte Bekanntschaft machen, die vorschreibt, daß du ständig jemand hinter dir stehen hast, der gleichsam jeden Bissen kontrolliert, den du in den Mund führst.«

»Ich habe den heutigen Tag genossen.« sagte Anastasia leise.

»Das habe ich auch«, antwortete er. Und ohne einen Grund dafür zu erkennen, errötete Anastasia bis in die Haarwurzeln.

Der Leibkoch hatte sich offenbar vorgenommen, der jungen Königin am ersten Abend der Flitterwochen einen

Beweis seines Könnens zu liefern. Und lange bevor das Dinner zu Ende war, gestand Anastasia mit einem Seufzer, nun aber wirklich nichts mehr essen zu können.

»Sie haben solche exquisiten Speisen«, sagte sie. »Ich werde in kürzester Zeit so rund und behäbig sein wie eine Deutsche. Keins meiner neuen Kleider wird mir mehr passen.«

»Ich kann mir einfach nicht vorstellen, daß in deinen Adern deutsches Blut fließt«, sagte der König und erinnerte sich,daß er genau dasselbe schon einmal gesagte hatte.

»Auch ich kann mir das nicht recht vorstellen«, erwiderte Anastasia. »Aber Papa war nur zur Hälfte ein Engländer, und seine Großmutter stammte aus Österreich. Ich glaube fast, daß ich eher eine Art Bastard bin, auf keinen Fall aber eine reinrassige Engländerin.«

»Ah, jetzt geht mir ein Licht auf«, rief der König augenzwinkernd. »Bastarde sind bekannt dafür, daß sie viel intelligenter sind als Rassehunde!«

»Sie bringen mich ganz durcheinander«, antwortete Anastasia. »Ich sollte wirklich erst überlegen und dann reden. Mama hat also doch recht, wenn sie das immer von mir verlangt. Allerdings werde ich dann nur noch geistloses, nichtssagendes Zeug reden können.«

»Von mir aus kannst du dir diese Mühe sparen«, erwiderte der König. »Mir gefällst du so wie du bist.«

Wieder begegneten sich ihre Blicke und hielten einander fest. Und der Ausdruck seiner Augen jagte ihr einen seltsamen Schauder über den Rücken. Sie fühlte sich verlegen und erregt zugleich.

Nach dem Dinner saßen sie noch lange am Tisch und unterhielten sich miteinander.

Der König kannte viele historische Dinge über die Mittelmeerländer, die Anastasia nie zuvor gehört hatte.

»Die Griechen verehrten Aphrodite als die Göttin der Liebe«, sagte er. »Die Römer nannten sie Venus.«

Er machte eine Pause, dann fragte er:

»Wenn du die Wahl hättest, Anastasia, würdest du lieber die Göttin der Liebe oder die Göttin der Weisheit sein?«

Anastasia war sich bewußt, daß er sie mit dieser Frage prüfen wollte, aber sie antwortete ehrlich und voller Ernst:

»Ich würde wohl lieber die Göttin der Liebe sein.«

Sie sah das Auflitzen in den Augen des Königs und wußte, daß dies die Antwort war, auf die er gewartet hatte. Sie fühlte, daß sie errötete.

Hastig erhob sie sich vom Tisch, und sie gingen durch die Verbindungstür in den angrenzenden Salon.

Dieser Raum war bequem und männlich eingerichtet. Er unterschied sich deutlich von den anderen Sälen und Zimmern des Palastes.

Im Halbkreis um den Kamin standen tiefe lederne Armsessel, und an den Wänden hingen kostbare Stiche der Reitszenen und zahlreiche Jagdtrophäen, die der König selbst erlegt hatte.

Da gab es den Kopf eines Keilers und eines Bären, zahlreiche Reh- und Hirschgeweihe und eine Reihe ausgestopfter Raubtiere und Greifvögel.

Anastasia wollte den König bitten, ihr ein wenig von seinen Jagderlebnissen zu erzählen, als ein Diener den Raum betrat.

Der Mann hielt ein goldenes Tablett in der Hand, auf dem sich ein Kuvert befand.

»Dies wurde soeben für sie abgegeben, Majestät«, sagte er und verneigte sich vor dem König. »Man ließ mich wissen, es sei von äußester Dringlichkeit.«

Anastasia warf einen Blick auf den Umschlag, als der König ihn an sich nahm. Sie erkannte die Insignien auf der Rückseite und war sicher, daß sie eine Lilie trugen.

»Entschuldige bitte, Anastasia«, sagte der König, als der Diener ihm den Brieföffner reichte.

Er schlitzte den Umschlag auf und holte ein gefaltetes Blatt Briefpapier hervor.

Er entfaltete es und las.

Anastasia hätte gern gewußt, welchen Inhalt dieses Schreiben hatte.

Es mußte sich um eine kurze Nachricht handeln, denn der König warf nur einen flüchtigen Blick darauf. Dann wies er den Diener an:

»Bestellen Sie dem Überbringer, die Bitte sei gewährt.«

Der Diener verbeugte sich und verließ den Raum.

Der König schwieg eine Zeitlang, und als er endlich sprach, schien er seine Worte mit äußerster Sorgfalt zu wählen.

»Da ist etwas, das ich zu erledigen habe. Es wird nicht allzu lange dauern. Soweit ich es sehe, handelt es sich um eine Angelegenheit von einiger Wichtigkeit.«

»Soll ich hier auf Ihre Rückkehr warten?« fragte Anastasia.

Der König warf einen Blick auf seine Uhr.

»Ich könnte mir vorstellen, daß du noch müde von den Anstrengungen des gestrigen Tages bist«, sagte er. »Warum gehst du nicht auf dein Zimmer und legst dich ein wenig nieder, Anastasia? Ich werde später zu dir kommen.«

»Gut«, erwiderte Anastasia. »Aber bitte, lassen Sie mich nicht zu lange warten, sonst werde ich bestimmt einschlafen. Es gibt noch eine Reihe von Dingen, über die ich mit Ihnen reden möchte.

Sie lächelte bei ihren Worten, doch der König schaute sie nicht an.

Er wandte sich ab und ging nicht, wie Anastasia es erwartete zu der Tür, die auf den Korridor hinausführte, sondern zu der Verbindungstür, die den Salon mit dem Speisezimmer verband.

Wie die Zimmer ihrer eigenen Suite, so waren auch die Räume des Königs durch Türen miteinander verbunden. Man konnte also von einem Raum in den anderen gelangen, ohne von den Wachen bemerkt zu werden, die draußen auf dem Korridor standen.

Der König schloß die Tür des Salons hinter sich, und

Anastasia verspürte einen leichten Stich in der Herzgegend. Sie glaubte zu wissen, daß er zu dem Raum am äußersten Ende der Suite ging. Zu seinem Privatzimmer, von dem aus man über eine schmale Treppe das Erdgeschoß erreichen konnte.

»Wer anders wird ihn dort erwarten als die Komteß?« stieß sie flüsternd hervor.

Sie konnte nicht sicher sein, aber ihr Verdacht hatte etwas Zwingendes.

Ein Gefühl der Verärgerung erfaßte sie, daß dieser erste gemeinsam verlebte Tag ihrer Flitterwochen, der so heiter und unbeschwert verlaufen war, durch die Französin und deren Mitteilung ein so abruptes Ende finden sollte.

Anastasia öffnete die Tür, die vom Salon in das Schlafzimmer des Königs führte.

Sie hatte nicht die Absicht, über den Korridor in ihre eigene Suite zurückzukehren.

Die Wachen durften sie nicht sehen, denn niemand sollte wissen, daß der König sie allein gelassen hatte.

Sie durchquerte das Schlafzimmer, ohne etwas von der Pracht zu bemerken, mit der es ausgestattet war. Dann betrat sie durch die Verbindungstür ihr eigenes Zimmer.

Das Feuer brannte im Kamin, und auf dem Ankleidetisch und neben ihrem Bett brannten die Kerzen.

Die Luft war schwer vom betäubenden Duft der Blumen, und der ganze Raum wirkte einladend und heimelig.

Aber auch davon schien Anastasia nichts zu bemerken. Tief in Gedanken versunken ging sie auf die Glockenschnur zu, die sich neben der Tür zum Korridor befand.

Noch bevor sie läuten konnte, betrat Olivia den Raum.

»Majestät!« rief sie mit gepreßter Stimme, und Anastasia fuhr erschreckt zusammen.

»Was ist?« fragte sie.

»Soeben hat mir Pedro mitgeteilt, daß man für heute nacht einen Umsturz plant. Es ist ein Komplott, Majestät. Sie müssen den König retten!«

»Aber wie ... was ist geschehen? Sprich langsam, Olivia! Berichte mir alles der Reihe nach!«

Anastasia hatte sich gefangen, und ihre Stimme klang ruhig und fest. Olivia atmete schwer. Sie mußte durch den langen Korridor gelaufen sein, um ihrer Herrin diese Nachricht so schnell wie möglich zu überbringen.

»Pedro hat alles mitgehört. Der Botschafter gab den Männern seine Anweisungen. Der König soll entführt werden.«

»Entführt?« rief Anastasia. »Wohin entführt?«

»Es ist alles vorbereitet, Majetät. Die Komteß le Granmont wird ihn aufsuchen und kurze Zeit bei ihm bleiben. Wenn er sie dann aus dem Schloß in den Garten hinausläßt, wird man ihn gefangennehmen. Außerhalb der Schloßmauer wird eine Kutsche warten und Seine Majestät über die französische Grenze bringen.«

Olivia machte eine Pause, um Atem zu schöpfen.

»Weiter, Olivia, sprich weiter!« rief Anastasia ungeduldig.

»Sobald der König auf französischem Boden ist, wird die Revolution ausbrechen, und Seine Majestät wird die Franzosen um Hilfe bitten. Sollte er es nicht tun, wird man ihn dazu zwingen. Die Franzosen werden auf seine Bitten hin in Sergei einmarschieren. Einmal im Land, werden sie es nie mehr verlassen.«

Mit großen, weit aufgerissenen Augen starrte Anastasia auf das Mädchen, während ihr Verstand sich bemühte, das Gehörte zu verarbeiten.

Ein raffinierter Plan!

Wenn die Franzosen die Revolution auf Ersuchen des Königs niederschlugen, konnten die englische Queen und die übrige Welt sie nicht der Aggression beschuldigen.

Für Mauronien gab es nur eine Rettung vor der Katastrophe: Der König durfte nicht entführt werden.

Olivia blickte in das weiße Gesicht der Königin.

»Hol Capitan Aznar!« befahl Anastasia. »Rasch, geh schon!«

Olivia stürzte aus dem Zimmer, während Anastasia fieberhaft überlegte, was zu tun sei.

Es kam ihr wie eine Ewigkeit vor, bis endlich die Tür aufschwang und Olivia mit Capitan Aznar erschien.

Aber entgegen ihrem Gefühl waren nicht einmal fünf Minuten vergangen, denn Capitan Aznar hatte sich in der Wachstube der Adjutanten im Erdgeschoß aufgehalten.

»Capitan Aznar, Majestät«, sagte Olivia noch ganz außer Atem.

Anastasia wartete, bis die Tür des Zimmers ins Schloß gefallen war, dann wandte sie sich dem Capitan zu.

»Olivia brachte mir eine erschreckende Neuigkeit, Capitan.«

Sie blickte Olivia an.

»Bitte, erzähle dem Capitan, was du erfahren hast!«

Olivias Atem hatte sich beruhigt, dennoch kamen die Worte gehetzt und ein wenig zusammenhanglos über ihre Lippen.

Nachdem sie geendet hatte, erklärte Anastasia:

»Auf Pedro ist Verlaß. Er arbeitet als erster Diener in der französischen Botschaft.«

Capitan Aznar sah Anastasia fest an.

»Wir müssen Seine Majestät in Sicherheit bringen!«

»Aber wohin?« fragte Anastasia.

»Zur Armee nach Leziga.«

»Werden Sie mich mitnehmen?«

»Natürlich, Ma'am. Wir werden Sie doch nicht den Rebellen überlassen!«

»Wir benötigen Pferde.«

»Ich werde das arrangieren«, entgegnete der Capitan. »Im Augenblick befinden sich drei Offiziere im Schloß, die absolut vertrauenswürdig sind.«

»Werden Sie für alles Notwendige sorgen?« fragte Anastasia bedrückt.

»Sofort!« erwiderte Capitan Aznar. »Aber als erstes sollten wir den König verständigen. Ist er auf seinem Zimmer?«

Anastasia zögerte.

Sie konnte dem Capitan doch unmöglich sagen, wo der König sich ihrer Vermutung nach im Augenblick befand.

»Ich werde Seine Majestät informieren«, erklärte sie bestimmt.

»Ich muß Sie nicht daran erinnern, daß keine Zeit zu verlieren ist«, mahnte Capitan Aznar. »Wenn es den Rebellen im Sold der Franzosen nicht gelingen sollte, den König von hier aus zu entführen, werden sie bestimmt versuchen, seiner auf andere Weise habhaft zu werden.«

»Wir werden bereit sein, sobald die Pferde im Hof stehen.«

Capitan Aznar verneigte sich.

Als er sich zum Gehen wandte, rief Anastasia:

»Einen Moment noch, Capitan! Hat der König vielleicht eine alte Amme, die noch lebt, oder irgend jemanden sonst, den er als Kind sehr gut gekannt hat?«

»Ja. Seine alte Amme lebt noch«, erwiderte Capitan Aznar, »aber sie ist hochbetagt und konnte nicht an der Hochzeit teilnehmen. Sie lebt weit von Sergei in einem Pyrenäendorf.«

»Danke, Capitan, das ist alles, was ich wissen wollte.«

Anastasia öffnete die Verbindungstür und verließ, ohne sich umzuschauen, den Raum.

Eilig durchquerte sie die Suite des Königs, öffnete und schloß eine Tür nach der anderen und stand endlich im Empfangszimmer.

Nur eine Tür trennte sie jetzt noch vom Privatsalon des Königs.

Einen Moment lang zögerte sie.

Dann holte sie tief Luft, straffte die Schultern und hob das Kinn.

Sie legte ihre Hand auf die Klinke und drückte sie nieder. Dann betrat sie den Raum.

Er war nur schwach beleuchtet und viel kleiner, als Anastasia ihn sich vorgestellt hatte.

Auf einem breiten Diwan, gestützt von zahlreichen Seidenkissen, saß die Komteß le Granmont.

Einige Schritte von ihr entfernt stand der König.

Anastasia hatte den Eindruck, daß die beiden miteinander stritten.

Doch bei ihrem Erscheinen verstummten ihre Stimmen und beider Gesichter wandten sich mit dem Ausdruck einer fast erheiternd wirkenden Fassungslosigkeit dem unerwarteten Eindringling zu.

»Bitte, verzeihen Sie die Störung«, sagte Anastasia zum König. »Aber in meinem Salon sitzt eine liebe alte Dame, die einmal Ihre Amme war. Sie kam gestern zur Hochzeit und hat den ganzen Tag vergeblich versucht, zu Ihnen vorgelassen zu werden. Sie möchte Sie gern sehen, bevor sie nach Hause zurückkehrt.«

Sie machte eine Pause und sagte leise:

»Ich habe den Eindruck, sie wird nicht mehr allzu lange leben. Es wird sie glücklich machen, noch einmal mit Ihnen zu reden. Vielleicht ist es das letzte Mal.«

Sekundenlang sah es so aus, als habe es dem König die Sprache verschlagen, dann sagte er:

»Ja, natürlich. Ich werde sofort zu ihr kommen.«

Mit einem charmanten Lächeln wandte sich Anastasia an die Komteß, die sich nicht erhoben hatte, sondern unbeweglich auf dem Diwan saß.

»Ich bitte die Unterbrechung zu entschuldigen, Madame«, sagte sie, »aber durch eine Reihe von Mißverständnissen wurde der König nicht früher davon informiert, daß seine alte Amme ihn aufzusuchen beabsichtigte.«

Zögernd und mit zornfunkelnden Augen stand die Komteß auf und knickste vor der Königin.

Anastasia maß sie mit einem abschätzenden Blick.

In ihren Augen war es unmöglich, daß eine Lady mit guter Erziehung ein Kleidungsstück trug, das so schamlos enthüllend war.

Dennoch mußte sie zugeben, daß die Komteß darin sehr

anziehend und verführerisch aussah. Die Rubine an ihrem Hals und an ihren Ohren mußten jemanden ein kleines Vermögen gekostet haben.

Anastasia fragte sich unwillkürlich, ob sie vielleicht ein Geschenk des Königs waren.

Unmerklich schreckte sie zusammen.

Um alles in der Welt, jetzt war wirklich nicht der Augenblick, solche Überlegungen anzustellen.

»Es wird nicht länger als fünf oder zehn Minuten dauern«, sagte sie, zum König gewandt. »Ich bin sicher, Sie werden damit einen Menschen, der Sie über alles liebt, sehr glücklich machen!«

Zum erstenmal, seit Anastasia den Privatsalon betreten hatte, blickte der König die Komteß an.

Es kam Anastasia so vor, als forderte er sie ohne Worte zum Gehen auf.

»Ich werde auf Sie warten, Sire«, sagte die Komteß fest.

Und der König schien zu wissen, daß es zwecklos war, mit ihr zu streiten, denn er schwieg zu dieser Bemerkung und verließ mit Anastasia den Raum.

Er folgte ihr in das Empfangszimmer, und Anastasia wartete, bis er die Tür hinter sich geschlossen hatte.

Dann nahm sie seine Hand und zog ihn mit sich.

»Kommen Sie! Schnell!« flüsterte sie.

»Was soll das alles? Und weshalb diese Eile?« fragte er.

»Das erkläre ich Ihnen, wenn wir in Ihrem Schlafzimmer sind«, antwortete Anastasia.

Sie fürchtete, die Komteß könne sie hören, oder da seien vielleicht noch andere Lauscher, die sich in den Schatten oder hinter den schweren Vorhängen versteckt hielten.

Wenn Dinge wie dieses Komplott gegen den König möglich waren, konnte man nicht vorsichtig genug sein.

Ohne die Hand des Königs freizugeben, eilte sie mit ihm durch die Flucht der Zimmer. Er folgte ihr bereitwillig, und erst als sie sein Schlafgemach erreicht hatten, sagte er ein wenig unwillig:

»Was wird hier gespielt? Ist meine Amme wirklich im Schloß?«

»Nein, das war lediglich ein Vorwand, um Sie aus Ihrem Zimmer zu holen«, antwortete Anastasia. »Ich muß Ihnen etwas sehr Wichtiges mitteilen. Die Franzosen haben den Plan gefaßt, Sie zu entführen. Man will Sie festnehmen, sobald Sie die Komteß nach draußen in den Garten lassen. Sie sollen durch das Törchen in der Schloßmauer gebracht werden. Dort wartet eine Kutsche, die Sie über die Grenze nach Frankreich bringen soll.«

Anastasia sah am Gesichtsausdruck des Königs, daß ihre Worte auf völligen Unglauben stießen.

»Glauben Sie mir doch«, sagte sie drängend. »Alles ist von langer Hand vorbereitet. Sobald man Sie gefaßt hat, wird in der Stadt ein Aufstand ausbrechen. Da Sie keine andere Wahl haben, rechnet man damit, daß Sie die Franzosen bitten werden, Ihnen bei der Wiederherstellung der Ordnung im Land zu helfen.«

»Wer hat Ihnen einen solchen Unsinn erzählt?« fragte der König scharf.

»Es ist kein Unsinn, es ist die Wahrheit«, erwiderte Anastasia. »Ich schwöre Ihnen, daß es die Wahrheit ist.«

»Glauben Sie wirklich, ich würde die Franzosen auffordern, in Mauronien einzumarschieren?«

»Glauben Sie denn, man würde Sie noch wahrheitsgemäß über die Ereignisse informieren, wenn Ihre sogenannten Freunde Sie einmal sicher drüben in Frankreich haben?« gab Anastasia zurück.

»Was wollen Sie denn tun, wenn man Ihnen berichtet, die Aufständischen hätten die Stadt in Brand gesteckt, Frauen und Kinder getötet und den Palast verwüstet? Welche Wahl bliebe Ihnen denn noch in einer solchen Situation? Sie könnten gar nicht anders, als die Franzosen um Hilfe zu bitten!«

»Ich kann nicht glauben, daß man ein solch gemeines Spiel mit mir treiben sollte!« rief der König ärgerlich. »Aber angenommen, es wäre so, was soll ich Ihrer Meinung nach tun?«

»Es gibt einige Offiziere hier im Palast, die Ihnen treu ergeben sind. Sie werden Sie zu Ihrem Heer bringen. Und falls ein Aufstand stattfindet, kann er durch Sie niedergeschlagen werden – und nicht durch eine ausländische Macht.

Der König starrte Anastasia an, als hätte sie den Verstand verloren.

Sekundenlang standen sie sich schweigend gegenüber, als plötzlich die Tür geöffnet wurde und Capitan Aznar eintrat. Der König wandte sich zu ihm um.

»Machen Sie auch mit bei diesem lächerlichen Possenspiel, Aznar?« fragte er ungläubig. »Kann ich denn wirklich glauben, daß das, was die Königin mir berichtete, der Wahrheit entspricht?«

»Ja, Sire, es ist die Wahrheit«, entgegnete Capitan Aznar ruhig. »Es ist genau das, was einige von uns schon lange Zeit befürchtet haben.«

Auf den Zügen des Königs erschien der Ausdruck des Erstaunens.

»Und Sie sind fest davon überzeugt, daß man in Sergei einen Aufstand plant?«

»Absolut, Sire«, antwortete Capitan Aznar. »Und dieser Plan wird auch verwirklicht werden, wenn Eure Majestät nicht so klug sind, ihn zu durchkreuzen.«

Der König blickte Anastasia an. Er schien zu zögern.

»Ich bin sicher, Sire«, sagte Capitan Aznar drängend, »daß man die Küstenstraße bereits gesperrt hat, ebenfalls die beiden Pässe. Wenn wir Leziga unbehindert erreichen wollen, werden wir den Weg über das Gebirge wählen müssen.«

»Ich kann es nicht glauben«, rief der König. »Das Ganze ist doch ein Unding – ein Wahnsinn!«

»Wahnsinn wäre es, Sire, die Entwicklung der Dinge untätig abzuwarten – nur um herauszufinden, ob ich unrecht habe oder nicht. Ich schlage vor, unverzüglich aufzubrechen, und darf Sie bitten, die Kleidung zu wechseln.«

»Oh«, rief Anastasia, »auch ich muß mich sofort umziehen!«

»Bitte, Ma'am, beeilen Sie sich. Wir haben keine Zeit mehr zu verlieren!« bat Capitan Aznar.

Anastasia nickte wortlos und eilte in ihr Zimmer.

Olivia wartete dort bereits auf sie und hatte eins der neuen Reitkostüme, die sie aus England mitgebracht hatte, herausgelegt.

Innerhalb weniger Minuten hattte Anastasia ihr Abendkleid abgelegt und war in das Reitkostüm aus blauem Samt geschlüpft.

Dazu gehörte ein sehr eleganter hoher Hut, aber Anastasia wählte einen langen weißen Chiffonschal. Sie bedeckte damit ihren Kopf und schlang die Enden unter dem Kinn zusammen.

»Der König reitet nach Leziga, Olivia«, sagte sie, als sie fertig war. »Ich begleite ihn. Komm bitte nach, so rasch du kannst.«

»Ich werde mich beeilen, Majestät!«

»Ich sollte deinem Pedro nicht erlauben, zur französischen Botschaft zurückzugehen«, fuhr Anastasia fort. »Es könnte zu gefährlich für ihn sein.«

»Daran hat er auch schon gedacht, Majestät.«

Anastasia sah das Mädchen fest an.

»Ich danke dir von ganzem Herzen, Olivia«, sagte sie sanft.

Dann beugte sie sich vor und berührte mit ihren Lippen Olivias Wange.

Das Mädchen errötete und sank knicksend zu Boden.

Anastasia warf einen Blick auf die Uhr.

Es war jetzt zwanzig Minuten nach elf.

Sie hatte das Gefühl, daß die Aufständischen in den frühen Morgenstunden zuschlagen würden, denn sie konnten annehmen, daß der König bis dahin die französische Grenze überschritten hatte.

Ehe die Palastwache alarmiert war und in die Kämpfe in der Stadt eingreifen konnte, würde einige Zeit vergehen. Die Rebellen konnten zu diesem Zeitpunkt bereits alle strategisch wichtigen Punkte in Sergei besetzt haben.

Es kam also darauf an, daß es dem König gelang, sich der Gefangennahme durch die Rebellen zu entziehen, um an der Spitze seiner Truppen in die Hauptstadt zurückzukehren.

Anastasia verließ den Raum und betrat das Schlafgemach des Königs. Er hatte seine Uniform angelegt und war bereit zum Aufbruch.

Capitan Anzar war noch bei ihm.

»Ich habe hier einen Umhang für Sie den die Kavallerie zu tragen pflegt, Ma'am, sagte er. »Er ist warm und dürfte gleichzeitig eine gute Tarnung sein. Seine Majestät wird ebenfalls einen solchen Umhang tragen.«

»Danke, Capitan!« antwortete Anastasia.

Er legte den Umhang über ihre Schultern. Das Kleidungsstück war aus festem schwarzem Wollstoff und besaß eine weite Kapuze zum Schutz der Offiziershüte.

Anastasia zog die Kapuze über den Kopf. Ihr Gesicht wurde fast völlig davon verdeckt. Der weite Mantel umhüllte ihre zarte Gestalt und reichte – da sie verhältnismäßig klein war – bis zu den Knöcheln.

Auch der König hatte seinen Umhang umgelegt und gab dem Capitan das Zeichen zum Aufbruch.

Capitan Aznar ging voraus. Anastasia und der König folgten ihm.

Sie schritten den Korridor entlang bis zu einer Seitentreppe, die ins Erdgeschoß führte.

Hier ging es durch einige dunkle, verschachtelte Gänge in einen Teil des Palastes, in dem sich nach Anastasias Vermutung die Schreibstuben der Verwaltung und die Zimmer der Dienerschaft befinden mußten.

Nachdem sie eine Weile gegangen waren, kamen sie zu einer Tür, die Capitan Aznar aufschloß.

Draußen warteten hoch zu Roß drei Männer, ebenfalls in langen dunklen Umhängen. Jeder von ihnen hielt ein gesatteltes Pferd am Bügel.

Es war schwierig für den König, in der Dunkelheit zu erkennen, wer sie waren.

»Capitan Seiza, Capitan Manresa und Leutnant Tuleda, Sire«, sagte Capitan Aznar leise.

Die Offiziere salutierten, und der König schwang sich in den Sattel eines großen schwarzen Hengstes, während Capitan Aznar Anastasia aufs Pferd half, das zu ihrer Erleichterung einen Damensattel trug.

Zwei der Offiziere setzten sich an die Spitze des kleinen Zuges. Es folgten Anastasia und der König. Capitan Aznar und Leutnant Tuleda bildeten den Schluß.

Sie befanden sich auf der Rückseite des Palastes. Anastasia sah die dunklen Gebäude der Remisen und Stallungen, an denen sie vorbeiritten. Anschließend kam ein schmaler Weg, der zu einem Nebentor in der Schloßmauer führte. Er wurde wahrscheinlich nur von Lieferanten benutzt.

Als Wache standen dort zwei Posten, die Haltung annahmen und die Hacken zusammenschlugen, als sie die Offiziere erkannten.

Ein kurzes Kommando, und das Tor wurde geöffnet.

Ohne Eile passierten die sechs Reiter den Ausgang. Erst nachdem sie sich ein Stück vom Palast entfernt hatten, beschleunigten die Offiziere an der Spitze das Tempo.

Bald hatten sie die verstreut liegenden Häuser hinter sich gelassen, und der Wald nahm sie auf. Es war der Wald, durch den Anastasia und der König an diesem Tag schon einmal gekommen waren.

Die Nacht war hell und sternenklar, eine schmale Mondsichel ging am Himmel auf und gab genügend Licht, so daß der Weg deutlich zu erkennen war.

Nach einer Weile verließen sie die Straße und bogen in

einen Pfad ein, der genau auf die Vorberge zuführte.

Hier mußten sie hintereinanderreiten, da der Weg für zwei Pferde zu schmal war.

Keiner sprach ein Wort.

Nur das Pochen der Hufe, das Knarren der Sättel und das gelegentliche Schnauben eines der Pferde störte die Stille.

Der Pfad stieg stetig an.

Sie waren etwa eine Stunde geritten, als sie eine kleines Plateau erreichten und der König sein Pferd zügelte.

Er drehte sich im Sattel und blickte zurück.

Anastasia hielt ebenfalls an und schaute ins Tal.

Unter ihnen lag Sergei.

Der größte Teil der Stadt war dunkel.

Aber dort, wo sich der Marktplatz befand, leuchtete rötlicher Feuerschein.

Die Flammen loderten hoch in den Himmel, und noch während die kleine Gruppe voller Entsetzen das Wachsen der Feuersbrunst beobachtete, bildeten sich rechts und links davon zwei weitere Brandherde, die mit rasender Eile um sich griffen.

»Die Revolution hat bereits begonnen, Sire«, sagte Capitan Aznar mit leiser Stimme.

Ohne eine Erwiderung zog der König sein Pferd herum und setzte den Ritt fort. Er saß kerzengerade im Sattel, und sein Gesicht glich einer Maske.

Der Bergpfad wurde immer steiler, und der Wind aus den Bergen war nun scharf und schneidend.

Anastasia fühlte, wie ihre Nasenspitze kalt wurde und ein Schauder über ihren Rücken lief. Sie fröstelte.

Und immer noch ging es bergan.

Der Atem der Pferde ging pfeifend, und ihr Fell war naß vom Schweiß.

Als Anastasia den Eindruck hatte, daß sie auf einer Art Paßhöhe angelangt waren, zügelte einer der Offiziere an der Spitze sein Pferd.

»Wir sind jetzt bei den alten Höhlen, Sire. Sie erinnern

sich, daß man hier vor Jahren einmal nach Edelmetallvorkommen gesucht hat. Ich glaube, der Platz eignet sich vorzüglich für eine Rast.«

Der König wandte nur den Kopf, aber er sprach kein Wort.

»Die andere Seite des Gebirges ist sehr steil«, fuhr Capitain Aznar fort. »Wir sollten den Abstieg erst wagen, wenn es hell geworden ist. Ich halte es für zu gefährlich, solange wir den Weg nicht sehen können! Deshalb mein Vorschlag, bis zum Anbruch der Morgendämmerung zu warten und erst dann den Weg nach Leziga fortzusetzen.«

»Sehr gut«, stimmte der König zu.

Er stieg ab und trat neben Anastasias Reittier, um sie aus dem Sattel zu heben.

Ein Zittern durchfuhr Anastasias Körper, als sie die Hände des Königs um ihre Taille spürte, und einen Moment lang hatte sie den Wunsch, sich an ihn zu klammern.

Der Anblick der brennenden Stadt zu ihren Füßen hatte sie erschreckt. Aber noch schmerzvoller war der Gedanke an das, was man dem König hatte zufügen wollen. Schließlich war dieser Aufstand der Versuch, den König zu entmachten, ihn zum Spielball, zur Marionette französischer Willkür zu erniedrigen.

Die Offiziere waren dabei, einige Dinge aus den Satteltaschen zu nehmen.

Einer von ihnen ging auf die Höhle zu und verschwand im Dunkel des Eingangs. Sekunden später sah Anastasia einen schwachen Lichtschein, der aus der Öffnung drang.

»Würden Sie hineingehen, Sire«, bat Capitan Aznar. »Wir möchten nicht, daß jemand auf uns aufmerksam wird. Lichtschein in den Bergen könnte Argwohn erwecken.«

Der König legte den Arm um Anastasia und geleitete sie über den rauhen Felsboden zur Höhle.

Anastasia hatte befürchtet, daß der Eingang niedrig sei, aber nicht einmal der König brauchte sich zu bücken.

Nebeneinander schritten sie durch einen breiten, stollenartigen Gang, an dessen Ende heller Lichtschein zu sehen war.

Der Stollen führte in eine große Höhle. Der Offizier, der sie mit einer Laterne in der erhobenen Hand empfing, verneigte sich gemessen und bat sie, ihm zu folgen.

Er ging auf eine gegenüberliegende Öffnung zu, die in eine kleinere Höhle führte.

Im Schein der Flamme erkannte Anastasia in einer Ecke einige Bündel Stroh. In der Mitte stand eine Holzkiste, die im Halbkreis von einigen Holzböcken umgeben war.

»Sieht ganz so aus, als würde die Höhle benutzt«, bemerkte der König.

»Im Winter dient sie den Bergbewohnern und Hirten als Unterschlupf, Sire«, antwortete der Offizier. »Ich bin als Junge oft hier gewesen.«

»Ich glaube mich zu erinnern, daß auch ich schon einmal hier war«, sagte der König nachdenklich.

Der Offizier stellte die Laterne auf der Kiste ab.

»Ich werde sehen, ob ich etwas finde, das Ihnen den Aufenthalt ein wenig angenehmer macht, Ma'am«, sagte er zu Anastasia.

Er ging in die erste Höhle zurück, und den Geräuschen, die von dort zu ihnen hinüberdrangen, entnahm Anastasia, daß die Offiziere die Pferde hereinbrachten.

Einen Augenblick später erschien Capitane Aznar.

Er hielt eine Feldflasche in der Hand.

»Ich dachte mir, Sire, ein Schluck gegen die Kälte wäre Ihnen nicht unwillkommen«, sagte er. »Bedauerlicherweise vergaß ich, ein Glas mitzunehmen.«

»Darauf werden wir wohl in dieser Situation verzichten können«, erwiderte der König.

Capitan Aznar reichte dem König die Feldflasche, und Anastasia bemerkte, daß der Capitan unter dem anderen Arm eine zusammengerollte Wolldecke trug.

Nachdem der König die Flasche an sich genommen hatten, breitete Capitan Aznar die Decke über dem Stroh aus.

»Damit Sie sich nicht das Kostüm verderben, Ma'am«, sagte er. »In der Eile des Aufbruchs haben wir leider nicht daran gedacht, noch einige Decken mehr mitzunehmen.«

»Ich bin sicher, daß wir damit zurechtkommen werden.« Anastasia lächelte.

»Wenn Sie noch einen Wunsch haben, Sire«, sagte der Capitan zum König. »Sie wissen, daß wir alle versuchen werden, ihn zu erfüllen.«

»Danke, Aznar«, antwortete der König. »Ich muß wohl nicht ausdrücklich erklären, wie sehr ich mich Ihnen verpflichtet fühle.«

»Selbstverständlich nicht, Majestät.«

Der Capitan zog sich zurück, und Anastasia streifte den König mit einem besorgten Blick.

Worüber mochte er jetzt nachdenken?

Er war sehr ärgerlich gewesen, als sie ihm gesagt hatte, was seine »Freunde« planten.

Er hatte ihr nicht geglaubt.

Auch dann noch nicht, als sie sich in die Sättel schwangen und in die Nacht hinausritten.

Es waren bange Minuten für Anastasia gewesen.

Was würde geschehen, wenn sich herausstellte, daß sie sich geirrt hatte?

Erst als sie von dem kleinen Plateau aus die Feuer gesehen hatten, war Anastasia sicher gewesen, keiner Täuschung zum Opfer gefallen zu sein.

Der Aufstand hatte begonnen.

Sie und Capitan Aznar hatten den König vor einer Demütigung und einer schmählichen Niederlage bewahrt.

Der König reichte ihr die Feldflasche.

»Trinke einen Schluck«, forderte er sie auf. »Es wird dir guttun. Du wirst die Kälte nicht mehr so empfinden.«

Obwohl sie den scharfen Geschmack des Brandys nicht mochte, gehorchte sie ihm.

»Noch ein Schluck!« drängte der König, und wieder trank Anastasia, ohne ihm zu widersprechen.

Dann nahm auch er einen Schluck und setzte die Flasche auf die Holzkiste.

»Das beste ist, du legst dich etwas hin, Anastasia«, schlug er vor.

Sie streifte die Kapuze ab und öffnete die Schließe des Umhangs.

Sie würde sich damit zudecken, wenn sie auf dem Strohbett lag.

Der König ließ sich auf einem der Holzblöcke nieder, den Rücken Anastasia zugewandt. Er schien ins Leere zu starren.

Anastasia stand da und blickte unentschlossen auf ihn nieder.

Plötzlich sagte er leise:

»Du hattest recht. Ich habe alles falsch gemacht!«

In seiner Stimme lag eine solche Qual, daß Anastasia unwillkürlich zu ihm eilte.

Impulsiv und ohne nachzudenken, legte sie ihm eine Hand auf die Schulter.

»Es wird alles gut werden«, tröstete sie ihn. »Ich bin mir dessen ganz sicher!«

Er wandte sich zu ihr um. Wie ein schutzsuchendes Kind legte er seinen Kopf an ihre Brust.

»Wie konnte ich nur so ein Narr sein!« stieß er hervor, und ein Beben lief durch seine Gestalt.

»Sie werden es schaffen«, sagte Anastasia voller Zuversicht.

»Ich weiß es bestimmt, Sie werden der Sieger sein!«

Er antwortete nicht, aber sie fühlte, wie er sich fester an sie preßte.

Ihre Arme umschlangen ihn, und dabei hatte sie die Empfindung, ihren Sohn, nicht ihren Ehemann zu halten.

Sie verspürte den Wunch, ihn zu trösten, im beizustehen.

Sie wollte ihn aus seiner Verzweiflung, aus seiner Niedergeschlagenheit befreien, ihn aufrichten und ihm Mut geben.

Aber da es schwer für sie war, die richtigen Worte zu

finden, konnte sie ihn nur mit aller Kraft an sich pressen und zu Gott um Kraft und Stärke für ihn bitten.

VII

Der König schwieg, und nach einer Weile sagte Anastasia sanft:

»Ich glaube, Sie sollten sich ausruhen. Es wird morgen viel für Sie zu tun geben.«

Bei diesen Worten überfiel sie ein Frösteln. Der König hob den Kopf.

»Du hast deinen Umhang abgelegt«, sagte er fast ein wenig vorwurfsvoll. »Leg dich nieder, Anastasia. Ich werde dich damit zudecken.«

»Aber Sie müssen sich ebenfalls hinlegen.«

Einen Moment lang hatte sie das Gefühl, er würde auf ihre Bitte nicht eingehen.

Doch als sie sich auf der Decke ausgestreckt hatte, die Capitan Aznar über dem Stroh ausgebreitet hatte, beugte sich der König nieder und deckte sie mit dem schweren Kavallerieumhang zu.

Dann legte er sich zu ihr, wobei er den eigenen Umhang über sich und Anastasia ausbreitete.

Einen Moment lang lagen sie schweigend nebeneinander. Ein leichter Luftzug bewegte die Kerzenflamme in der Laterne und warf bizarre Schatten gegen die gewölbte Höhlendecke.

»Es wird im Laufe der Nacht noch kälter werden«, sagte der König schließlich. »Darf ich dir vorschlagen, daß du etwas näher zu mir kommst, Anastasia. Wir werden uns vor der Kälte nur schützen können, wenn wir fest beieinanderliegen.«

Als spüre er ihr Zögern, fügte er hinzu:

»Ich bin sicher, die Offiziere in der großen Höhle liegen

dicht bei ihren Pferden. Man hat uns das im Manöver beigebracht. Die Nächte in den Bergen können bitter kalt werden.«

Ein wenig befangen rückte Anastasia näher.

Er legte den Arm um sie, und sie bettete ihr Gesicht an seiner Schulter. Doch im selben Augenblick stieß sie einen leisen Schmerzenslaut aus.

»Was hast du?« fragte er.

»Ich habe mir an Ihren Orden die Wange verletzt.«

»Ich werde sie abnehmen und vernichten«, sagte er. »Ich habe sowieso kein Recht, sie zu tragen.«

Er sprach mit solcher Heftigkeit, daß Anastasia erschrak.

»So dürfen Sie nicht denken«, sagte sie. »Die meisten der Orden sind sicher mauronische Auszeichnungen – und Sie können stolz darauf sein.«

Der König hüllte sich in Schweigen. Nach einer kurzen Pause sagte Anastasia:

»Was immer auch geschehen mag, Sie dürfen sich nicht entmutigen lassen.«

»Weshalb nicht?« fragte er mit harter Stimme. »Ich kann dir versichern, daß ich mich nicht nur entmutigt, sondern auch gedemütigt fühle.«

»Aber das ist nicht richtig«, sagte Anastasia. »Ihr Volk wird Sie verstehen. Jeder Mensch macht Fehler. Aber nun ist die Stunde der Gefahr da, und nun verlangen die Menschen von ihrem König Stärke und Entschlossenheit. Sie brauchen jetzt jemanden, dem sie folgen, jemanden, an den sie glauben können.«

Als der König wieder schwieg, fuhr Anastasia fort:

»Auch ein Starker darf Wunden und Narben an sich tragen. Sie schwächen ihn nicht. Im Gegenteil, sie machen ihn noch stärker und größer. Er stirbt nur der an seinen Verletzungen, der schwach ist und nichts anderes mehr kennt, als darüber in Klagen auszubrechen.«

»Ich habe dem Kaiser vertraut«, murmelte der König vor sich hin.

»Und nun haben Sie erkennen müssen, daß er Ihres Vertrauens unwürdig war«, erwiderte Anastasia. »Ich kann sehr gut verstehen, daß es verletzend ist, wenn jemand, dem man voll und ganz vertraute, dieses Vertrauen schmählich mißbraucht. Doch das spielt jetzt keine Rolle mehr. Jetzt, in diesem Augenglick kommt es allein noch auf die Rettung Mauroniens an. Sie müssen alles in Ihrer Kraft Stehende tun, um den treulosen Freund aus Ihrem Land fernzuhalten, und Sie müssen es davor bewahren, von einer fremden Macht unterworfen und geknechtet zu werden.

»Glaubst du, daß ich dazu imstande sein werde?« fragte der König.

»Ja«, antwortete Anastasia bestimmt. »Wie ich Ihnen bei unserer ersten Begegnung sagte: Sie sind genauso, wie ein König sein soll – ein Monarch, dem sein Volk zu folgen wünscht.«

Sie spürte, daß der König tief die Luft einzog.

Vorsichtig barg sie das Gesicht so an seiner Schulter, daß seine Orden sie nicht verletzten.

Der König legte den Arm um sie.

»Glaubst du an mich, Anastasia?« fragte er. »Glaubst du an mich ehrlich und aus deinem ganzen Herzen!«

»Ich glaube an Sie«, antwortete Anastasia mit feierlichem Ernst. Ihre Worte klangen wie eine Schwur.

Nach einer Weile des Schweigens, atmete er tief und sagte:

»Danke, Anastasia! Danke!«

Anastasia rührte sich nicht.

Während sie darauf wartete, daß er weitersprach, spürte sie trotz der beiden Umhänge, die sie bedeckten, ein leichtes Frösteln.

Unwillkürlich rückte sie näher an ihn heran.

Sie spürte ihn, und plötzlich ergriff sie ein Gefühl, das ihr bis zu diesem Moment unbekannt gewesen war.

Es war ein seltsames Gefühl, erregend und aufwühlend, beängstigend und wundervoll zugleich.

Fast unbewußt – mehr dem Drängen ihres Körpers gehorchend als dem ihres Willen – rückte sie dichter an den König heran. So dicht, bis sie ihn mit ihrem ganzen Körper berührte. Sie fühlte, daß er in tiefes, grübelndes Nachdenken versunken war, und da sie ihn aus seiner Schwermut befreien wollte, sagte sie mit betont heiterer Stimme:

»Unsere Geschichte verläuft genau umgekehrt wie in den üblichen Liebesromanen. Dort heißt es stets ›Von der Köhlerkate zum Königsschloß‹. Unsere Geschichte müßte eher heißen ›Vom Himmelbett zum Strohlager‹, nicht wahr?«

»Oder auch: ›Flitterwochen mit Hindernissen!‹.«

»Wenn wir einmal alt sind«, sagte Anastasia, »haben wir wenigstens unseren Enkeln etwas Interessantes zu erzählen.«

»Unsere Enkel«, meinte der König nachdenklich. »Wie viele werden es deiner Meinung nach sein?«

»Vielleicht ein Dutzend«, erwiderte Anastasia. »Wer kann das jetzt schon sagen!«

»Jedenfalls wird ihre Zahl ganz entscheidend von dir abhängen, Anastasia«, sagte der König und lächelte ein wenig. »Bevor wir Enkel haben, müßten wir zunächst einmal Kinder bekommen. Und um die zu haben, müßten wir vorher ein Ehebett miteinander teilen.«

Er fühlte, wie sie sich plötzlich neben ihm verkrampfte und fügte beruhigend hinzu:

»Na gut, das ist jetzt nicht das vordringlichste Problem. Im Augenblick gibt es Wichtigeres zu bedenken. Aber bevor du einschläfst, möchte ich versuchen, dir zu danken.«

»Warten Sie damit, bis alles vorüber ist«, bat Anastasia. »Vielleicht war es ein Fehler, Sergei zu verlassen. Vielleicht wäre es klüger gewesen, den Rebellen auf den Stufen des Palastes entgegenzutreten und sie in die Schranken zu weisen.«

»Das hätte unnötiges Blutvergießen zur Folge gehabt«, entgegnete der König. »Und Mauronien würde ohne seinen Regenten verloren sein.«

»Ja, das sehe ich ein.«

»Ob es allerdings wirklich das beste war, werden wir erst morgen sehen.«

Anastasia öffnete den Mund zu ein paar beruhigenden Worten, doch bevor sie sprechen konnte, sagte der König:

»Versuche nun ein wenig zu schlafen! Es war ein langer Tag für dich – nach einer anstrengenden Hochzeit und einer noch anstrengenderen Seereise. Bei der Abreise aus England hast du bestimmt nicht damit gerechnet, daß eine solche Unruhe und Bedrohung über dein Leben hereinbrechen würde.«

»Was auch immer morgen geschehen wird«, erwiderte Anastasia leise, »ich werde mein ganzes Leben lang glücklich darüber sein, daß ich gekommen bin.«

Sie mußte tief und fest geschlafen haben, und doch war ihr, als habe sie eben erst die Augen geschlossen, als Capitan Aznars Stimme sie aufweckte.

»Der Morgen bricht an, Sire.«

Der König nahm den Arm von Anastasia, setzte sich auf und schlug den Umhang zur Seite.

Dann sprang er auf die Füße und sagte:

»Ich bin fertig zum Aufbruch, sobald es hell genug ist, um den Weg erkennen zu können.«

»Ich würde Ihnen gern einen Vorschlag machen, Sire«, sagte Capitan Aznar.

»Bitte«, erwiderte der König.

»Was ist es?«

»Wir haben miteinander überlegt, Sire, und sind zu der Überzeugung gekommen, daß es klug wäre, wenn Sie die Königin nicht zu den Kasernen mitnehmen würden.«

Er machte eine Pause und fuhr fort:

»Wir sind zwar alle absolut sicher, daß die Armee Ihnen treu ergeben ist und Ihren Befehlen unbedingten Gehorsam leisten wird. Gleichzeitig jedoch ist es offenkundig, daß sich im Land der Geist der Revolution ausgebreitet hat. Es wäre nicht ausgeschlossen, daß auch einige Soldaten und Offiziere davon erfaßt wurden. Es besteht also die Möglichkeit zu gewissen Unruhen, und ...«

Capitan Aznar verstummte und schaute Anastasia an, dann sprach er weiter:

»Jedenfalls glauben wir, daß es sicherer ist, wenn die Königin erst später wieder zu Ihnen stößt.«

»Sie haben recht, Aznar«, antwortete der König. »Es besteht in der Tat kein Grund, daß Ihre Majestät mit zu den Kasernen reitet. Ich werde die Armee in den Alarmzustand versetzen und sie unmittelbar danach über die Küstenstraße nach Sergei führen. Dort werde ich die Ordnung wiederherstellen. Alle Aufständischen und Umstürzler werden gefangengenommen oder des Landes verwiesen.«

Der König sprach mit einer Festigkeit und Autorität, daß Anastasia erstaunt zu ihm aufblickte.

Dies war ein völlig anderer Mann als der, dessen Niedergeschlagenheit und Verzweiflung sie in der vergangenen Nacht erlebt hatte.

Hier stand ein Mann, der entschlossen war, zu führen und für sein Recht und seine Krone zu kämpfen.

Anastasia erhob sich von ihrem Lager und strich den weiten Rock ihres samtenen Reitkostüms glatt.

»Wohin, Sire, soll ich Ihre Majestät bringen?« fragte Capitan Aznar in respektvollem Ton.

Anastasia hörte am Klang seiner Stimme, daß auch er über die Veränderung in König Maximilians Haltung erstaunt und erleichtert war.

»Das Schloß von Huesca liegt nicht weit von den Kasernen entfernt«, antwortete Seine Majestät. »Es ist zwar seit Jahren nicht mehr benutzt worden, aber es wird immer noch vom Dragoner-Regiment meines Vaters bewacht. Wenn es überhaupt noch welche gibt, die der Krone die Treue halten, dann sind es diese Männer.«

»Sie haben völlig recht, Sire«, sagte Capitan Aznar. »Die Dragoner würden für das Königshaus von Mauronien in den Tod gehen. Ihre Majestät wird im Schloß von Huesca in Sicherheit sein.«

»Gut, bringen Sie ihre Majestät also nach Huesca«, sagte der König. »Und warten sie dort auf mich. Ich hoffe, die Königin wird meine Gesellschaft nicht allzu lange entbehren müssen.«

Anastasia nahm sich zusammen, um den Schrei zu unterdrücken, der bei diesen Worten aus ihrer Kehle hervorbrechen wollte.

Sie wollte bei ihm bleiben. Ihre eigene Sicherheit interessierte sie nicht.

Sie wünschte nichts sehnlicher, als an seiner Seite zu sein, falls es ein neues Komplott gegen ihn geben sollte oder ihm neuer Verrat und neuer Treuebruch drohte.

Doch dann sah sie ein, daß sie nur eine Behinderung für ihn sein würde. Er hatte die Aufgabe eines Mannes zu erfüllen, und dabei war kein Platz für eine schwache Frau.

Der König ergriff seinen Kavallerieumhang und warf ihn sich über die breiten Schultern. Er nahm seinen Hut von der Kiste, auf der er ihn abgelegt hatte, und wandte sich an Anastasia.

Im Licht der flackernden Kerzen, die fast niedergebrannt waren, schaute er sie an.

Sie hatte den weißen Chiffonschal noch nicht wieder über den Kopf gelegt, und das schwere blonde Haar umrahmte das blasse kleine Gesicht.

In ihren großen blauen Augen lag ein Ausdruck von Sorge und Abschiedsschmerz.

»Gib gut auf dich acht, meine wundervolle kleine Frau«, sagte er. »Ich werde an dich denken, wo ich auch immer bin. Und ich werde so handeln, daß du stolz auf mich sein kannst.«

Impulsiv streckte Anastasia die Arme nach ihm aus.

»Sie werden kein unnötiges Risiko auf sich nehmen, nicht wahr?« bat sie mit erstickter Stimme.

»Ich werde vor der Gefahr nicht weichen«, antwortete er,

»aber ich werde alles tun, um wieder zu dir zurückzukehren.«

Er lächelte sie an, und sie fand dieses Lächeln anziehend und unwiderstehlich.

»Ich habe ja den Kampf, soweit er dich betrifft, noch nicht beendet«, sagte er sanft.

Sie blickte in seine Augen und war sehr still. Einen Moment lang glaubte sie, er werde sie zum Abschied küssen.

Aber er neigte den Kopf und hob ihre Hände an die Lippen.

Sein Mund berührte ihre beiden Handrücken, bevor er ihre Handflächen nach oben drehte und die Innenseite küßte.

Seine Lippen waren warm und fest und fordernd. Und bei ihrer Berührung fühlte Anastasia die gleiche Erregung wie in der Nacht zuvor, als sie dicht nebeneinander auf dem Strohbett gelegen hatten. Es war, als ob ein Blitz ihren Körper durchzuckte und ihn in einen Zustand höchster Verzückung versetzte.

Aber diesmal war das Gefühl viel stärker und intensiver als am Abend zuvor. Ihr Herz schlug bis in den Hals, und es war ihr nicht möglich, auch nur ein Wort hervorzubringen.

Dann, plötzlich, ließ der König sie los und wandte sich ohne ein weiteres Wort ab, um die Höhle zu verlassen.

Anastasia folgte ihm wie in Trance, während sie den Druck seiner Lippen immer noch auf ihrer Haut spürte.

Das Pferd des Königs stand gesattelt vor dem Eingang. Die drei Offiziere waren bereits aufgesessen und warteten auf ihn.

Capitan Aznar stand neben dem Rapphengst und hielt dessen Zügel.

Der König trat zu ihm, nahm die Zügel und schwang sich in den Sattel.

»Passen Sie gut auf Ihre Majestät auf, Aznar«, sagte er. »Ich vertraue Ihnen etwas sehr Kostbares an.«

»Ich bin mir dessen bewußt, Sire«, erwiderte Capitan Aznar.

Der König wandte den Kopf und sah Anastasia an.

Im schwachen Grau der Dämmerung wirkte er vor dem dunklen Hintergrund des Berges wie ein Wesen aus einer anderen Welt.

Und Anastasia mochte ihm wie eine schöne Fee erscheinen, die das Ende des Winters ankündigte und die Verheißung von Sonne, Frühling und Leben brachte.

Einen Moment lang verharrte der König. Er schien sich nicht von ihrem Anblick losreißen zu können. Dann ging eine ruckartige Bewegung durch seine hohe Gestalt. Er gab seinem Pferd die Sporen und folgte den drei Offizieren, die bereits angeritten waren.

Anastasia hatte die Hände ineinander verkrampft. Reglos stand sie da und blickte hinter dem davonsprengenden König her.

Eine jähe Angst hatte sie ergriffen. Die Angst, der König könne für immer aus ihrem Leben davonreiten. Ein Zittern überlief ihren schlanken Körper. Und als sie sah, wie die Gestalt des Königs von den grauen Morgennebeln verschluckt wurde, fiel es ihr wie Schuppen von den Augen. Sie wußte es nun, wußte mit überdeutlicher Klarheit, daß sie ihn liebte.

Erst eine volle halbe Stunde nach dem Aufbruch des Königs und seiner drei Offiziere, verließ Capitan Aznar mit Anastasia die Höhle.

Sie ritten über die Paßhöhe und begannen auf der anderen Seite den Abstieg.

Die Dämmerung war inzwischen dem Morgen gewichen, und die Berggipfel lagen bereits im strahlenden Sonnenschein. Aus dem Tal unter ihnen stiegen die letzten Nebelschwaden, während die Helligkeit des jungen Tages bei jedem Hufschritt tiefer und tiefer wanderte.

Während Anastasia in der Höhle auf den Weiterritt

gewartet hatte, war sie mit ihren Gedanken beim König gewesen.

Die Erkenntnis, daß sie ihn liebte, war wie eine alles überrollende Woge über sie gekommen. Diese Woge hatte endlich alle Ungewißheit in ihr hinweggespült.

Und nun war sie sich auch darüber im klaren, daß sie ihn nicht erst seit wenigen Minuten liebte.

Ich muß ihn geliebt haben, dachte sie, vom ersten Augenblick an, da ich ihn gesehen habe.

Er war so verschieden gewesen von dem Bild, das sie sich von ihm gemacht hatte.

Sein Gesicht hatte sie so fasziniert und verzaubert, daß sie gleich bei ihrer ersten Begegnung damit herausgeplatzt war.

Ja, sie hatte ihn sofort geliebt. Beim ersten Sehen. Und diese Liebe war, obwohl Anastasia es nicht gemerkt hatte, gewachsen, in jeder Sekunde, in der sie mit ihm zusammen gewesen war.

Anastasia hatte noch nie zuvor geliebt.

Wie also hätte sie wissen können, daß sie in jenen Augenblicken, die ihr die Luft abgeschnürt hatten, die sie bis in die Haarwurzeln erröten ließen oder ihr Herz zum Rasen brachten... daß sie in diesen Augenblicken die Liebe gespürt hatte.

Nun gab es keinen Zweifel mehr für sie: Sie liebte ihn, und sie hatte ihn schon in der Hochzeitsnacht geliebt, als sie ihn bat, nicht mit ihr zu schlafen, obwohl das seine Absicht gewesen war.

Ob die Dinge anders gelaufen wären, fragte sie sich, wenn sie ihn hätte gewähren lassen. Wenn sie es zugelassen hätte, daß er sich wie jeder Bräutigam verhielt, anstatt neben ihr liegen zu müssen, ohne sie zu berühren und ohne sie zu küssen.

Ein Schauder lief über ihren Rücken, als sie an den Druck seiner Lippen dachte, und sie wußte nun, daß sie vorhin sich nichts sehnlicher gewünscht hatte, als seinen Mund beim Abschied auf dem ihren zu spüren.

Jähe Panik überflutete sie bei dem Gedanken, daß sie ihn nie mehr wiedersehen würde.

Was war, wenn die Aufständischen ihn töten würden?

Was war, wenn die Armee ihm den Gehorsam verweigerte, ihn gefangennahm und den Franzosen übergab?

Anastasia begann zu zittern. Angstschweiß trat auf ihre Stirn, und die Innenseite ihrer Hände wurde feucht.

Gewaltsam rief sie sich zur Ordnung.

Sie durfte jetzt auf keinen Fall die Nerven verlieren.

Außerdem bestand in diesem Augenblick noch kein Grund, daß sie so schwarz sah.

Sie quälte sich sehr wahrscheinlich ganz unnötig, und wenn sie auf die Stimme in ihrem Innern hörte, dann wußte sie deutlich, daß der König sich durchsetzen und die Franzosen aus dem Land treiben würde.

Anastasia hatte ihn von Anfang an bewundert. Aber die Bewunderung, die sie seit dem heutigen Morgen für ihn empfand, als er mit solcher Autorität und Entschlossenheit von seiner Aufgabe sprach, war von ganz anderer Art gewesen.

Jetzt endlich, so sagte sie sich voller Zuversicht, hatte er seine Verantwortung als König dieses Landes erkannt.

Von jetzt an würde er nicht mehr nach rechts oder links blicken. Er würde weder um die Freundschaft der Franzosen buhlen noch auf den Rat der Politiker und Diplomaten warten.

Er wurde nur noch sich selbst fragen und sich auch selbst die Antwort geben.

Er würde seine Entscheidungen selbst treffen, ohne fremde Hilfe – und er würde siegen, wie er es sich vorgenommen hatte.

Capitan Aznar unterbrach ihre Gedankengänge.

»Wir können aufbrechen, Ma'am«, sagte er.

Anastasia blickte verwirrt, dann zog sie den weißen Schal über den Kopf und erlaubte dem Capitan, ihr in den Sattel zu helfen.

Die Luft war noch kalt und rauh, aber es bestand keine Notwendigkeit, den Kavalleriemantel umzulegen. Capitan Aznar nahm ihn und legte ihn quer über seinen Sattel.

»Eigentlich sollte ich ihn in der Höhle zurücklassen, Ma'am«, meinte er mit einem Lächeln.

»Vielleicht könnte er einem verirrten Bergsteiger einmal gute Dienste tun.«

»Nehmen Sie ihn lieber mit, Capitan«, sagte Anastasia. »Wir könnten ihn selbst noch notwendig brauchen.«

Sie dachte daran, daß die Umstürzler zu stark für die Armee sein könnten und der König gezwungen war, vor ihnen zu fliehen. In dem Fall würden sie froh sein, ein zweitesmal in der Höhle Schutz zu finden.

»Sie sollten sich keine Sorgen machen, Ma'am«, sagte Capitan Aznar, als habe er ihre Gedanken erraten. »Bis zum heutigen Morgen habe ich nicht gewußt, wie energisch und entschlossen Seine Majestät sein kann.«

»Er war so, wie Sie es sich immer gewünscht haben, nicht wahr?« fragte Anastasia

»Genauso, Ma'am. Endlich gab er sich so, wie viele von uns es sich schon immer erhofft haben. Und auch das Volk wartet seit langem darauf, daß sein König eine klare Position bezieht und mit Entschiedenheit dafür eintritt.«

»Ihre Furcht vor den Franzosen ist also nicht mehr so groß wie vorher?«

»Ich denke, unsere Entschlossenheit und die Tatsache, daß wir uns auf den Schutz Englands verlassen können, werden den Kaiser zur Besinnung bringen. Jedenfalls wird er sich nun zweimal überlegen, ob er es wagen kann, Mauronien offen anzugreifen.«

»Ich verstehe«, erwiderte Anastasia. »Das war ja auch das Raffinierte an der geplanten Verschwörung. Wäre sie gelungen, hätte der König selbst die Franzosen um Hilfe bitten müssen. England wäre dann dazu verdammt gewesen, ihrem Einmarsch in Mauronien tatenlos zuzusehen.«

»Ja, so wäre es gekommen, Ma'am«, stimmte Capitan

Aznar zu. »Aber nun liegen die Dinge natürlich völlig anders.«

Er machte eine Pause, dann fügte er mit einem Anflug von Spott hinzu:

»Der Kaiser hält sich für einen zweiten Bonaparte. Aber er ist nichts dergleichen. Ich bin fest überzeugt, früher oder später wird Frankreich in Preußen seinen Meister finden.«

Erstaunt sah Anastasia ihn an.

»Preußen?«

»Ja. Preußens politische Ambitionen sind maßlos, und Paris war immer schon ein Happen, auf den die Preußen mächtig Appetit verspürten.«

Inzwischen hatten sie die Paßhöhe erreicht. Von hier aus war deutlich zu sehen, daß die Wege, die nach unten führten, kaum mehr waren als schmale Trampelpfade, die für gewöhnlich nur von Schafen und Bergziegen benutzt wurden.

Für Pferde und Reiter war äußerste Vorsicht geboten, denn es bedurfte nur eines winzigen Fehltritts, und der Sturz in schwindelnde Tiefen war nicht mehr aufzuhalten.

Anastasia spähte hinunter ins Tal. Sie hoffte, irgendwo zwischen den Felsen den König mit seinen drei Begleitern zu sehen.

Doch die westliche Seite der Pyrenäen ist viel zerklüfteter und wilder als deren sanft zum Mittelmeer abfallendes östliches Gegenstück. Eine Sicht auf weite Distanz war deshalb nur möglich, wenn man dem Talboden ziemlich nahegekommen war.

Die Sonne ging auf, und fast schlagartig wich die Kühle. Es wurde warm.

In der vergangenen Nacht war Anastasia froh gewesen, das samtene Reitkostüm angelegt zu haben. Aber nachdem sie nun eine Stunde geritten waren, bedauerte sie es, nicht eines der eleganten Sommerkleider aus weißem Pikée oder dünner Seide zu tragen, die bei den Pariser Damen Mode waren, wenn sie in den Bois de Boulogne ritten.

Schließlich hatten sie den gefährlichen Abstieg hinter sich gebracht und das Tal erreicht.

Überrascht stellte Anastasia fest, daß dieses Gelände sich von der Landschaft rings um Sergei deutlich unterschied.

Auch hier gab es Weinberge und Olivenhaine. Aber die Vegetation war tropischer, verschwenderischer und üppiger.

Es wuchsen Palmen und große Kaktusgebilde. Die wilden Blumen schienen größer und wirkten farbiger und exotischer. Und die leuchtend bunten Schmetterlinge waren ein Entzücken für das Auge.

Bald ritten sie an Orangenbäumen vorüber, deren Äste sich unter der Last der reifen Früchte bogen.

Anastasia hätte gern angehalten, um eine davon zu pflükken, doch sie wußte, daß Capitan Aznar keine Ruhe hatte, bis sie das Schloß erreicht haben würden.

Ganz unerwartet tauchte es mit einem Mal vor ihnen auf. Majestätisch und beherrschend erhob es sich über dem fruchtbaren Tal, und Anastasia sah bewundernd, wie schön es war.

Von Capitan Aznar wußte sie bereits, daß es wie die Alhambra in Granada von den Mauren erbaut worden war, die diesen Teil des Landes erobert und lange Zeit bewohnt hatten. Die Architektur, die sie hinterlassen hatten, gab ein dauerhaftes Zeugnis von der Größe und dem Reichtum der arabischen Kultur.

Anastasia dachte an die Geschichten aus »Tausend und eine Nacht«, als sie die zahlreichen weißen Kuppeln und Spitztürme sah, die sich spielerisch vor dem blauen Himmel abhoben.

Huesca.

Umgeben von dunkelgrünen, kegelförmigen Zypressen, erhielt das Schloß ein geheimnisvolles Aussehen, je näher Anastasia ihm kam.

Die Straße, die zu dem äußeren Schloßtor hinaufführte, befand sich, wie Anastasia feststellte, in einem sehr reparaturbedüftigen Zustand. Beim Näherkommen bemerkte sie zwei Wachen, die nachlässig an dem schmiedeeisernen Tor mit der riesigen Krone in der Mitte lehnten und sich unbekümmert miteinander unterhielten.

Als sie bemerkten, daß einer der beiden sich nähernden Reiter eine Offiziersuniform trug, sahen sie Anastasia und Capitan Aznar zunächst verblüfft entgegen. Dann jedoch nahmen sie erschreckt Haltung an.

Capitan Aznar zügelte sein Pferd und schaute die beiden in einer Weise an, die sie erblassen ließ.

»Ich bin Capitan Aznar von der Kavallerie Seiner Majestät«, sagte er scharf. »Wo ist der Offizier vom Dienst?«

»Er ist im Schloß, Capitan«, antwortete einer der Soldaten.

«Öffnet das Tor!« befahl Capitan Aznar.

Die beiden Wachen beeilten sich, dem Befehl nachzukommen, und Anastasia und der Capitan ritten hindurch.

Nun erst sah Anastasia, daß der Garten eine Orgie von Farben war. Er wirkte allerdings sehr verwildert.

Von den Mauern rankten purpurrote Bougainvillea. Die zahlreichen Brunnen waren versiegt und die Blumenbeete von Unkraut überwuchert.

Das Schloß, das mit seinen Arkaden aus weißem Marmor, seinem Gitterwerk und seinen Hufeisenbogen durch das Blattwerk der Bäume schimmerte, hatte trotz seiner Schönheit etwas Gespenstisches.

Dieser Eindruck wurde durch die Stille und Menschenleere, die rings umher herrschte, noch verstärkt.

Ein Dornröschenschloß, dachte Anastasia. Das Schloß einer verzauberten Prinzessin, die seit vielen Jahren darauf wartete, aus ihrem Schlaf erweckt zu werden.

Sie hielten vor dem Portal an. Anastasia wandte den Kopf und blickte über den Garten ins Tal hinunter.

Die Lage des Schlosses war großartig, und der Blick von hier oben hatte etwas Atemberaubendes.

In der Ferne sah sie in dunstiger Bläue das Meer, und sie fragte sich besorgt, ob der König wohl schon die Küstenstraße erreicht hatte und an der Spitze seines Heeres auf Sergei zuritt.

Ein Zittern überlief sie, während ihre Lippen ein stummes Gebet formten und ihr Herz auf geheimnisvolle Weise von der Gewißheit erfüllt wurde, daß ihr Gebet ihn beschützen werde.

Capitan Aznar war abgestiegen und läutete die Hausglocke.

Wenige Sekunden später wurde die Tür geöffnet, und auf der Schwelle erschien ein alter Diener in einer fadenscheinigen Livrée, die schon vor langer Zeit durch eine neue hätte ersetzt werden müssen.

»Wem untersteht die Verwaltung des Schlosses?« fragte Capitan Aznar.

»Wir sind nur noch wenige hier«, antwortete der Diener mit zittriger Greisenstimme. »Aber ich werde den Majordomus holen.«

»Tun Sie das!« befahl Capitan Aznar. »Und holen Sie außerdem den Offizier vom Dienst!«

Bei diesen Worten trat ein Mann in Uniform aus einem Raum, der sich gleich neben dem Haupteingang befand.

»Was soll das alles?« fragte er barsch. »Wer sind Sie, und was wünschen Sie hier?«

»Ich bin Capitan Aznar von der Königlichen Kavallerie. Ich begleite Ihre Majestät, die Königin.«

Einen Augenblick lang schien der Mann vor Entsetzen wie gelähmt. Wäre die Sorge um den König nicht gewesen, hätte Anastasia ein Lächeln nicht unterdrücken können.

Er stand da wie erstarrt, mit aufgerissenen Augen, den Mund geöffnet, als versage ihm der Unterkiefer den Dienst.

»Wir hatten ja keine Ahnung ... wir wußten ... Sie kommen ganz unerwartet, Ma'am ...« stammelte er schließlich.

»Ich weiß«, erwiderte Anastasia. »Capitan Aznar wird Sie von den Geschehnissen in Sergei in Kenntnis setzen. Wir werden bis zur Ankunft Seiner Majestät auf Huesca bleiben.«

»Seine Majestät?« stieß der Offizier keuchend hervor.

»Ja, ja... selbstverständlich«, fügte er dann zusammenhanglos hinzu. Er verneigte sich und schritt vor Anastasia her durch den Türbogen.

Mit einem Lächeln folgte ihm Anastasia.

Nie hätte sie es für möglich gehalten, daß ein Bauwerk so bezaubernd sein könnte.

Nach maurischer Art war der Palast in zahlreiche Innenhöfe aufgeteilt.

Da gab es den Hof der Myrten. Zierliche Orangenbäume spiegelten sich im grünen Wasser eines marmorgefaßten Teiches. Und Anastasia glaubte sich in die Welt von »Tausend und eine Nacht« versetzt.

Der Hof der Delphine war so zauberhaft, daß es ihr vorkam, als müsse die Gestat der Prinzessin Scheherazade im nächsten Moment zwischen den schlanken weißen Säulen erscheinen.

Voller Entzücken betrachtete Anastasia die schattigen Arkadengänge, die kunstvoll geschwungenen Hufeisenbögen, die versteckten Pavillons mit ihren hohen schlanken Marmorsäulen, die zahlreichen Springbrunnen, die steinernen Skulpturen und die weißen filigranartig durchbrochenen Wände.

Wie konnte jamand einen Palast, der nur die Nachbildung von Versailles war, einem Gebilde von solch märchenhafter Schönheit vorziehen, fragte sie sich verständnislos.

Sie trat an eines der Fenster und schaute hinaus in den Garten, in dem Zypressen, Myrtenbäume, Oleander und alle Arten von duftenden und blühenden Sträuchern wuchsen.

Da war das Weiß, Rosa und Rot blühender Geranien. Da waren Nelken und Rosen in allen Farben des Regenbogens. Da schimmerten weiße Statuen und spiegelnde Wasserflächen zwischen Blumen und Buschwerk hindurch. Und all diese unvorstellbare und nie zuvor erahnte Pracht versetzte Anastasia in einen wahren Rausch des Entzückens.

»Niemand kann an diesem Ort leben, ohne den Wunsch zu verspüren, schön zu sein«, flüsterte sie. »Niemand kann diese Schönheit anschauen, ohne bis in seine innersten Gedanken davon erfüllt zu sein.«

Sie ging den Weg zurück, den sie gekommen war, und fand Capitan Aznar, der einem völlig verwirrten Hausgesinde seine Anordnungen gab.

Zum großen Teil waren es ältere Männer und Frauen, die ihr ganzes Leben in dem Palast verbracht hatten und einem König dienten, den sie selten gesehen und von dem sie nur wenig gehört hatten.

»Nehmen Sie das ganze Schloß wieder in Betrieb?« fragte Anastasia.

»Würde das Ihren Wünschen entgegenkommen, Ma'am?« erkundigte sich Capitan Aznar.

»Ja, richten wir es wieder her«, erwiderte Anastasia begeistert. »Tun wir alles, damit es wieder in seinem alten Glanz erstrahlt!«

Sie blickte auf die betagte Dienerschaft und sagte ruhig:

»Sie müssen einige jüngere Leute kommen lassen, die Ihnen helfen. In den Dörfern wird es bestimmt zahlreiche Mädchen und junge Männer geben, die mit Freuden bereit sind, auf dem Schloß zu arbeiten. Bitte, hören Sie sich doch einmal um. Dann machen wir Huesca zu einem Ort, an dem Seine Majestät glücklich sein wird.«

Sie wußte, daß ihre Worte die Phantasie und Vorstellungskraft der Dienerschaft angeregt hatten, denn als Capitan Aznar die Leute entließ, hörte man ihr aufgeregtes Geplapper, während sie begannen, die Fensterläden zu öffnen, die Staubdecken von den Möbeln abzuziehen und den Raum der Königin in Ordnung zu bringen.

Als Anastasia das Zimmer einige Zeit später betrat, stellte sie fest, daß ihr Gemach im Palast zu Sergei damit nicht konkurrieren konnte. Hier gab es keinen Baldachin, der ein mit Schnitzwerk und schweren Samtvorhängen überladenes Bett überspannte.

Das niedrige Kopfteil der breiten, diwanartigen Ruhestatt hatte die Form einer Muschel und schimmerte perlmuttern, als sei sie eben erst aus der Tiefe des Meeres heraufgeholt worden.

Die Einrichtung des Zimmers mit seinen kunstvoll durchbrochenen Marmorwänden und der hohen gewölbten Decke griff das Meeresmotiv auf. Schränke und Tische waren mit Perlmutteinlegearbeiten versehen. In Alabaster geschnitzte Meerjungfrauen und Delphine füllten kleine Mauernischen. Und die hauchzarten, lachsfarbenen Vorhänge waren mit zarten Algenmustern durchwoben und mit Silberlitzen besetzt.

»All das ist so einmalig schön«, sagte Anastasia zu Capitan Aznar.

»Ein Palast wie aus einem Traum!«

»Und der Traum ist Wirklichkeit geworden, seit Sie den Palast betreten haben, Ma'am«, gab er zur Antwort.

»Glauben Sie, daß die Leute in diesem Teil des Landes ebenfalls so denken werden?« fragte sie.

»Ich bin sogar sicher, daß sie es tun werden«, erwiderte er.

Wird auch der König so denken, fragte sich Anastasia im stillen.

Wird auch er der Meinung sein, ich sei wie ein Traum?

Wie ein Traum, der in Erfüllung gegangen ist?

Sie wußte es nicht.

Aber sie würde es wissen, sobald sie ihm nach seiner Rückkehr in die Augen schaute.

Dann würde sie wissen, was er wirklich von ihr hielt.

Sie erinnerte sich daran, wie schwer es ihr bisweilen gefallen war, seinem Blick standzuhalten. Wie der Ausdruck seiner Augen ihr das Blut in die Wangen getrieben hatte. Wie sie sich unter seinen oft spöttischen Blicken jung und unreif vorgekommen war.

Es gab noch vieles, was sie lernen mußte, vieles, was ihr noch unverständlich war. Aber das, so fühlte sie, würde sie erst begreifen und erfassen, wenn es dazu kam, daß der König sie liebte.

»Gib, daß er mich liebt, Gott!« flüstete sie. »Bitte, gib in deiner unermeßlichen Güte, daß er mich liebt!«

Von draußen drangen mit dem warmen hellen Schein der Sonne der Duft der Blüten und der Gesang der Vögel ins Zimmer.

Und Anastasia dachte, daß all dies wie eine Verheißung war – wie die Zeichen der Hoffnung und der Erfüllung.

Es waren einige Stunden vergangen, als Anastasia gemeldet wurde, daß sich vor dem Tor eine Menschenmenge versammelt habe und die Wachen verstärkt worden seien.

Doch die herbeigeeilten Dorfbewohner machten keine Schwierigkeiten. Sie standen da und schauten zum Schloß herüber, als wollten sie sich mit eigenen Augen davon überzeugen, daß die Kunde von der Ankunft der Königin auch kein leeres Gerücht sei.

Von ihrem Fenster aus konnte Anastasia sehen, daß viele von ihnen kleine Blumensträuße in den Händen hielten.

»Ich werde zu den Leuten hinausgehen!« sagte Anastasia zu Capitan Aznar.

Sie bemerkte einen Ausdruck des Erstaunens in seinen Augen, doch er widersprach ihr nicht, sondern begleitete sie schweigend, als sie in den Sonnenschein hinaustrat und die Stufen des Palastes hinunterstieg.

Es war warm, und sie hatte das Samtjackett abgelegt. Sie trug jetzt nur noch den weiten Samtrock des Reitkostüms und die weiße, von Seidenstreifen unterbrochene Musselinbluse.

Sie hatte auch keinen Hut aufgesetzt, und gegen die Sonne schützte sie lediglich ein weißer zierlicher Sonnenschirm, den sie in einem der Schirmständer gefunden hatte.

Dieser Schirm war an den Rändern schon stark vergilbt und mochte einmal der Mutter des Königs oder einer ihrer Hofdamen gehört haben.

Anastasia schritt auf das Tor zu. Als sie näherkam, salutierten die Wachen.

»Bitte, öffnen sie mir das Tor«, sagte Anastasia.

»Sie wünschen nach draußen zu gehen?« fragte Capitan Aznar ein wenig fassungslos.

»Ich habe den Wunsch, mich mit meinen Besuchern zu unterhalten«, antwortete Anastasia lächelnd.

Sie sah, daß diese Menschen Bauern waren. Die meisten von ihnen trugen Landestracht. Viele der Frauen hielten ein Kind an der Hand oder auf dem Arm.

Allem Anschein nach waren sie arm, aber die dunklen Augen, das schwarze Haar und die samtene olivfarbene Haut, die der Glanz der Sonne vergoldete, ließ sie ungewöhnlich anziehend erscheinen.

Als Anastasia näherkam, merkten sie, wer sie war und begrüßten sie mit einigen zaghaften Hochrufen.

Dann wurde das Tor geöffnet, und Anastasia schritt hindurch.

Die Menge wich zurück und teilte sich, um der Königin Platz zu machen.

Niemand kam auf den Gedanken, die Königin könne die Absicht haben, mit ihren vor dem Tor des Palastes versammelten Untertanen zu reden.

Als Anastasia den Schritt verhielt, um sich einer alten Frau zuzuwenden, als sie danach eine junge Mutter nach dem Alter ihres Babys fragte und sich bei einem Mann nach seiner Arbeit erkundigte, erschien auf den Gesichtern der Leute der Ausdruck äußerster Fassungslosigkeit.

Doch Anastasia ließ sich nicht beirren. Lächelnd ging sie von einem zum anderen. Mit jedem sprach sie in seiner Muttersprache, und langsam wandelte sich die Fassungslosigkeit der Menschen in dankbare, überquellende Begeisterung und Zuneigung. Alle drängten sich um ihre Königin. Die Kinder und Frauen streckten ihr die Sträuße entgegen, die sie in Händen hielten.

Schon bald hatte Anastasia die Arme voller Blumen, und

Capitan Aznar mußte ihr zu Hilfe kommen. Sogar einer der Soldaten wurde als Blumenträger gebraucht.

Nachdem fast eine Stunde vergangen war, nahm Anastasia Abschied von den Menschen und wandte sich zum Gehen.

Den Männern, Frauen und Kindern strahlte das Glück aus den Augen, und die jubelnden Hochrufe, die Anastasia folgten, ließen keinen Zweifel darüber, daß die junge Königin die Herzen auch dieser Untertanen im Sturm gewonnen hatte.

Erst lange nachdem Anastasia im Palast verschwunden war, ebbten der Jubel und die Begeisterung ab.

»Was Sie da gemacht haben, Ma'am war einfach großartig«, sagte Capitan Aznar voller Bewunderung. »Noch nie zuvor ist es geschehen, daß eine Königin das Protokoll und die Hofetikette durchbrochen hat, um sich mitten unter das Volk zu begeben!«

»Dann wurde es höchste Zeit, um damit zu beginnen«, erwiderte Anastasia mit fester Stimme. »Und ich verspreche Ihnen, Capitan, daß es nicht das letztemal gewesen ist.«

Dann trat sie ans Fenster und blickte hinunter ins Tal.

»Wie weit sind die Kasernen von hier entfernt?« fragte sie.

»Etwa sechs Meilen, Ma'am.«

»Ist es möglich, daß wir schon etwas von den Ereignissen in der Hauptstadt erfahren können?«

»Gleich nach unserer Ankunft habe ich den Offizier vom Dienst angewiesen, einen der Männer zu Pferd nach Leziga zu schicken«, erwiderte der Capitan. »Er sollte Seiner Majestät die Meldung bringen, daß Sie sicher und wohlbehalten auf Huesca angelangt sind. Außerdem hat er den Befehl, in Leziga zu warten, bis die erste Botschaft von Seiner Majestät dort eintrifft. Er wird uns diese dann umgehend übermitteln.«

»Ich danke Ihnen«, sagte Anastasia. »Es ist schwer, die Nerven zu behalten und sich keine Sorgen zu machen.«

»Ich verstehe Sie. Ma'am, aber ich bin fest überzeugt, alles wird gut werden!«

»Mag sein, Capitan«, entgegnete Anastasia. »Aber ich werde erst dann beruhigt sein, wenn wir wissen, welcher Empfang Seiner Majestät in Sergei zuteil wurde.«

Capitan Aznar gab keine Anwort, und Anastasia spürte, wie die Furcht, die sie den ganzen Tag über mit Erfolg verdrängt hatte, mit einem Mal übermächtig in ihr wurde.

Es war ihr, als schleiche sich die Schlange in dieses Paradies, das sie so unerwartet gefunden hatte.

Sie hatte Angst, verzweifelte Angst, weil sie den König so sehr liebte, und sie wünschte sich nichts sehnlicher als seine Rückkehr zu ihr.

Und sie empfand es wie den Biß der Schlange, als sie daran dachte, daß sie ihn zwar liebte, nicht aber er sie.

Er liebte die Komteß le Granmont.

Und obwohl er nun wußte, daß Yvette le Granmont eine Verräterin war, die seine Liebe und Zuneigung mißbraucht hatte, gab es keine Veranlassung, anzunehmen, daß er seine Gefühle nun so schnell von der Komteß auf sie, Anastasia, übertragen konnte.

Gewiß, sie beide hatten miteinander über die Liebe gesprochen, aber er hatte ihr kein einziges Mal auch nur durch eine Andeutung zu erkennen gegeben, daß er sie liebte.

Wie also, so fragte sie sich, konnte sie sicher sein, daß sie ihm das bedeutete, was sie ihm bedeuten wollte?

Vielleicht zeigte er ihr nur aus politischer Berechnung, aus Gründen der Staatsräson seine Abneigung nicht.

Vielleicht machte er ihr etwas vor, damit sie ihm Kinder zur Welt brachte – den Sohn, den er als Thronerben und Nachfolger so dringend brauchte!

Anastasia litt Qualen bei diesem Gedanken. Sie spürte, wie angesichts dieser Ängste die Schönheit von Huesca zu einem Nichts zusammenschrumpfte. Aber sie vermochte nicht dagegen anzugehen.

Diese Fragen ließen sie nicht mehr los. Und da sie wußte,

daß keine einzige völlig aus der Luft gegriffen war und ihre Skepsis in irgendeiner Form ein Fundament in der Wirklichkeit hatte, konnte sie sich der Wirkung des Giftes nicht entziehen, das sie enthielten.

Ich liebe ihn, ich liebe ihn! dachte sie unglücklich.

Verzweifelt fragte sie sich, ob er sie wohl jemals lieben würde, ob er ihr gegenüber einmal von jenem »Feuer der Liebe« ergriffen würde, von dem er so begeistert gesprochen hatte.

Anastasia ging nach oben, um vor dem Dinner ein Bad zu nehmen.

Der Baderaum war wundervoll. In der Mitte des Raumes befand sich ein großes Marmorbecken. Drei breite Stufen führten hinein. Die Wände waren bis zur Decke mit kostbaren Mosaiken versehen, und auf zierlichen Marmorsockeln standen Vasen und Amphoren aus schimmerndem Alabaster.

Schade, daß sie nur das Reitkostüm dabei hatte. Ihre Kleider wären in dieser traumhaften Umgebung noch vortrefflicher zur Geltung gekommen.

Anastasia spürte ein Gefühl des Bedauerns, tröstete sich jedoch damit, daß Olivia ihr einen Teil der Garderobe bald nachbringen würde.

Unerträglich der Gedanke, der König könne zurückkehren, und sie wäre gezwungen, ihn in ihrem grünen Reitkostüm zu empfangen.

Die alte Wirtschafterin, die Anastasia nach dem Bad beim Ankleiden half, hatte aus dem Dorf ein junges Mädchen mitgebracht, dem sie die ersten Instruktionen gab.

Das Mädchen blickte Anastasia mit dem unverkennbaren Ausdruck höchster Bewunderung in den dunklen Augen an, und Anastasia mußte vor sich selbst zugeben, daß ihr diese Bewunderung guttat.

Anastasia hatte das Luncheon allein zu sich genommen, deshalb bat sie Capitan Aznar, ihr beim Dinner Gesellschaft zu leisten.

»Soll ich auch den Offizier vom Dienst dazu einladen?« fragte sie ihn.

»Es wurde mir gemeldet, daß heute abend routinemäßig eine Wachablösung stattfindet. Ein Senior-Offizier wird mit einer Abteilung von Leziga herüberkommen. Ich glaube, es wäre klüger, wenn Sie mit Ihrer Einladung bis morgen warten.«

Anastasia lächelte.

»Sie denken, es könne zu Eifersüchteleien führen, wenn der jüngere Offizier vor dem älteren zum Dinner geladen würde?«

»Soldaten sind Männer, Ma'am. Ich würde sagen, der Offizier vom Dienst ist heute schon reichlich auf seine Kosten gekommen.«

Anastasia lachte.

Dann verschwand das Lächeln um ihre Mundwinkel.

»Gibt es noch keine Nachricht aus Leziga?« fragte sie besorgt.

»Noch nicht, Ma'am, doch ich rechne jeden Augenblick damit.«

Das Dinner bestand aus einem einfachen Mahl, das Anastasia vorzüglich mundete. Für seine Zubereitung waren nur Erzeugnisse der hiesigen Landwirtschaft verwendet worden.

Besonders die süßen Erbeeren, die es zum Nachtisch gab, fand Anastasia wundervoll.

»Der Koch bedauert es sehr, daß er Ihnen heute abend nichts Besseres vorzusetzen hatte«, sagte Capitan Aznar.

»Würden Sie ihn bitte beruhigen und ihm sagen, daß ich das Mahl aufs höchste genossen habe. Es war das schmackhafteste und bekömmlichste Essen, das ich in der letzten Zeit zu mir genommen habe.« Anastasia lächelte. »Ich werde nicht vergessen, wie endlos und ermüdend das Hochzeitsbankett war. Ich fürchtete, es würde niemals mehr aufhören.«

Capitan Aznar lächelte.

»Die meisten Leute fasten vorher tagelang, wenn sie wissen, daß sie an einem Staatsbankett teilnehmen werden. Es wird bei solchen Anlässen immer maßlos übertrieben.«

Der Kaffee wurde gereicht. Man trank ihn aus henkellosen maurischen Schälchen, die auf zierlichen, mit Korallen und Türkisen besetzten Goldgestellen standen.

»Wie hübsch!« rief Anastasia aus.

»Der verstorbene König hat sehr viele maurische und arabische Kostbarkeiten im Schloß zusammengetragen«, erklärte Capitan Aznar. »Morgen, wenn alle Räume in Ordnung gebracht sind, werden Sie sicher noch sehr viele andere Dinge finden, die Ihr Interesse erwecken.«

»Ja, das glaube ich auch«, antwortete Anastasia.

Dann erstarben ihr die Worte auf den Lippen. Ein Diener betrat den Raum. Er ging auf Capitan Aznar zu, beugte sich zu ihm nieder und flüsterte ihm eine kurze Mitteilung zu.

»Der Offizier ist mit Nachrichten aus Leziga eingetroffen, Ma'am«, sagte der Capitan. »Wünschen Sie ihn zu sehen?«

»Ja, natürlich!«

Es kostete sie eine übermenschliche Anstrengung, ihre Ungeduld zu verbergen, während der Diener den Raum verließ und einige Augenblicke später mit einem jungen Offizier in der Uniform der Dragoner zurückkehrte.

Der Leutnant tat einen Schritt in den Raum, salutierte schwungvoll und blieb dann abwartend stehen.

»Was ist geschehen?« fragte Anastasia impulsiv. »Ist Seine Majestät wohlauf?«

Sie konnte nicht verhindern, daß ihre Stimme gehetzt klang. Die Angst, die aus ihren Worten sprach, war unüberhörbar.

»Seine Majestät traf am frühen Morgen in Leziga ein«, antwortete der Offizier. »Kurze Zeit später waren sämtliche Waffengattungen feldmarschmäßig auf dem Paradeplatz angetreten. Seine Majestät informierte die Leute über die Situation, und kurz danach rückte fast das gesamte Heer gen Sergei aus.«

»Und in welcher Reihenfolge brachen sie auf?« wollte Anastasia wissen.

»Die Kavallerie setzte sich an die Spitze, geführt von Seiner Majestät persönlich. Es folgten schwere und leichte Artillerie, und dahinter marschierte die Fußtruppe.«

»Haben Sie bereits Nachricht von den Geschehnissen in Sergei?« fragte Anastasia.

»Seine Majestät gab mir Anweisung, mich in seiner Nähe zu halten, damit er mich sofort mit den Informationen zurückschicken könne, die Sie, Ma'am, zu erfahren wünschten.«

»Und wie lauten diese Informationen?« Anastasias Stimme bebte. »Nun reden Sie doch schon, Leutnant!«

Der Offizier zog ein gefaltetes und versiegeltes Schreiben aus der Tasche.

»Die Mitteilung Seiner Majestät ist kurz«, sagte er und öffnete das Siegel. Dann begann er zu lesen.

»Es gab vereinzelten Widerstand in der Umgebung der Hauptstadt, der jedoch nach Verlusten auf beiden Seiten verhältnismäßig rasch niedergekämpft werden konnte. Die Aufständischen werden von den Truppen inzwischen umzingelt. In einigen Stadtteilen haben sich Widerstandsnester gebildet, und von vielen Gebäuden leisten Scharfschützen erbitterte Gegenwehr.«

»Ist das alles?« fragte Anastasia enttäuscht.

»Ich wartete, für den Fall, daß es noch eine zweite Botschaft geben sollte«, erwiderte der Offizier. »Doch dann dachte ich mir, Eure Majestät würden sich vielleicht Sorgen machen, und kam so schnell wie möglich hierher.«

»Danke«, sagte Anastasia. »Sie werden sicher hungrig sein und etwas trinken wollen. Capitan Aznar wird sich um Sie kümmern.«

Die beiden Offiziere verließen den Raum, und Anastasia ging in den Hof der Delphine hinaus. Die Nacht war warm und die Luft schwer vom Duft der Blumen.

Die Brunnen rauschten. Wasserfontänen stiegen hoch in

die Luft, fächerten sich auf und fielen mit weichem Plätschern in die kunstvoll geformten Marmorbecken.

Es war eine unsagbare Erleichterung, zu wissen, daß die Revolution niedergeschlagen war. Gleichzeitig war sich Anastasia darüber im klaren, daß der Widerstand sehr leicht wieder aufflackern konnte.

Vielleicht waren die Aufständischen schon dabei, ihre Kämpfer zu reorganisieren. Vielleicht warteten sie auch nur auf den Einbruch der Nacht, um erneut zuzuschlagen.

Abgesehen davon hatte sie gehofft – törichterweise womöglich –, der König werde ihr eine persönliche Botschaft senden. Ein paar Zeilen, die ganz allein für sie bestimmt waren, die ihr verrieten, daß er an sie dachte.

Dann sagte sie sich, daß sie zuviel verlangte.

Außerdem konnte er ja nicht wissen, wie sehnsüchtig sie darauf wartete, etwas von ihm zu hören.

Wie dumm von ihr, daß sie ihm nicht wenigstens beim Abschied klar und deutlich zu verstehen gegeben hatte, daß sie ihn liebte.

Ich hätte es ihm offen sagen müssen, dachte Anastasia, doch dann fiel ihr ein, daß sie es zu diesem Zeitpunkt noch gar nicht richtig gewußt hatte.

Vielleicht hatte er geglaubt, sie stehe ihm noch ganz gleichgültig gegenüber – oder er hatte sie für kalt und frigide gehalten, wie es seiner Meinung nach alle Engländerinnen waren.

War er wirklich entschlossen, nicht nur ihren Körper, sondern auch ihr Herz zu gewinnen, darum zu »kämpfen« – wie er gesagt hatte?

Begehrte er sie wirklich mit demselben eigenartig qualvollen Verlangen, das sie stets erfüllte, wenn sie an ihn dachte?

»Ich sehne mich nach ihm«, flüsterte sie in das Rauschen des Brunnens. »Oh, ich sehne mich so sehr nach ihm!«

Ihr war, als stiegen ihre Hoffnungen wie die Wasserfontänen in den Himmel, um dann erschöpft und kraftlos wieder in die Becken zurückzusinken.

Wie lange sie sich im Hof der Delphine aufhielt, sie wußte es nicht.

Sie hatte kein Gefühl mehr für die Zeit. In ihr war nur noch der Wunsch, sich dem Mann schenken zu dürfen, den sie liebte, ihm auf den Schwingen der Sehnsucht eine Botschaft zuzusenden, die aus ihrem Herzen kam und ihn jetzt in diesem Augenblick erreichte, wo immer er auch sein mochte.

Einmal, während sie zusammen waren, hatte sie geglaubt, er nehme sie in die Arme und ziehe sie an sich, obwohl er sich nicht bewegt und sie nicht berührt hatte.

Nun fühlte sie, daß sie ihn an sich zog.

Ihr ganzes Sein sehnte sich nach ihm, begehrte ihn, schrie nach ihm. Es war unmöglich, daß er das nicht spüren sollte.

Aber plötzlich, wie das häßliche Zischen einer Schlange, war da wieder der Gedanke an die Komteß mit ihrem faszinierend schönen Gesicht, den einladenden Lippen und den lockenden Augen.

Verzweifelt dachte Anastasia, daß der König für sie nie das empfinden konnte, was er für diese so reizvolle, verführerische Frau empfunden hatte.

Sie, Anastasia, hatte dem König klargemacht, daß er ihre Seele umwerben müsse, aber in diesem Augenblick war es nicht ihre Seele, die nach ihm schmachtete. Es war nicht ihre Seele gewesen, die von jenem seltsam erregenden Schauder überlaufen wurde, als er seine Lippen auf ihre Handflächen preßte.

Es war nicht ihre Seele gewesen, die in der kalten Höhle immer näher an ihn herangerückt war, bis ihre Körper sich berührt hatten.

»Ich will, daß er mich liebt, ob Gott!« betete Anastasia. »Ich will, daß er mich liebt! Auch wenn es nicht in der Art jenes wundervollen, alles verzehrenden Feuers ist, von dem er einmal sprach. Ich werde dankbar sein, für alles, was er mir gibt – auch wenn es nicht alles ist!«

Anastasia war es, als steige ihr Gebet auf unsichtbaren Schwingen zum Himmel hinauf, höher und höher, bis weit hinter die Sterne.

Dann ging sie durch das Labyrinth der marmornen Höfe und Gänge, über Treppen mit geschnitzten Geländern und begleitet vom leisen Gesang der Brunnen in ihr einsames Zimmer zurück.

VIII

»Ich bin nun schon fünf Tage hier«, sagte Anastasia halblaut zu sich selbst, während sie am Fenster ihres Schlafzimmers stand und ins Tal schaute.

Tag für Tag stand sie hier in der Hoffnung, auf der schmalen Straße eine Staubwolke aufwallen zu sehen. Eine Staubwolke, die das Nahen des königlichen Heeres ankündigte, die Rückkehr des Königs.

»Wenn er mich morgen nicht holen läßt«, murmelte sie, »werde ich zu ihm reiten, gleichgültig, ob ihm das genehm ist oder nicht!«

Sie konnte die Ungewißheit nicht mehr länger ertragen.

Allabendlich hatte ihr ein Bote von Sergei ein Bulletin überbracht, aber dabei hatte es sich stets nur um knappe militärische Lageberichte gehandelt.

Wie Anastasia befürchtet hatte, war der Widerstand der Rebellen wieder aufgeflackert. Ja mehr noch, sie hatten sich wieder vereinigt, um den Truppen des Königs an mehreren Stellen der Stadt und rings um den Palast blutige Kämpfe zu liefern.

Am dritten Tag nach Anastasias Ankunft auf Schloß Huesca, war ihre Zofe Olivia auf einem Armeewagen und in Begleitung einiger Soldaten eingetroffen.

Olivia hatte mehrere große Reisekoffer, gefüllt mit Kleidern, mitgebracht.

Capitan Aznar führte Olivia in den Raum, in dem sich Anastasia aufhielt.

»Eine Besucherin für Sie, Ma'am«, sagte er mit einem feinen Lächeln. »Wie ich weiß, wird sie Ihnen sehr willkommen sein.«

Anastasia blickte sich um, dann sprang sie auf die Füße.

»Olivia!« rief sie. »Ich habe so auf dein Kommen gewartet.«

»Es war Seine Majestät, der dafür sorgte, daß ich endlich zu Eurer Majestät reisen konnte«, erwiderte Olivia freudestrahlend. »Und ich habe die schönsten Stücke von Eurer Majestät Garderobe mitgebracht.«

»Das höre ich gern, Olivia.«

Die Königin lächelte, dann sagte sie mit ernster Stimme:

»Wie stehen die Dinge in Sergei? Bitte, sprich, Olivia!«

Von Olivia endlich erfuhr sie genaue Einzelheiten über die Ereignisse in der Hauptstadt.

Olivia erzählte, wie der Aufstand begonnen hatte. Plötzlich seien Gewehrschüsse zu hören gewesen. Menschen seien lärmend und schreiend durch die Straßen gerannt und hätten an mehreren Stellen der Stadt Feuer gelegt.

Das waren also die Brandherde gewesen, die Anastasia und der König während des Rittes durch das Gebirge gesehen hatten.

»Zunächst herrschte eine heillose Verwirrung im Palast«, berichtete Olivia. »Niemand wußte, was geschehen war. Dann plötzlich erschienen der Kammerherr und andere Hofleute und wollten den König sprechen. Ich erklärte ihnen, daß Sie beide nach Leziga aufgebrochen seien.«

»Und was sagten sie dazu?« fragte Anastasia.

»Sie waren überrascht, Eure Majestät. Man könnte fast sagen: sprachlos. Aber dann wurden die Schießerei und der Lärm draußen immer lauter, und die Herren mußten zugeben, daß es das klügste war, was Sie in dieser Situation machen konnten.«

»Weiter Olivia!« drängte Anastasia.

»Vor dem Tor des Palastes lief eine große Menschenmenge zusammen. Offensichtlich von den Rebellen aufgestachelt, schrien sie: ›Nieder mit der Monarchie! Nieder mit dem König!‹ Und es fielen auch sonst noch sehr häßliche und respektlose Bemerkungen über Seine Majestät.«

Anastasia hatte nicht den Wunsch, Genaueres darüber zu erfahren. Sie schwieg und wartete darauf, daß Olivia in ihrer Erzählung fortfuhr.

»Die Rebellen begannen durch das Eisentor hindurch das Schloß unter Beschuß zu nehmen. Sie richteten an der Fassade eine ziemliche Verwüstung an. Doch dann wurde bekannt, daß die Armee über die Küstenstraße auf Sergei anrücke, und plötzlich war die Lage eine völlig andere.«

»Inwiefern?« fragte Anastasia verwundert.

»Ich hatte den Eindruck, Majestät, daß die meisten der Leute mir nicht geglaubt haben, als ich ihnen sagte, Seine Majestät sei nach Leziga geritten. Sie waren der Meinung, Sie und der König seien auf dem Weg nach Frankreich.«

»Aber wie konnten sie alle annehmen, Seine Majestät würde aus freien Stücken derart verantwortungslos handeln!« rief Anastasia ärgerlich. Dann mußte sie jedoch zugeben, daß eine solche Annahme gar nicht so aus der Luft gegriffen war, wenn man bedachte, daß der König in ganz Europa als ein enger Freund des Kaisers galt und daß die Franzosen in Sergei starken Einfluß ausübten.

»Pedro und ich stiegen auf das Dach des Schlosses, Majestät«, fuhr Olivia fort. »Von dort oben aus konnten wir den Einmarsch des Heeres beobachten. Es gab einige vereinzelte Kämpfe, aber das Gewehrfeuer verstummte schon sehr bald, und die Aufständischen flohen in Scharen.»

»Waren sie eigentlich alle bewaffnet?«

»Ja, Majestät«, antwortete Olivia, »und sämtliche Waffen waren französischer Herkunft. Es waren allerdings veraltete Modelle, wie Pedro erfuhr, als er das Gespräch einiger Soldaten der Schloßwache belauschte.«

Anastasia seufzte leise.

»Zum Glück konnte der Aufstand im Keim erstickt werden.«

»Ja, der König kam genau im richtigen Moment, Majestät«, rief Olivia, und ihre Augen glänzten. »Als er an der Spitze des Heeres auf den Marktplatz von Sergei ritt, brachen die Menschen in helle Begeisterung aus.«

»Aber war das nicht äußerst gefährlich?« Anastasias Stimme klang beunruhigt. »Wie leicht konnte ihn die Kugel eines Scharfschützen oder eines in der Menge lauernden Mörders treffen!«

»Darüber waren wir uns alle im klaren«, sagte Olivia. »Aber die Mauronier bewundern an einem Mann nichts so sehr wie Mut und Furchtlosigkeit.«

Sie klatschte in die Hände.

»Pedro und ich, Majestät, standen auf dem Marktplatz«, erzählte sie weiter. »Als der König sich an die Menge wandte, waren wir sehr stolz auf ihn. Den Menschen liefen die Tränen über die Wangen, als er sprach. Und was er sagte, griff allen ans Herz. Immer und immer wieder wurde seine Rede vom begeisterten Applaus des Volkes unterbrochen.«

»Was sagte der König in seiner Rede?« erkundigte sich Anastasia gespannt.

»Er gab uns sein Wort, daß er alle Fehler, die er in der Vergangenheit begangen hat, berichtigen werde«, erwiderte Olivia. »Und er schwor uns, dafür zu sorgen, daß er Mauronien mit unserer Hilfe zu einem freien und blühenden Land machen werde.«

Tränen standen in Olivias Augen bei der Erinnerung an die Gefühle, die der König in den Herzen seiner Untertanen geweckt hatte.

Jedenfalls mußte es ihm gelungen sein, Stolz und Vaterlandsliebe in den Menschen zu stärken.

Anastasia wünschte, sie wäre auf dem Marktplatz dabeigewesen.

Sie konnte sich vorstellen, wie imponierend der König in

diesen Stunden gewesen war, und sie war sicher, daß die Aura von Selbstbewußtsein und Autorität, die Anastasia nach der Nacht in der Höhle an ihm bemerkt hatte, ihren Eindruck auch auf das Volk nicht verfehlt hatte.

Und das war genau das, was die Menschen von einem König erwarteten: Autorität und Gerechtigkeitssinn.

Das hatten sie bei ihm vermißt und seit Jahren vergeblich bei ihm zu finden gehofft.

Aber nun, da der König sich angesichts größter Gefahr als ein Führer offenbarte, zu dem alle aufschauen konnten, durfte er der Treue und Liebe seines Volkes sicher sein.

Anastasia war glücklich über das, was Olivia ihr berichtet hatte.

Aber sie freute sich natürlich auch über ihre Garderobe, die das Mädchen ausgepackt und sorgfältig in die Schränke gehängt hatte.

Endlich konnte sie einmal etwas anderes tragen als das samtene Reitkostüm, dessen sie inzwischen herzlich überdrüssig geworden war.

Aufatmend betrachtete sie sich im Spiegel, als Olivia ihr dabei half, eines der hübschen Kleider anzulegen, die sie als Aussteuer von London mitgebracht hatte.

Anastasia war auch die Bewunderung in den Augen der Damen nicht entgangen, als sie, wie üblich nach dem Lunch, das Haus verließ, um sich unter die Menschen zu mischen, die sich Tag für Tag vor dem Tor versammelten.

Die Zahl der Besucher wuchs ständig. Aus allen Ecken des Landes strömten sie herbei. Manche kamen aus den entlegendsten Bergdörfern. Sie machten sich mitten in der Nacht auf den Weg, um pünktlich zum Lunch vor dem Schloßtor zu sein.

Und alle brachten ihr Blumen mit.

Anfangs hatte Anastasia nicht gewußt, wohin mit all den Sträußen, die ihr jeden Nachmittag überreicht wurden. Schließlich waren sie Ausdruck der großen Zuneigung, die diese Menschen ihr entgegenbrachten. Es wäre einer Kränkung gleichgekommen, hätte sie die Blumen einfach wegwerfen lassen.

Dann war ihr ein Einfall gekommen. Sie hatte zwei der Dorfmädchen beauftragt, die Blumen zu riesigen Sträußen zu binden. Nun standen überall im Schloß große Schalen mit herrlich duftenden Blumengebinden, was die Märchenhaftigkeit der Architektur nur noch hervorhob.

Anastasia hatte bemerkt, daß ihre mittägliche Audienz unter freiem Himmel den Wachen nicht lieb war.

Als sie Capitan Aznar daraufhin ansprach, sagte er:

»Der wachhabende Offizier, Ma'am, ist der Meinung, das Risiko sei zu groß. Er fürchtet für Ihre Sicherheit.«

»Glaubt er etwa, mir drohe von diesen guten Landbewohnern Gefahr?« fragte sie.

»Auszuschließen ist die Gefahr nie, Ma'am. Wie leicht kann sich jemand unter die Leute mischen, um ein Attentat auf sie zu verüben. Inzwischen dürfte es in Sergei bekannt sein, wo Sie sich aufhalten.«

Und tatsächlich kam es bereits am darauf folgenden Nachmittag zu einem Vorfall, der sehr unheilvoll hätte ausgehen können, wäre Capitan Aznars Geistesgegenwart nicht gewesen.

Als Anastasia das Tor durchschritten hatte, wartete draußen eine noch größere Menschenmenge als an den Vortagen.

Ein farbenprächtiges Bild bot sich Anastasias Blick. Die Frauen in ihren roten Röcken und den schwarzen Miedern auf weißen, reichbestickten Blusen, die Kinder mit bunten Bändern im Haar, und die zahlreichen Blumensträuße, die die meisten von ihnen in Händen hielten, gaben der Versammlung ein fast festliches Gepräge.

Anastasia verspürte eine gewisse Verlegenheit, als einige der Mütter sie baten, ihre Kinder zu segnen.

»Wie kann ich etwas Derartiges tun?« fragte sie Capitan Aznar, nachdem sie begriffen hatte, was man von ihr verlangte.

»Diese Menschen glauben an das göttliche Amt der Könige, Ma'am«, antwortete Capitan Aznar. »Und Majestät sind so schön, so gütig und mitfühlend, daß man sie für eine Heilige hält.«

Im ersten Moment dachte sie, er mache einen Scherz, und blickte ihn überrascht an.

Dann bemerkte sie den Ausdruck in seinen Augen, der ihr zeigte, daß der Capitan genauso fühlte wie sie Landbewohner rings um sie herum.

Mehr als einmal war ihr der Ausdruck der Anbetung auf seinen Zügen aufgefallen, wenn sie miteinander sprachen. Und sie erinnerte sich an die Worte, die er einmal während der Seereise zu ihr gesagt hatte. Ja, er schien wirklich bereit, für sie zu leben und auch zu sterben.

Anastasia stand bei einer Frau, die fünf Kinder hatte. Vier konnten schon laufen; das fünfte trug sie auf dem Arm.

Obwohl ihr Heimatdorf viele Meilen von Huesca entfernt lag, hatte sie alle ihre Kinder mitgebracht, damit diese ihre neue Königin sehen konnten.

»Segnen Sie meine Kinder, Majestät«, bat die Frau inständig. »Damit sie glücklich sind ihr Leben lang.«

»Ich bin sicher, daß sie glücklich sein werden bei einer Mutter, die sie so sehr liebt«, gab Anastasia zur Antwort.

Und weil sie wußte, daß sie dieser einfachen Frau eine Freude damit machte, legte sie den Kindern nacheinander die Hand auf den Scheitel und hoffte, daß das stille Gebet, das sie dabei sprach, nicht als Anmaßung angesehen würde.

In dem Moment, da sie der kleinen Gruppe den Rücken zuwandte, um weiterzugehen, sah sie gleichsam aus den Augenwinkeln am Rand der Menge einen Mann, der mit einer wilden Bewegung den Arm hob.

Noch bevor ihr bewußt wurde, was der Unbekannte vorhatte, war Capitan Aznar bei ihr, schlang die Arme um sie und riß sie zu Boden.

Ein Schuß peitschte.

Gefolgt vom Entsetzensschrei der Menge, der jedoch gleich darauf in ein dumpfes, gefährliches Grollen überging.

Die Wachen liefen herbei, und es gelang ihnen noch rechtzeitig, den Attentäter festzunehmen – Sekunden später hätte die wutentbrannte Menge ihn in Stücke gerissen.

Capitan Aznar half Anastasia wieder auf die Füße.

»Sind Sie in Ordnung, Ma'am?« fragte er mit Besorgnis in der Stimme.

»Ja, danke«, erwiderte Anastasia noch ein wenig unsicher.

Frauen liefen aufgeregt auf sie zu. Ihre Stimmen überschlugen sich vor Angst und Sorge. Sie warfen sich zu Boden, küßten den Saum ihres Kleides. Mit lautem Jammern gaben sie Anastasia zu verstehen, wie beschämt sie waren, daß jemand es gewagt hatte, ihrer Königin ein Leid anzutun.

»Mir ist nichts geschehen«, rief Anastasia und versuchte den allgemeinen Lärm zu übertönen.

»Sie müssen jetzt unbedingt in den Palast zurückkehren, Ma'am«, sagte Capitan Aznar neben ihr.

»Ich habe mit der Hälfte dieser Menschen noch nicht gesprochen«, erwiderte Anastasia und schüttelte den Kopf. »Und die Gefahr ist ja nun auch vorüber. Bitte, sagen sie ihnen, daß sie sich beruhigen sollen. Alles ist in Ordnung, und ich denke nicht daran, sie zu verlassen.«

Man hatte den Attentäter umgehend fortgeschafft. Später würde Anastasia erfahren, daß er bereits auf dem Wege nach Sergei war, wo man ihm wegen versuchten Mordes an der Königin den Prozeß machen würde.

»Es könnte noch einen zweiten Anschlag auf Ihr Leben geben, Ma'am«, gab Capitan Aznar mit leiser Stimme zu bedenken.

»Ich halte das für unwahrscheinlich«, antwortete Anastasia. »Wenn es noch andere Männer gibt, die hierherkamen, um mich zu töten, dann haben sie sich inzwischen längst aus dem Staub gemacht.«

Trotz des Protestes des Capitans bestand Anastasia darauf, die für die Gespräche mit ihren Untertanen vorgesehene Stunde einzuhalten.

Erst als sie danach in den Palast zurückkehrte, befiel sie ein leichtes Zittern bei dem Gedanken, wie nahe sie dem Tod gewesen war.

Was würde der König empfunden haben, wenn er von meinem Tod gehört hätte? fragte sie sich.

Wäre er entsetzt gewesen, verzweifelt und voller Trauer? Oder hätte er ein Gefühl der Erleichterung empfunden, weil das Schicksal ihn von einer Braut befreit hatte, die ihm Königin Viktoria aufgezwungen hatte?

Letzteres wollte Anastasia nicht glauben, und doch war auch diese Möglichkeit nicht ganz auszuschließen.

Am zweiten Tag nach ihrer Ankunft auf Huesca waren auch die Kutschen verschiedener Adelsfamilien aus der Nachbarschaft vorgefahren.

Die Besucher hatten ursprünglich nur beabsichtigt, ihre Namen in das offizielle Besucherbuch einzutragen, das in der Halle eines jeden Palastes ausgelegt war. Danach wollten sie wieder nach Hause zurückkehren.

Zu ihrer Überraschung jedoch empfing Anastasia sie persönlich. Und diese Überraschung verwandelte sich in Fassungslosigkeit, als die Königin sie in den Salon bat und zu einer Tasse Tee einlud.

In den Tagen des verstorbenen Königs und bei dem strengen Protokoll, das an seinem Hofe gescherrscht hatte, wäre dies unvorstellbar gewesen.

Zunächst wirkten die Besucher völlig verwirrt, dann verwundert, und nach kurzer Zeit waren sie beglückt und begeistert.

Die neue Königin lachte ungezwungen mit ihnen und sprach in einer so herzlichen Weise, daß sie sich im Palast bald schon heimisch fühlten. Außerdem zeigte die junge Monarchin ein sehr reges Interesse an dem Teil des Königreiches, in dem sie lebten.

So etwas hatte es schon lange nicht mehr gegeben. Im Gegenteil, die adligen Familien jenseits des Gebirges hatten seit vielen Jahren den Eindruck gewonnen, daß sie für das Königshaus und die Regierung in Sergei ohne jede Bedeutung waren.

Die ersten Gratulanten aus dem spanisch orientierten Adel verließen erstaunt und zugleich von Anastasias Charme bezaubert das Schloß. Aber die Kunde von der faszinierenden, liebenswerten Königin machte mit Windeseile die Runde im Land, und so wurde in den nächsten Tagen die Schlange der wartenden Kutschen vor dem Schloßportal immer länger, und der Besucherstrom wuchs und wuchs.

»Ich glaube, Ma'am«, sagte Capitan Aznar zu Anastasia, »es wäre klug, sich unter den Adelsfamilien, die Sie aufsuchen, um Ihnen ihe Reverenzen zu machen, einige Kammerfrauen auszuwählen.«

Zum erstenmal weigerte sich Anastasia, einen Vorschlag Capitan Aznars anzunehmen.

»Nein«, erklärte sie fest.

»Es wid Verwunderung und Gerede heraufbeschwören, wenn Sie auf die Dauer ohne Damenbegleitung sind.«

»Das kümmert mich nicht«, entgegnete Anastasia. »Sollen sie reden, was sie wollen. Aber ich werde ohne die Erlaubnis und Zustimmung Seiner Majestät keinen Hof errichten. Ich werde damit warten, bis er auf Huesca eingetroffen ist.«

Sie sprach mit einer solchen Bestimmtheit, daß Capitan Aznar schwieg.

Anastasia wußte, daß er mit seinem Vorschlag recht hatte. Andererseits wollte sie nicht, daß der König sie bei seiner Rückkehr von einer Schar Höflinge umgeben antraf.

Sie wollte allein mit ihm sein.

Sie wollte, daß sie beide auf Huesca einen Teil ihrer Flitterwochen verbrachten. Und dabei sollte niemand sie stören.

Der König hatte davon gesprochen, er habe die Absicht, mit ihr zu einer Villa am Meer zu reisen. Und sie erinnerte sich auch daran, daß er gesagt hatte, die Villa liege ganz nahe der französischen Grenze.

Anastasia fragte sich, ob er dieses Haus deshalb ausgewählt hatte, um in der Nähe seines Freundes, des Kaisers zu sein.

Und wie war es jetzt?

Hatte er seine Meinung geändert?

Würde er jetzt mir ihr auf Huesca bleiben wollen?

Würde er wie sie das Gefühl haben, daß die herrlichen, im maurischen Stil eingerichteten Räume, die stillen Innenhöfe und die tropische Pracht der Gärten eine vollkommene Umrahmung für die Liebe eines jungvermählten Paares darstellten?

Ein wohliger Schauer durchlief ihren Körper bei diesem Gedanken.

Doch dann erinnerte sie sich daran, daß der König sie ja gar nicht liebte.

Vielleicht sah er diese herrlichen Dinge nicht, die sie, Anastasia, entzückten. Vielleicht bemerkte er nur den beginnenden Zerfall und die Tatsache, daß vieles im Schloß aufs dringlichste der Ausbesserung und Instandsetzung bedurfte.

Aber vielleicht sieht der Mensch überhaupt nur mit den Augen des Herzens richtig, dachte Anastasia. Sie nahm sich vor, den König zu fragen, was er von einem solchen Gedanken hielt.

Oh, es gab so vieles, was sie ihn fragen wollte. So vieles, über das sie mit ihm zu reden wünschte.

Die Fahrt am Tag nach der Hochzeit kam ihr in den Sinn, als der König ihr die Umgebung von Sergei gezeigt hatte.

Welche wundervollen Gespräche hatten sie miteinander geführt!

In der Erinnerung erschien es ihr, als sei es ein Tag voller Sonnenschein und Glück gewesen.

Jedenfalls sah sie es so. Er konnte natürlich eine völlig andere Erinnerung daran haben.

Die Trennung vom König fiel Anastasia von Stunde zu Stunde schwerer. Die Tage – obwohl sie ausgefüllt waren mit wichtigen Aufgaben – kamen ihr ohne ihn sinnlos und leer vor.

Oft sehnte sie sich mit einer solchen Intensität und Leidenschaft nach ihm, daß sie vor sich selbst erschrak.

In den Nächten lag sie in dem riesigen Bett unter der perlmuttschimmernden Muschel, hörte das Schlagen der Nachtigall und glaubte einem Trauerlied zu lauschen.

Alles war voller Schwermut und Trostlosigkeit. Selbst das silbern glänzende Mondlicht erschien ihr kalt und bedrohlich.

Das Alleinsein wurde immer unerträglicher.

Anastasia wußte, sie würde den Wunsch haben, vom König berührt zu werden, wenn er jetzt bei ihr wäre. Ja, sie würde ihn sogar auffordern, sie in die Arme zu schließen.

Schon der Gedanke daran ließ sie erbeben, und plötzlich erfüllte sie die gleiche Empfindung wie im Augenblick des Abschieds, als er ihre Handflächen geküßt hatte.

»Ich liebe ihn«, sagte Anastasia laut in die Einsamkeit der Nacht.

Sie fragte sich, wie viele Frauen wohl vor ihr in diesem Raum aus Marmor und Alabaster geschlafen und die gleichen Worte geflüstert hatten.

»Wenn der König morgen nicht zurückkommt, werde ich zu ihm gehen!«

Immer wieder sprach sie diese Worte vor sich hin.

Sie wiederholte ihren Entschluß auch tagsüber unentwegt, und der Gedanke, daß sie den König – so oder so – in aller Kürze wiedersehen werde, erfüllte sie mit Zuversicht und Freude.

Wieder sprach sie mit den Menschen, die sich draußen vor dem Tor versammelt hatten.

Sie empfing zahlreiche Besucher aus dem Adel des Landes, die sich auf Huesca eingefunden hatten, um den Tee mir ihr einzunehmen.

Es waren Menschen, die ihr vom ersten Augenblick an sympathisch waren und die sie gern zu ihren Freunden gezählt hätte. Stolze Männer und Frauen, mit edel geschnittenen Gesichtern, dunklen intelligenten Augen, die ein Teil ihrer spanischen Abstammung waren. Manche trugen alte ehrwürdige Namen, die tief in die Geschichte der beiden Länder hineinreichten.

Anastasia konnte nicht umhin, sie mit den Menschen in Sergei zu vergleichen.

Bis zum Ausbruch der Rebellion hatte Anastasia den Franzosen gegenüber nur ein Vorurteil gehabt. Jetzt jedoch haßte sie den Kaiser und seine Untertanen. Und sie haßte auch alle in Mauronien, die sich so blindlings auf die Seite der Feinde des Landes geschlagen hatten.

Es würde schwierig für sie sein, diesen Leuten in Zukunft nicht ihre Abneigung und Verachtung zu zeigen, und sie war fest entschlossen, die Damen für ihre zukünftige Hofhaltung nur aus den Familien des spanischstämmigen Teils der mauronischen Adligen auszuwählen.

Nach dem Dinner kam der Offizier mit dem offiziellen Bulletin aus Sergei.

Mit stolzer Stimme meldete er:

»In der Stadt ist nun die Ruhe wiederhergestellt. Seit über vierundzwanzig Stunden gab es keine Ausbrüche von Gewalt mehr. Das Parlament hat seine Arbeit wieder aufgenommen, und der Premierminister hat in Absprache mit Seiner Majestät eine Anzahl von Änderungen im Kabinett vorgenommen.«

Anastasias Herz machte vor Freude einen Sprung.

Der König hatte nicht nur den Oberbefehl über die Armee, er bestand auch auf seinem Recht, die Kontrolle über das Land als Ganzes auszuüben.

Anastasia war überzeugt, daß mit den angesagten Veränderungen Ministerwechsel gemeint waren. Solche, die als Sympathisanten des Kaisers galten, würden ihre Sessel mit treuen mauronischen Patrioten tauschen müssen.

Sie wußte, daß Capitan Aznar den Inhalt des Bulletins genauso interpretierte wie sie, und als der Bote gegangen war, wandte sie sich dem Capitan mit einem verständnisinnigen Lächeln zu.

»Alles, was Sie sich jemals erhofft haben, wird Wirklichkeit werden, Capitan.«

»Und das verdanken wir ausschließlich Ihnen, Ma'am.«

»Vielleicht wäre der König auch ohne mich gerettet worden«, sagte Anastasia bescheiden.

»Wer außer Ihnen hätte so frühzeitig von dem Komplott erfahren sollen?« fragte Capitan Aznar. »Wer sonst hätte mich so schnell holen lassen, so daß wir Zeit genug hatten, Seine Majestät in Sicherheit zu bringen?«

»Ich mag den Gedanken – ihn gerettet zu haben«, erwiderte Anastasia leiste.

»Ich glaube, das haben Sie in mehr als einer Hinsicht getan«, antwortete Capitan Aznar.

Anastasia wußte, was er damit meinte, und sie stellte sich unwillkürlich die Frage, ob der König dies genauso klar und deutlich sehen würde wie seine Untertanen.

Würde er – wie sie – ihr dankbar dafür sein?

Schließlich war er ja gezwungen gewesen, aus dem Komplott gegen ihn entsprechende Konsequenzen zu ziehen.

Und eine dieser Konsequenzen war die Ausweisung des französischen Botschafters und dessen Gattin aus Mauronien.

Das Bulletin des Königs vom Vortag hatte gelautet:

»Sämtliche Angehörigen der französischen Nation, einschließlich des Botschafters Seiner Kaiserlichen Majestät Napoleon III. wurden aufgefordert, das Land binnen vierundzwanzig Stunden zu verlassen. Eine Rückkehr wird Ihnen erst nach erfolgter Einreisegenehmigung gestattet, der ein förmlicher Antrag vorauszugehen hat.«

Diese Maßnahme hatte Anastasia und auch Capitan Aznar aufs höchste überrascht. Und als der Wortlaut ihnen zum erstenmal durch den Offizier, der das Bulletin überbrachte, verlesen wurde, hatten sie ihn in seiner vollen Tragweite anfangs gar nicht verstehen können.

Auf Anastasia wirkte die Erkenntnis so heftig, daß sie nicht imstande war, mit einem anderen Menschen darüber zu sprechen, nachdem der Kurier den Raum verlassen hatte.

So sagte sie Capitan Aznar sehr bald gute Nacht und zog sich auf ihr Zimmer zurück.

In ihr war ein überwältigendes Glücksgefühl.

Nie hätte sie zu hoffen gewagt, daß der König mit solcher Härte und Konsequenz durchgreifen würde.

Sie stellte sich nur die bange Frage, wie er wohl persönlich damit fertiggeworden sei.

Würde er es wirklich ertragen können, die Komteß nie wiederzusehen?

Oder dachte er bereits daran, früher oder später nach Paris zu reisen, um sich dort – womöglich heimlich – mit ihr zu treffen?

Eigentlich konnte Anastasia es kaum glauben, daß er zu solch unehrenhaften Mitteln greifen würde. Gleichzeitig wußte sie inzwischen jedoch, daß Dinge wie Ehre und Anstand nicht mehr zählten, wenn es um Liebe ging.

Sie wußte das von sich selbst. So hätte der König der größte Feind Englands sein können, es wäre ihr gleichgültig gewesen. An ihrer Liebe zu ihm hätte sich dadurch nichts geändert.

Keine gesellschaftlichen Zwänge und keine Moralvorschriften würden sie jemals daran hindern können, ihn zu sehen und alles zu tun, um in seiner Nähe zu sein.

Wenn sie so dachte, warum sollte es dem König anders ergehen, was die hinreißende faszinierende Komteß le Granmont betraf?

Das waren ihre Überlegungen gewesen. Capitan Aznar,

der ihre Abwesenheit bemerkt hatte, störte sie aus ihren Gedanken auf.

»Wenn es nichts mehr gibt, was ich für Sie tun kann, Ma'am, darf ich mich wohl zurückziehen. Sicher werden wir morgen mehr von Seiner Majestät hören. Ich wünsche Ihnen eine gute Nacht.«

»Glauben Sie, es wird ihm bald möglich sein, sich in Sergei freizumachen und zurückzukommen?« fragte sie mit leiser Stimme.

»Es ist offenkundig, daß Seine Majestät im Augenblick sehr beschäftigt ist. Keine leichte Aufgabe, der Verfassung des Landes wieder voll und ganz Geltung zu verschaffen. Vielleicht wird er Sie bitten, zu ihm in die Hauptstadt zu kommen.«

»Olivia berichtete, daß der Palast vor dem Wüten der Rebellen nicht verschont blieb«, sagte Anastasia.

»Das habe ich auch gehört«, antwortete Capitan Aznar. »Aber es soll sich dabei nur um Beschädigungen der Fassade handeln. Der Palast selbst ist völlig bewohnbar.«

»Ich wundere mich, daß Seine Majestät in seinem täglichen Bulletin davon kein Wort erwähnt.«

»Ich könnte mir vorstellen, er hielt es für unwesentlich. Vermutlich sind die Schäden sehr rasch zu reparieren.«

Ohne zu überlegen, rief Anastasia spontan:

»Oh, gerade das ist hoffentlich nicht der Fall!«

Überrascht blickte der Capitan sie an, und sie meinte erklärend:

»Ich würde so gerne hierbleiben!«

Sie bemerkte den Ausdruck der Freude auf seinen Zügen und fügte hinzu:

»Das scheint Ihnen zu gefallen, nicht wahr?«

»Sie wissen, daß es so ist, Ma'am. Und ich glaube, es würde auch den Gefallen all Ihrer Untertanen finden, wenn Huesca wieder aus seinem Dornröschenschlaf erweckt würde. Ich bezweifle nur, daß es Ihnen gelingen wird, die Zustimmung Seiner Majestät zu gewinnen.«

»Ich werde es jedenfalls versuchen«, sagte Anastasia fest. »Ich verspreche Ihnen, daß ich es versuchen werde, denn ich liebe dieses Schloß.«

»Wenn Sie mir die Bemerkung erlauben, Ma'am, es ist der würdige Rahmen für Ihre Schönheit.«

Sie hörte den dunklen Klang in seiner Stimme, und sie war sich bewußt, daß sie ihn nicht zum erstenmal vernahm. Sie antwortete ihm jedoch nicht, und nach einem kurzen Moment des Wartens verneigte er sich förmlich vor ihr und verließ den Raum.

Anastasia blieb allein zurück.

»Er ist so treu und loyal«, sagte sie leise vor sich hin.

Sie wußte, daß er sie liebte. Aber es war eine selbstlose, ehrfürchtige Liebe, und er würde niemals auch nur ein Wort darüber verlieren. Es war beruhigend für sie, ihn in ihrer Nähe zu wissen. Er war so klar, so sicher in seinem Urteil. Er traf immer die richtige Entscheidung, und sie verdankte ihm ihre ganze Kenntnis über Mauronien und seine Bewohner.

Anastasia ging hinaus in den Hof der Delphine.

Leise rauschte das Wasser des Brunnens.

Sie blickte zum nächtlichen Firmament hinauf, das von Sternen übersät war.

Ein überwältigender Anblick.

Überwältigend auch der Duft der Blumen, der aus dem Garten zu ihr emporstieg.

Doch all diese Pracht und Schönheit waren ihr im Augenblick zu viel. Sie hatte nicht die innere Ruhe, sich diesem Genuß ungehindert hinzugeben.

Anastasia kehrte in den Salon zurück. Sie durchquerte ihn und trat an eines der Fenster, von denen man auf das Tal hinabschauen konnte.

Sie schob die Vorhänge zurück und öffnete beide Flügel, um hinauszusehen.

Das Mondlicht tauchte das Tal in geheimnisvolles Licht. Alle Dinge wirkten darin seltsam unwirklich und unirdisch.

Beinahe hatte Anastasia das Gefühl, nicht mehr auf dieser Welt zu weilen, sondern übergewechselt zu sein in eine geistige, himmlische Welt.

Unter ihr lag die Straße wie ein silbernes Band und schien sich im Unendlichen aufzulösen.

Anastasias Blick wanderte die gewundene Linie entlang.

Sie zuckte zusammen.

Da kamen Pferde.

Reiter!

Sie näherten sich in scharfem Galopp.

Schon bald konnte man ihre Gestalten unterscheiden.

Es waren sechs Reiter.

Zwei von ihnen ritten an der Spitze.

In einem halsbrecherischen Tempo, wie Anastasia feststellte.

Sie war sicher, daß es sich um Soldaten handelte.

Ein jähes Gefühl der Angst schnürte ihre Kehle.

Warum waren sie in solcher Eile?

Was war geschehen?

Welche Nachricht mochten sie zu so später Stunde noch bringen?

Anastasia beobachtete sie, bis der Hügel, auf dem das Schloß lag, sie ihren Blicken entzog.

Bald würden die Reiter die Straße zum Schloß heraufsprengen und das Tor erreichen.

Anastasia verspürte den Impuls, nach Capitan Aznar zu läuten, aber sie war unfähig, sich zu rühren.

Die Furcht, die sich in ihr ausbreitete, schien sie zu lähmen, schien ihren Willen zu betäuben, machte sie unfähig, eine Entscheidung zu treffen.

Angenommen, es hatte jemand im letzten Augenblick ein Attentat auf den König verübt!

So wie der Mann, der versucht hatte, sie selbst zu töten.

Angenommen, der König war verletzt, lag im Sterben. Und diese Männer jagten in einem solchen Tempo durch die Nacht, um ihr so schnell wie möglich Kunde davon zu bringen.

Vielleicht kamen sie, um sie, Anastasia, zu holen – ans Sterbelager des Königs.

Anastasia stand da wie versteinert und wartete.

Was anders konnte sie tun, als warten und lauschen.

Die Angst griff kalt nach ihrem Herzen, umklammerte es wie eine Zange und nahm ihr den Atem.

Nichts war zu hören. Stille.

Gedämpft das Rauschen der Brunnen.

Das Warten dauerte endlos.

Nichts geschah.

Die Stille drohte sie zu erdrücken.

Dann, als die Qual unerträglich geworden war, als Anastasia drauf und dran war zu schreien, weil sie die Stille nicht mehr länger ertragen konnte, wurde die Tür aufgestoßen.

Sekundenlang vermochte sie die Gestalt, die im Türrahmen erschien, nur verschwommen zu erkennen.

Ihre Gefühle waren in wildem Aufruhr.

Der plötzliche Wechsel zwischen Warten und Erfüllung war zu schmerzhaft für sie gewesen.

Die Gestalt löste sich von der Schwelle, auf der sie einen Herzschlag lang verharrt hatte.

Anastasia sah, daß es der König war.

Der König!

Der Schrei, der sich ihrer Kehle entrang, kam aus der Tiefe ihres Herzens. Und dennoch hielt eine geheimnisvolle Macht ihre Kehle umschlossen. Der Laut, der über ihre Lippen drang, war nur ein leises Seufzen.

Noch immer konnte sie sich nicht rühren. Sie stand da und schaute ihm aus weit aufgerissenen Augen entgegen.

Anastasia zitterte.

Sie spürte, wie alles Blut aus ihrem Gesicht wich.

Der König!

Er trug seine Uniform, seine Stiefel waren staubbedeckt.

Als Anastasia ihn anschaute, hatte sie den Eindruck, ihn noch nie so glücklich, so voller Energie, so stark und selbstbewußt gesehen zu haben.

Ja, eine auffallende Veränderung war in seinem Äußeren vor sich gegangen.

Er war zum Mann geworden.

Ein Strom von Macht, Autorität und Selbstbewußtsein ging von ihm aus.

Endlich begann er zu sprechen, und seine Stimme war dunkel und leise.

»Anastasia!«

»Sie sind – gekommen! Ich habe so auf Sie gewartet. Ich hatte solche – Angst! Sind Sie auch nicht verletzt?«

»Ich habe dir versprochen, daß ich auf mich achtgeben würde.«

»Das haben Sie nicht getan – nach allem was ich über Sie gehört habe«, antwortete Anastasia. »Ist Ihnen wirklich kein Leid geschehen?

»Ich bin unverletzt.«

Er kam näher auf sie zu, und Anastasia hielt den Atem an.

Dann blieb er stehen und betrachtete sie stumm.

Sie stand vor ihm in ihrem hellen Seidenkleid mit der weiten Krinoline. Sie stand vor dem dunklen Viereck des geöffneten Fensters, und ihr Hals und ihre Arme schimmerten wie Alabaster. Der Schein der Kerzen lag weich auf ihrem Haar, die Augen waren groß und leuchtend, und die Lippen bebten vor Erregung.

»Du bist sehr schön, Anastasia«, sagte er endlich. »Viel schöner, als ich es in Erinnerung hatte.«

»Sie haben an – mich gedacht?«

»Unentwegt.«

»Auch Sie waren in meinen Gedanken«, erwiderte Anastasia, und ihre Worten waren nicht mehr als ein Flüstern. »Sie müßten es gespürt haben, so sehr war ich bei Ihnen. In jeder Stunde des Tages, in jeder Sekunde der

Nacht. Und meine Gebete habe ich über das Gebirge geschickt – zu Ihrem Schutz.«

»Ich habe gefühlt, daß du bei mir warst«, antwortete der König. »Besonders während des Kampfes habe ich es gefühlt.«

»Ich war sicher, daß Sie siegen würden«, sagte Anastasia. »Doch gleichzeitig hatte ich eine entsetzliche Angst. Oft glaubte ich, ich müsse wahnsinnig werden vor Angst. So war es auch vorhin, als ich die Reiter auf der Straße auftauchen sah. Sie ritten so schnell, daß ich fürchtete, es seien Boten, die mir eine Unglücksbotschaft brächten. Die Botschaft, daß Sie verwundet, vielleicht sogar – tot seien.«

»Nun weißt du, daß es nicht so ist, nicht wahr?«

»Ich bin so froh, so glücklich. Ich kann es nicht in Worte fassen, wie sehr. Es war sehr einsam und leer hier – ohne Sie.«

»Du hast dich einsam gefühlt ohne mich?«

»Sehr einsam.«

Sie schaute in seine Augen.

Sie sah das Feuer darin, das immer intensiver wurde, und sie hoffte, er werde sie in die Arme nehmen.

Aber abrupt wandte er sich von ihr ab. Mit einer jähen, heftigen Bewegung.

»Ich muß mir dir reden, Anastasia!« sagte er, und seine Stimme klang unerwartet hart.

»Was wollen Sie mir sagen?« fragte sie mit einem Beiklang von Panik. »Was ist geschehen?«

Jähe Furcht hatte sie ergriffen, die Furcht, er wolle nichts mehr von ihr wissen. Er sei entschlossen, sich von ihr zu trennen.

Sie fühlte den Schmerz in ihrem Herzen wie einen Dolchstich.

Der Gedanke ließ sie erbeben, und da der König sich von ihr entfernte und in den Bogengang hinaustrat, der in den Hof der Delphine führte, lief sie hinter ihm her.

»Was ist geschehen?« fragte sie mit zitternder Stimme.

»Stimmt etwas nicht? Gibt es etwas, was ich nicht richtig gemacht habe?«

»Nein, Anastasia. Alles, was du getan hast, war richtig und vollkommen. Es wurde mir berichtet, daß du täglich mit den Landbewohnern vor den Toren des Schlosses geredet hast und dabei fast einem Attentat zum Opfer gefallen bist. Wie konntest du nur ein solches Risiko auf dich nehmen?«

»Capitan Aznar rettete mir das Leben«, antwortete Anastasia. »Ich dachte mir, Sie sollten ihm für diese Tat eine Auszeichnung verleihen.«

»Ich schulde Capitan Aznar mehr, als eine Auszeichnung es auszudrücken vermag«, entgegnete der König, »aber im Augenblick kann ich mich damit nicht beschäftigen. Im Augenblick bist du es, die mich beschäftigt. Das ganze Land redet von dir, Anastasia.«

»Sie sind böse mit mir, weil ich etwas derart Unkonventionelles getan habe?«

»Böse?« erwiderte der König. »Ich bin stolz auf dich – sehr stolz sogar.«

»Was ist es dann, was Sie mir vorzuwerfen haben? Bitte, sprechen Sie, ich vergehe sonst vor Angst.«

»Angst? Wovor solltest du Angst haben?«

Da Anastasia nicht antwortete, sagte er nach kurzem Schweigen:

»Sprich, Anastasia! Weshalb machst du dir Sorgen. Ich will es wissen!«

»Ich habe Angst – Sie könnten... Sie könnten meiner überdrüssig sein«, antwortete sie leise.

Er wandte sich zu ihr um, und nach einem raschen Blick in seine Augen schaute sie zu Boden.

Keine Sekunde länger hätte sie ihn ansehen können.

»Was ich dir zu sagen habe, Anastasia, ist dies«, erwiderte der König mit ruhiger Stimme. »Wir können unmöglich so fortfahren wie bisher. Zu vieles ist inzwischen geschehen.«

»Warum nicht?« fragte sie voller Angst. »Was wollen Sie damit sagen? Ich verstehe Sie nicht.«

»In der Nacht nach unserer Hochzeit gab ich dir das Versprechen, dich so lange nicht zu küssen und anzurühren, bis du mich darum bitten würdest«, erklärte der König. »Ich war der Überzeugung, dieses Versprechen halten zu können. Du sagtest mir damals, daß ich dein Herz gewinnen müsse, und ich war entschlossen zu tun, was du von mir verlangtest.«

Anastasia verschränkte die Finger ineinander.

Es fiel ihr auf, daß er in der Vergangenheit sprach, und das innerliche Zittern verstärkte sich.

»Aber nun«, fuhr der König fort. »weiß ich, daß ich mein Versprechen nicht halten kann. In dieser ersten Nacht, während du eingeschlafen warst und ich neben dir lag, erkannte ich, wie schön du bist. Und ich erkannte auch, daß du das Kostbarste bist, was ein Mann sich auf dieser Erde wünschen kann.«

Anastasias Haltung spannte sie.

Während der König dann fortfuhr, fühlte sie, daß ein Beben sie durchlief.

»Dann kam die Nacht in der Höhle«, sagte er. »Als du die Arme um mich legtest, empfand ich nicht nur Halt und Trost. Nein, mir war, als wirke deine Nähe beflügelnd und begeisternd auf mich. Und plötzlich wußte ich, daß ich dich liebte, wie ich noch nie zuvor eine Frau geliebt habe.«

Anastasia zog den Atem ein und hob die Augen zum König empor.

»Von diesem Moment an habe ich nicht mehr aufgehört, an dich zu denken«, sagte er. »Du warst bei mir bei all meinem Tun und Denken.«

Er machte eine Pause, ehe er fortfuhr:

»Ständig habe ich mich gefragt, was du in bestimmten Situationen tun würdest und ob ich mit meinen Entscheidungen vor dir bestehen könnte. Und immer habe ich versucht, so zu handeln, daß du auf mich stolz sein konntest. Du bist noch so jung, Anastasia, so unschuldig, so unerfahren in den Dingen der Welt. Und doch erfüllst du mein ganzes Sein. Ich weiß nun, daß ich ein Nichts bin, ein Niemand, wenn es mir nicht gelingt, deine Liebe zu gewinnen.«

Er wandte sich von ihr ab, wie er es vorhin schon einmal getan hatte, und starrte auf die Fontäne im Innenhof.

»Selbst auf die Gefahr hin, das Vertrauen, das du in mich gesetzt hast, zu zerstören, Anastasia, muß ich dir ein Geständnis machen.« Die Stimme des Königs bebte, und stockend fuhr er fort: »Gerade weil ich dich über alles liebe, kann ich mich dir gegenüber nicht noch länger so verhalten, wie ich es dir am Abend unserer Hochzeit versprochen habe. Ich kann nicht weiter so tun, als gehe es mir nur um deine Seele, und dein Körper sei mir gleichgültig. Nein, ich liebe dich nicht nur mit meinem Herzen. Ich begehre deinen Leib, und ich würde dem Wahnsinn verfallen, wenn ich neben dir leben müßte, ohne dich berühren und in meine Arme schließen zu dürfen.«

Seine Stimme klang weich und dunkel, als er hinzufügte:

»Ich bin kein Engländer. Ich bin ein Mann des Südens, ein Mann der Sonne. Ich habe dir zu erklären versucht, daß die Liebe für mich ein alles verzehrendes Feuer ist, dessen ich nicht Herr zu werden vermag.«

Er schwieg.

Anastasia setzte zu einer Erwiderung an, aber kein Wort kam über ihre Lippen.

Das Gehörte hatte sie wie eine Woge überrollt. Der Raum war erfüllt mit goldenem Licht. Sie vermochte nicht, sich zu rühren, ihr Herz drohte stillzustehen, und sie wagte kaum zu atmen.

Nach langem Schweigen sagte der König:

»Deshalb bin ich gekommen. Ich wollte dir sagen, du mußt mich heute abend bitten, bei dir zu bleiben als dein Ehemann, oder du mußt mich auf der Stelle von hier fortschicken. Ein drittes darfst du nicht von mir verlangen.«

Der König stieß einen Laut aus, der halb einem Lachen, halb einem Stöhnen glich.

»Nie mehr, meine Liebste, würde ich es fertigbringen, einfach nur neben dir zu liegen wie am ersten Abend unserer Ehe. Nicht einmal unter demselben Dach könnte ich leben, ohne dich zu berühren und zu der Meinen zu machen. Ich begehre dich, Anastasia, und niemand außer Gott weiß, wie sehr . . .«

Seine Stimme erstarb.

Dann brach es mit ungewohnter Schärfe aus ihm hervor:

»Die Entscheidung liegt bei dir. Wenn du mir befiehlst, nach Sergei zurückzukehren, werde ich gehorchen. Aber ich beschwöre dich, mich von dem Versprechen zu entbinden, das ich dir gegeben habe und mir zu erlauben, dir die Tiefe und die Ehrlichkeit meiner Liebe zu beweisen!«

Immer noch stand der König mit dem Rücken zu Anastasia und blickte in den Innenhof.

Anastasia zitterte immer heftiger. Ihre Hände waren zu Fäusten geballt. Die Haut über den Knöcheln leuchtete weiß.

Sie wußte: Er wartete auf ihre Antwort. Und sie wußte, was sie ihm sagen wollte.

Dennoch kam kein Wort über ihre Lippen.

Dann endlich sagte sie mit kleiner zaghafter Stimme, die ganz im Gegensatz zu der Festigkeit stand, mit der er gesprochen hatte:

»In dieser Nacht, die wir in der Höhle verbrachten, sagten Sie, Sie hätten den Wunsch, Ihre Orden wegzuwerfen. Ich habe gedacht, wenn Sie zu mir zurückkehren, würde ich Ihren vielen Auszeichnungen noch eine weitere hinzufügen.«

»Warum nicht, wenn du das möchtest«, erwiderte der König.

Seine Antwort klang indifferent, und Anastasia wußte, daß er glaubte, sie wolle einer Antwort auf seine Frage ausweichen.

»Diese Auszeichnung, die ich Ihnen geben möchte,« sagte sie so leise, daß die Worte kaum zu verstehen waren, »heißt: ›Ein Kuß für den König‹!«

Einen Moment lang rührte er sich nicht.

Dann wandte er sich zu ihr um. Sie sah die Lichter in seinen Augen und den Glanz, der über seinen Zügen lag.

»Ist das wahr?« fragte er. »O meine wunderbare kleine Frau, ist das wirklich wahr?«

Anastasia zitterte, aber sie hob ihr Geesicht dem seinen entgegen. Langsam, als bemühe er sich, die Kontrolle über sich nicht zu verlieren, nahm er sie in die Arme und blickte ihr in die Augen.

»Ich habe es mir so sehr ersehnt«, sagte er, und sein Mund nahm Besitz von ihrem.

Es geschah sanft und behutsam. Doch dann spürte der König, daß Anastasias Lippen den Druck der seinen erwiderten. Er spürte, wie sie schauderte, während sie sich an ihn schmiegte und ihre Arme ihn immer fester umschlangen.

Da war es um ihn geschehen.

Seine Küsse wurden wild, fordernd und leidenschaftlich.

Die Sinne drohten Anastasia zu schwinden.

Der Palast begann sich vor ihren Augen zu drehen, sie schien zu schweben.

Sie befanden sich auf dem Gipfel eines Berges hoch über der Erde – ein Mann und eine Frau, allein mit dem Geheimnis des Göttlichen.

Als der König sie noch enger an sich zog, kam es ihr so vor, als würden ihre Körper miteinander verschmelzen.

Sie waren nicht länger mehr zwei Wesen, sondern ein einziges.

Ein Taumel des Glücks hatte sie erfaßt.

Dieses nie zuvor gekannte Gefühl ergriff sie mit einer solchen Mächtigkeit und Stärke, daß sie glaubte, es keine Sekunde länger ertragen zu können und sterben zu müssen vor Seligkeit.

Endlich lösten sich die Lippen des Königs von den ihren. Er hob den Kopf und blickte auf sie nieder.

Er schaute in Anastasias Augen, die von einem fast rauschhaften Glanz erfüllt waren. Er sah die wie im Fieber glühenden Wangen, die weichen, halbgeöffneten Lippen.

»Du bist schön«, sagte er ergriffen, »so unglaublich und unfaßbar schön!«

Er schwieg einen Moment, dann murmelte er:

»Oder träume ich? Ist es wirklich Wahrheit, oder ist alles nur ein Traum?«

»Es ist wahr.«

»Und du liebst mich?«

»Du weißt, daß ich dich liebe!«

Ohne daß es ihr bewußt wurde, war Anastasia zu dem vertrauten Du übergegangen.

»Mit Leib und Seele?«

»Mit allem, was zu mir gehört«, antwortete Anastasia, und ihre Stimme klang ernst und feierlich. »Es gibt nichts, was nicht dein Eigentum ist.«

Sehr viel später bewegte Anastasia den Kopf, den sie an des Königs Schulter gebettet hatte.

Die perlmutterne Muschel über ihnen schimmerte im Mondlicht, das durch das geöffnete Fenster ins Zimmer drang.

»Bist du – glücklich?« fragte sie flüsternd.

»Ich habe nie gewußt, daß es einem Menschen möglich ist, so glücklich zu sein«, antwortete er. »Aber ich möchte, daß du mir eine Frage beantwortest, mein Liebling.«

»Welche Frage?«

»Hast du die Sterne berührt?«

»Ich hatte das Gefühl, wir seien beide ein Teil des Himmels.«

»Und du bist untergetaucht in die Tiefe des Meeres?«

»Ja, und du weißt, daß es so war«, erwiderte sie. »Aber die Begegnung der Liebe ist etwas viel, viel Wunderbareres.

Es läßt sich durch solche Vergleiche nicht ausdrücken.«

Sie seufzte tief und vergrub das Gesicht an seiner Brust.

Dann sagte sie:

»Ich höre den Gesang der Nachtigallen.«

»Du hörst den Jubel meines Herzens«, erwiderte der König.

»Ich habe so sehr darauf gewartet, daß du zu mir kommst. Ich kannte nur noch einen Wunsch: mit dir zusammen auf Huesca zu sein.«

»Es ist ein Schloß für Liebende. Wir werden jeden Frühling und jeden Sommer hier verbringen. Nur im Winter werden wir in Sergei leben.«

»Oh, das ist wundervoll. Ganz und gar wundervoll!«

»Hast du dir das gewünscht?«

»Ja. Noch nie in meinem Leben habe ich mir etwas sehnlicher gewünscht, als hier zu leben. Huesca ist wie das Schloß im Märchen. Wie Dornröschens Schloß, das von einem bösen Hexenmeister verzaubert wurde.«

Der König zog sie an sich, und ihr Körper schmiegte sich weich und warm an den seinen.

»Und nun ist Dornröschen aus seinem Zauberschlaf erwacht. Es wurde vom Prinzen geküßt.« Er machte eine Pause und fuhr dann fort: »Wie konnte ich nur glauben, englische Frauen seien kühl und leidenschaftslos!«

»Bist du nicht entsetzt über mich, weil ich dich so sehr liebe und dich so wild und heiß begehre?« fragte Anastasia.

Der König lächelte und küßte ihr Haar.

»Du denkst an das, was deine Mutter dir gesagt hat, nicht wahr?«

»J-ja.«

»Du mußt es vergessen. Nichts, was wir jemals miteinander tun werden, könnte schockierend auf mich wirken, mein Liebstes, denn das Feuer der Liebe, das uns verzehrt, ist etwas Geheiligtes, wie du mir einmal gesagt hast. Wir lieben uns nicht nur körperlich, sondern auch mit unseren Herzen und unserem Geist.«

»Es ist so schwer zu erkennen, wo das eine endet und das andere beginnt«, sagte Anastasia.

Der König lächelte zärtlich.

»Wenn zwei Menschen sich lieben, gibt es zwischen Körper und Geist keine Trennung. Noch nie ist mir das so bewußt geworden wie in diesen Stunden mir dir. Das, was du mir geschenkt hast, war etwas so Ungewöhnliches, so Wunderbares, daß ich nie geahnt habe, es könne einem Sterblichen jemals zuteil werden.«

»Ist das wahr – wirklich wahr?«

»Ich schwöre dir, daß ich nie gewußt habe, daß Liebe einen Menschen in solche Ekstase versetzen, daß sie so ganz und gar vollkommen sein kann.«

»Du wirst mein Lehrmeister sein, denn ich möchte nicht, daß du meiner eines Tages einmal überdrüssig wirst.«

»Dazu besteht nicht die geringste Gefahr«, antwortete der König. »Nicht nur, weil du die herrlichste, anbetungswürdigste und begehrenswerteste Frau auf der ganzen Erde bist und deine Schönheit mich hinreißt, sooft ich dich nur anschaue, sondern auch weil dein Geist mich fasziniert, mich anfeuert und – wie ich dir schon sagte – mich zu großen Leistungen beflügelt.«

Seine Lippen berührten zart ihre Stirn, als er fortfuhr:

»Ohne deine Hilfe kann ich all das, was ich mir zu tun vorgenommen habe, nicht vollbringen. Und glaube mir, Anastasia, ich hätte es nie für möglich gehalten, daß ich solche Worte jemals zu einer Frau sagen könnte. Aber dir sage ich sie, und du kannst versichert sein, es ist die Wahrheit. Ja, ich begehre dich nicht nur, ich brauche dich.«

Er machte eine Pause und fuhr dann mit dunkler Stimme fort:

»Als du mich in der Höhle an dich zogst und ich den Kopf an deinen Busen legte, wußte ich, daß du nicht nur die Gemahlin für mich bist, sondern auch die Mutter, in deren Schutz ich mich flüchten kann, gleichzeitig aber auch das Kind, das ich in vielen Dingen unterweisen darf. Du bist alles für mich, wonach ich jemals verlangt habe. Die vollkommene Frau, von der ein Mann träumt und die er doch nie zu finden erwartet.«

Er küßte sie, bevor er sagte:

»Ich liebe dich, ich begehre dich, und ich bete dich an, meine wundervolle Frau.«

Anastasia fühlte, daß ihr die Tränen in die Augen traten.

Sie schlang die Arme um seinen Hals und zog seinen Kopf zu sich nieder, bis ihre Lippen einander begegneten.

Ihr Körper drängte sich zitternd gegen den seinen, und aufs neue trug er sie hinauf zu den Sternen, zog sie hinab in die Tiefen des Meeres.

Geist und Leib, Herz und Seele verschmolzen miteinander und wurden eins ...

Roman einer leidenschaftlichen Liebe

Als Band mit der Bestellnummer 11470 erschien:

Erzählt wird die Geschichte einer außergewöhnlichen Frau, die mit dreizehn Jahren von ihrem Großvater an ein Bordell verkauft wird und sich auf abenteuerlichen Wegen einen Platz in der von männlicher Willkür und Begehrlichkeit beherrschten Gesellschaft zu erobern sucht. Doch die Waffen einer Frau sind zerbrechlich, und Reichtum schützt nicht vor den Ränkespielen männlicher Leidenschaft . . .